일본 만엽집萬葉集은
향가였다

일본 만엽집萬葉集은 향가였다

발행일	2021년 4월 19일		
지은이	김영회		
펴낸이	손형국		
펴낸곳	(주)북랩		
편집인	선일영	편집	정두철, 윤성아, 배진용, 김현아
디자인	이현수, 김민하, 한수희, 김윤주, 허지혜	제작	박기성, 황동현, 구성우, 권태련
마케팅	김회란, 박진관		

출판등록 2004. 12. 1(제2012-000051호)
주소 서울특별시 금천구 가산디지털 1로 168, 우림라이온스밸리 B동 B113~114호, C동 B101호
홈페이지 www.book.co.kr
전화번호 (02)2026-5777   팩스 (02)2026-5747

ISBN 979-11-6539-713-5 03810 (종이책)   979-11-6539-714-2 05810 (전자책)

일본
만엽집萬葉集은
향가였다

김영회 지음

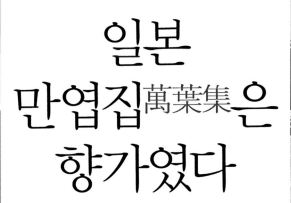

일본 최고(最古)의 시가문학,
만엽집
해독의 열쇠는
신라 향가였다!

북랩 book Lab

필자는 1970년대 이래 향가 창작법을 연구해 왔다.

그간의 결과를 모아 우리나라 향가해독 착수 100주년 기념으로 '신라향가 창작법'을 주제로 한 책자 『천년 향가의 비밀』을 발간한 데 이어, 이를 요약한 학술논문 2편을 발표했다.

여기에 그치지 않고, 신라향가 창작법을 일본의 만엽집에 적용해 보기로 하였다. 향가와 만엽집의 작품들이 같은 시기에 창작되었고, 외관상으로도 유사하기에 둘 사이에는 일정한 관계가 있을 것으로 보았기 때문이다.

만엽집의 맨 끝 작품인 4516번가에 창작법을 적용해 보았다. 만엽집에 향가창작법을 적용한 첫 사례였다. 원래는 이 한 작품으로 끝내려 했었다.

그러나 시작하자마자 놀라지 않을 수 없었다. 4516번가는 향가창작법을 바탕으로 치밀히 설계되고, 정교하게 만들어진 작품이었다. 만엽집의 작품들이 만일 향가라면 그 사실이 가진 폭발력은 필자로서는 감당할 수 없을 것만 같았다. 뜻밖의 사실이 나왔기에 4516번가가 향가창작법에 의해 만들어진 것은 아마도 우연일 것이라고 생각하였다.

그래서 이번에는 맨 첫 번째 작품인 1번가에 적용해보았다. 결과는 마찬가지였다. 이 역시 향가 창작법에 따라 만들어져 있었다.

이제 손을 떼려야 뗄 수가 없게 되었다.

4,516편이나 되는 작품 중에서 작자별, 종류별, 시기별로 작품을 선발해 본격적으로 검증해보기로 했다. 2년 여의 시간이 흘렀고, 골고루 고른 650여 편의 작품들을 해독해 냈다. 한 작품도 예외 없이 모두가 향가였다. 통계학자의 판단도 매우 높은 신뢰도로 만엽집의 작품들은 향가일 것이라고 조언했다. 이제 확신을 갖지 않을 수 없었다.

아직 4,516편의 만엽집 전체가 해독되지 않은 상태이기에 최종 결론을 내릴 수는 없지만 현재까지의 결과만이라도 한·일 두 나라의 국민과 관계자들에게 보고 드리는 것이 타당하다고 생각하게 되었다. 4,516편의 완전 해독은 한 사람의 생을 다 바쳐도 이룰 수 없을 것 같기 때문이다. 비록 조급성과 일부 오류의 가능성이 다소 남아 있기는 하지만 완벽을 기하기에는 장구한 시간이 필요할 것이기에 무한정 늦출 수 없다고 생각되었다.

본서를 발간함에 있어 독자들께 사전 양해를 구하고자 한다.

동북아 고대문자 해독가에 불과한 필자가 향가나 만엽집의 성격을 규정하거나, 의미를 건드리는 것은 필자 몫의 일이 아님을 잘 알고 있다. 한국인에게 있어서의 향가나 일본인에게 있어서의 만엽집은 각기 민족문화의 자긍심이자 최고(最古)의 원류라는 점도 잘 알고 있다.

그렇기에 본서를 서술해 나감에 있어 매우 조심스럽게 접근하고자 했다. 혹시라도 해독법 적용의 범주에서 벗어난 내용이 본서에 포함되어 있거나, 조심스럽지 않게 표현한 점이 있다면 그 점은 전혀 본의가 아니니 널리 용서해주시기를 부탁드린다.

만엽집에는 4,516편의 작품이 수록되어 있다. 이들은 20권으로 나뉘어져 있고 그중 권제1에는 84편의 작품이 수록되어 있다.

84편의 작품을 풀어낸 결과, 절반 이상의 작품이 한 여인과 관련된 작품이었다.

훗날 지통(持統)천황이 되는 노야찬량(鸕野讚良)라고 불리던 고대의 여인이었다. 운명은 그녀를 권력이동의 소용돌이 속으로 끌어갔고, 그녀로부터 사랑하던 젊은 아들을 앗아갔다. 그 결과 만엽집 권제1은 권력 투쟁과 사랑의 눈물로 점철되어 있었고, 또 한편으로는 지극히 내밀한 천황가의 비밀들로 채워져 있었다.

향가 창작법이라는 등잔불을 들고 칠흑 동굴의 문을 열고자 한다.

독자들께서 숨죽이며 보게 될 내용은 고대인들이 감추어 놓은 지밀(至密)이다.

도대체 어떠한 일이 있었길래 고대 일본의 천황가는 이러한 극비사항들을 밖으로 내보내게 되었던가.

천년 침묵 속에 잠들어 계시는 분들께 후대인의 방해를 용서해 달라고 빈다.

차 례

2장 노래로 쓴 역사

3장 일본서기 속의 향가

1장

만엽집의 설계도, 신라향가 창작법

만엽집의 작품들은 신라향가 창작법을 설계도로 하여 만들어져 있었다.
본 장에서는 만엽집의 설계도인 신라향가 창작법의 개요에 대해 설명하고자 한다.
보다 자세한 내용은 필자의 저서 『천년향가의 비밀(2019, 북랩)』과 논문 《신라향가 창작법 제시와 만엽집에의 의미》를 참조하길 바란다.
신라향가 창작법은 향가와 만엽집의 심원한 세계로 들어가기 위해서는 반드시 필요한 법칙이다.

보물을 감춘 자는 지도도 만든다

그 무렵이다.

필자는 삼국유사라는 책에 수록되어 있는 '원왕생가(願往生歌)'라는 신라향가를 연구하고 있었다. 신라향가 14편 중의 하나로 84글자로 조립된 정체불명의 노래였다.

月下伊底亦西方念丁去賜里遣無量壽佛前乃惱叱古音鄉言云報言也多可
支白遣賜立誓音深史隱尊衣希支兩手集刀花乎白良願往生願往生慕人有
如白遣賜立阿邪此身遺也置遣四十八大願成遣賜去

- 향가 해독의 로제타스톤(Rsetta Stone) 鄉言云報言也

그날 수많은 글자는 필자의 머릿속에서 혼란스러운 춤을 추고 있었다. 글자들끼리 서로 엉켰다가 떨어지는가 하면, 반딧불이처럼 의미의 빛을 보이다가 사라지기를 반복하였다. 향가를 연구할 때마다 반복되곤 했던, 머리를 쥐어짜던 고통도 폭발 직전에 이르고 있었다.

그날 필자는 한국인으로서는 최초로 향가 해독의 길을 걸으셨던 양주동(梁柱東) 박사님의 묘소를 찾았다. 그는 1937년에 《향가의 해독 - 특히 원왕생가에 취(就)하여》를 발표, 경성 제국대학 소창진평(小倉進平)

교수의 향가 연구 결과를 반박한 분이었다.

그분의 묘소가 있던 경기도 용인의 공원묘지는 한적하였다. 수천 기의 묘 사이를 걷고 있던 필자의 모습은 마치 죽어버린 향가와 만엽집 속에서 헤매는 모습과 흡사했다.

필자는 묘 앞 잔디밭에 앉아 '당신도 이리 고통스러웠나요?'라는 질문을 던지며 산 아래 계곡 소나무를 내려다 보고 있었다.

바로 그때였다.

부싯돌의 불똥처럼 영감 하나가 찰나적으로 스쳐 지나갔다. 위의 원문 '향언운보언야(鄕言云報言也)라는 문자들 가운데 있는 보(報)와 언(言)이라는 두 개의 글자가 혹시 하나의 단어를 이루고 있는 것이 아닐까?'라는 생각이었다.

급히 돌아와 영감을 확인해보았다.

그랬더니 '향언운보언야(鄕言云報言也)'라는 6글자는 바로 앞에 놓여 있는 '음(音)'이라는 문자를 설명하는 구절이었다. '音 鄕言云報言也'는 '음(音)은 우리말로 보언(報言)이라 한다'로 해독이 되었다. 음(音)은 보언(報言)이고, 향가 속에는 '보언'이라는 구조가 있다는 사실을 말하는 것 같았다.

이것이 사실상 향가 해독의 시작이었다.

그동안 무수한 영감이 스쳐 지나갔으나 거의 모두가 필자를 배신하고 떠났다. 그러나 '향언운보언야(鄕言云報言也)'는 필자를 칠흑동굴의 문 앞으로 안내해 주는 표지판이 되었다. 보언(報言)이라는 두 글자는 향가 해독의 로제타스톤(Rosetta Stone)이 되어 주었다.

어려서 읽었던 해적선 동화 가운데 한 구절이 생각났다.

보물을 감춘 자는 반드시 훗날 다시 찾으러 갈 수 있는 지도도 만든다.

향가는 표의문자(表意文字)로 기록되어 있다

향가를 표기한 문자의 성격은 표의문자였다. 하나의 문자가 표의와 표음으로 동시 기능하는 이중성을 가진 경우도 있었다. 그러나 표의문자 외의 표기법은 특수목적을 가진 예외적 경우였다.

1) 표의문자

'향가의 문자들이 어떠한 문자들로 되어 있을 것인가' 하는 문제는 향가와 만엽집 연구의 첫걸음이다. 천리길도 한 걸음부터라고 이 문제부터 해결하고 다음 과제로 넘어가야 할 것이다.

신라향가 〈원왕생가(願往生歌)〉 첫 구절 '월하 이저역 서방념(月下伊底亦西方念)'을 시작으로 이 과제 해결의 첫걸음을 떼어보자.

이를 지금까지의 연구자들은 '달아(月下) 어째서(伊底亦) 서방까지(西方念)'로 해독하고 있다. '월하(月下)'의 '하(下)'를 우리말 '아'라는 발음을 표기한 문자로 보고 있는 식이다. 표음문자 가설이다. 그러나 향가 문자들을 표음 문자로 풀이하면 곧바로 해독불능의 문자들이 속출한다. 가까스로 풀었다고 해도 맞는지 틀리는지 확인할 직접적 방법이 없다. 개미가 개미귀신이 만들어놓은 함정 속으로 빠져들어 헤어나지 못하듯 연구자들은 문자의 지옥 속으로 빠져 들어간다. 표음문자가 아니라는 뜻이다.

표의문자로 보면 '달 아래 네가 사는 곳 또한 서방정토라 생각하라'로 해독된다.

月下伊底亦西方念=月(달 월)+下(아래 하)+伊(너 이)+底(밑 저)+亦(또한 역)+서방(西方)+念(생각하다 념)이다.

각 문자의 의미들이 나열되어 문장으로 엮여 있고, 이들을 순차적으로 풀면 간단히 해독된다. 표의문자들로 조립되어 있는 것이다. 표의문자 가설을 향가와 만엽집 650여 개의 작품으로 검증해 본 결과 100% 해독이 가능하였다. 표의문자 가설은 적용에 의해 검증될 수 있었다.

2) 표의와 표음의 이중성

만엽집 2번가 세 번째 구절 '天 乃 香具山 騰'의 경우는 '천향구산(天香具山)에 오르다'로 해독된다.

이 문장은 '天 하늘 천 + 乃 노 젓는 소리 애 + 香 향 향 + 具 양손에 솥을 받쳐 들고 있는 모습 구 + 山 메 산 + 騰 오르다 등'이라는 뜻을 가진 표의문자들로 구성되어 있다.

천향구산(天香具山)은 산 이름 자체가 표음으로 기능하고 있어 표의문자 가설에 위배되는 것처럼 보인다. 그러나 이 경우는 '고유명사법'이라는 것에 해당한다. '고유명사법'은 '향가와 관련된 고유명사를 한자의 뜻으로 풀면 작품의 창작의도와 긴밀히 연결되어 있다'라는 법칙이다. 천향구산(天香具山)이라는 문자가 가진 뜻인 '하늘에 제사 지내기 위해 향을 피우고 솥에 제수를 갖추어 올리다'는 것이 본 작품의 창작의도인 것이다. '天香具山'은 표음으로는 '천향구산', 표의로는 '하늘에 제사 지내기 위해 향을 피우고 제수를 차리다'이다. 표음으로도, 표의로도 동시에 기능하고 있는 것이다.

　'天 乃 香具山 騰'에서 문자 사이에 끼어 있는 '애(乃)'는 뒤에 설명할 '노 젓는 소리'라는 표의문자이며, 보언(報言)에 해당된다.

향가의 표음문자(表音文字) 표기는 미끼였다

향가의 세계는 깊고도 멀다.

열근(劣根)한 사람들을 향가의 깊고도 먼 세계로 인도하는 일은 쉬운 일이 아니다.

그러기에 향가 창작자들은 세속적인 일을 소재로 하여 재미있게 표현하거나 비루한 말을 열근(劣根)한 사람들 앞에 던져 관심을 끌고자 했다. 비루한 말이란 중국어가 아닌 순수 우리말을 뜻한다. 세속적인 일이란 유희와 오락이다. 민중들의 관심을 끌어 심원한 세상으로 이끌고자 했던 방편이었다. 방편이란 불교에서 중생을 가르치기 위해 사용하는 교묘한 방법으로, 목적을 달성하기 위해 이용하는 편리한 수단을 말한다. 방편을 사용하는 것은 만엽집의 경우에도 마찬가지였다.

고려 때 향가 창작자 균여대사의 일대기를 수록한 책으로 균여전이 있다.

서문에 향가 창작법으로 방편이 적극 활용되었다는 글이 나온다. 향가 해독에 있어 모르면 안 되는 중요한 내용이다.

① 夫詞腦者 世人戱樂之具

무릇 사뇌가(향가)란 것은 세상 사람들이 유희하고 오락하는 용도로 썼던 도구다.

② 故得涉淺歸深 從近至遠

얕은 곳을 건너야 깊은 곳에 다다를 수 있고, 가까운 곳으로부터 가야 먼 곳에 이를 수 있다.

③ 不憑世道 無引劣根之由

세속의 도리에 기대지 않고서는 열근한(劣根)한 사람들을 인도할 수 없다.

④ 非寄陋言 莫現普因之路

비루한 말에 의지하지 않고는 넓은 인연의 길을 표현할 수 없다.

이 구절들은 향가의 표현법에 대해 설명하는 글이다. 일반인들에게 향가의 실체를 깨닫게 하기에는 어려움이 있으므로 세속적인 일을 언급하고, 표음문자에 해당하는 비루한 말(陋言, 누언)을 던져 줌으로써 어리석은 백성들의 관심을 끌고자 했다.

그러나 불행하게도 창작자들이 만든 방편에 의한 표현방식은 창작법을 잃어버린 후대인들에게는 향가의 실체로 가는 길에 있어 큰 장애물이 되고 말았다.

비루한 말(陋言, 누언)로 해독될 수 있는 문자들은 표의문자로 가보려는 시도를 원천적으로 막았고, 세속적인 일(世道, 세도)로 해독될 수 있는 문자들은 심원으로 가는 길을 차단했다. 창작법을 앞선 사람들로부터 전수받았던 이들은 세속적인 일이나 비루한 말을 단순한 방편으로 생각했겠으나, 창작법을 전수 받지 못한 후대인들에게는 오히려 방편이 눈을 가려 향가로 가는 길을 막았다.

목적을 달성하기 위해 편리한 수단으로 썼던 이 방편이 만엽집의 해독을 최초로 시도했던 '이호(梨壺)의 5인'과 그 뒤를 이은 선각자들, 한국의 기라성같은 향가 탐험자들의 바쁜 길을 가로막거나 잘못된 길로 이끄는 원인이 되고 말았다.

향가를 연구하는 사람들은 향가창작자들이 사용한 방편술을 꿰뚫어보아야 할 것이다. 방편을 걷어내어 깊고도 먼 향가의 실체로 들어갈 수 있어야 할 것이다.

필자는 본서를 쓰면서 방편이 사용된 부분에 대해서는 언급을 극력 피했다. 방편은 본류가 아닌 지류이며, 향가 해독의 초기인 현 단계에서는 심원한 세계로 가는 것을 방해한다고 생각하기 때문이다.

※ '이호(梨壺)의 5인'은 951년에 촌상(村上)천황의 명에 의해 소집되어 만엽집의 해독을 최초로 시도하였다. 원순(源順) 등 5인이었다.

청언(請言)은 마력의 소리다

필자는 연구초기 가설을 세워보았다.

향가문자들이 표의문자로 기능할 것이라는 가설을 갖고 신라향가의 해독에 나선 것이다. 필자뿐 아니라 지난 천여 년 이래 만엽집과 향가를 연구한 모든 이들도 필자와 동일한 가설을 세웠을 것이다. 그러나 이러한 시도는 곧바로 난관에 부딪힌다. 반드시 몇몇 문자들이 나타나 해독을 방해하기 때문이다. 그래서 그들은 표의문자로 기능할 것이라는 가설을 버렸을 것으로 추측된다.

이해의 편의를 위해 만엽집 8번가의 첫 구절을 예로 들어 설명하겠다.

① 熟田津 尒 船乘 世武登

위의 9개 문자를 살펴보면 풀이가 될 듯 말 듯 하다. 해독이 될 것 같은데 몇몇 문자가 생각을 교란한다.

위의 문자 중 풀이를 방해하는 결정적 문자는 '尒'와 '世武登' 4글자이다.

향가의 모든 문장에 이러한 글자들이 있었다. 결국 향가 해독의 성패는 이들을 이해하는 데 달려 있는 것이다. 이들만을 모아 비교하고, 계량화해 보고, 뜻을 분석해 보았다. 기나긴 시간과 엄청난 노력이 소요되었다.

그럼에도 불구하고 이들 해독되지 않는 글자들은 한사코 정체를 드러내지 않았다.

이 문자를 빼고 남은 '熟田津 船乘'은 '곡식이 익은 밭 나루에서 배에 오른다.'로 해독이 가능해진다. 이를 잠정적으로 '가언(歌言)'이라 하겠다. '노랫말'이란 뜻이다.

그러던 어느 날 필자는 대한민국 향가해독의 초석을 놓으신 양주동 박사의 묘소를 찾았다. 그분의 묘석 앞에서 '신라향가 〈원왕생가(願往生歌)〉 원문 속에 있는 '보언(報言)'이라는 두 글자가 혹시 하나의 단어가 아닐까' 하는 생각이 찰나적으로 스쳐갔다. 지나간 세월과 노력이 무색해질 정도로 영감은 순식간에 찾아왔다. 기연이라고 말할 수 밖에 없었다.

이 순간적 영감을 단서로 하여 추적 작업을 벌였다. 결과적으로 '보언(報言)'이라는 글자는 고대인들이 사용했던 '단어'라는 사실이 밝혀졌다.

'보언(報言)'은 창작자가 무대에서 배우가 행해야 할 연기의 내용을 알려주는 문자였다. 이로써 향가는 노랫말과 기능이 전혀 다른 보언(報言)이라는 문자집단의 혼합체임을 알 수 있게 되었다. 즉 향가=노랫말(歌言)+보언(報言)의 구조였다.

보언(報言)의 사례들을 추적한 결과 위의 '熟田津 介 船乘 世武登'에서의 '세무등(世武登)'이라는 글자가 보언(報言)에 해당한다는 사실을 알게 되었다.

'世'는 卋(세)의 본자(本字)로서 세 개의 十(십), 즉 삼십을 의미했다. '世武'란 삼십 인의 무사였다.

'登'은 제기를 뜻하는 글자였다.

삼십 인의 무사가 무대로 나가 적절한 연기를 하고, 제기에 제수를 담아 올리라는 지시어임을 알게 된 것이다.

노랫말(歌言)은 노래의 줄거리였고, 보언(報言)은 연기의 내용을 알려주는 문자였다.

그러나 더욱 연구를 거듭한 결과 '향가=노랫말+보언'만이 아니었다. 이들과는 기능이 다른 또 다른 문자 그룹이 향가 속에 포함되어 있었다.

위의 문장 '熟田津 尒 船乘 世武登'에서 '이(尒, 아름다운 모양)'와 같은 문자들이었다. 이것은 노랫말(歌言)도 아니고 보언(報言)도 아니었다.

이것들은 천지신물에게 창작집단이 가진 청(請)을 전달하는 소리로 확인되었다. 이를 청언(請言)이라고 부르기로 했다.

'향가=노랫말(歌言)+청언(請言)+보언(報言)'이라는 구조를 가지고 있었던 것이다.

'이(尒)'는 현대 한반도 어로 '이'에 해당하는 소리를 갖는 문자다.

'이(尒)'의 내용은 사전적으로는 '아름답다'라는 의미를 가진다. '이(尒)'는 망인의 영혼이 저승바다를 건널 때 '바다의 파도를 잔잔하게 해 주소서'라고 천지신물에게 비는 의미를 가지고 있었다. 뱃사공들에게 있어 가장 아름다운 것이란 잔잔한 바다일 것이다.

'이(尒)'는 '이'라는 소리로 쓰이고, '저승바다의 파도가 잔잔하게 해 주소서'라는 뜻으로도 쓰이고 있었다. 소리와 뜻 두 가지로 기능하고 있었다.

'이(尒)' = '이'(소리) + '저승바다의 파도가 잔잔하게 해 주소서'(뜻)

청언은 소리와 뜻 두 가지로 기능하고 있는 것이다.

청언(請言)은 인간과 신 사이의 암호였다.

고대인이 이 글자에 해당하는 소리를 내면 천지신물이 이 소리를 듣고, 뜻을 알아들어 그의 청을 이루어 주었다.

소리로 천지귀신을 감동시키거나 두렵게 하여 청을 이루어지게 하였다. 천지신물을 부리기에 마성이라 할 것이다. 청언으로 인하여 향가는 소원을 이루어 주는 힘의 노래가 되었다.

5.
보언(報言)은 연극대본의 지문이다

'보언(報言)'이란 두 글자는 신라향가 〈원왕생가(願往生歌)〉 원문 '鄕言云報言也(우리말로 報言이라 한다)'라는 구절 속에 나오는 문자다.

'보물을 감추는 이는 지도도 만든다'라는 말이 있다. 향가에서도 그랬다. '鄕言云報言也'라는 구절은 향가의 실체가 감추어진 동굴로 들어가는 입구의 지도였다. 필자는 1970년대 향가연구를 시작한 이래 천재일우의 기연에 힘입어 '報言'이라는 두 글자를 발견함으로써 마침내 칠흑동굴의 문을 열 수 있었다.

향가문자 중에는 보언의 기능을 하는 문자가 다수 있다. 예를 들어 만엽집에 자주 출현하는 '乃(노 젓는 소리 애)'가 대표적인 보언이다. '무대에 나가 노를 젓고, 노 젓는 소리를 내라'고 알려주는 문자다.

'보언(報言)'이란 '알리다(報)+말(言)'로 구성된 어휘다. 작자가 극의 연출자에게 연기할 내용을 '알려주는 말'이라는 뜻이었다. 향가문장에는 노랫말과 청언에 해당하는 문자들과 아울러 연기를 설명하는 문자들도 포함되어 있었다.

보언은 연극이나 뮤지컬 대본에 있어 지문(地文)에 해당하는 기능을 하고 있었다. 지문이란 희곡에서 대사를 뺀 나머지 글을 말한다. 동작, 표정, 심리, 말투 따위를 지시한다. 보언에 의해 공연이 이루어지기에 향가는 시를 뛰어넘는다. 향가는 시가 아니라 뮤지컬 등 종합예술의 성격을 가진 작품이었던 것이다.

보언은 향가의 결정적 요소다. 만일 보언이 없다면 그것은 향가가 아니다. 단순한 시에 불과하다. 보언의 존재 유무는 향가와 시를 구분하는 기준이었다.

보언은 하나의 문자로 된 것도 있고, 여러 개의 문자로 된 것도 있다. 심지어 문장 전체가 보언으로만 구성되는 경우조차 있었다. 여러 개의 문자로 구성된 보언은 다음절 보언이라 할 것이다.

무대에서 연출되는 향가의 공연은 고대인들의 생활과 문화, 신념체계와 밀접한 관계를 가지고 있다. 그러기에 보언은 고대사회의 이면을 들여다보는 새로운 도구가 될 수 있다.

보언에 대한 깊숙한 연구는 고대문자 해독가인 필자의 능력을 많이 벗어난다. 관련 분야 전문가들의 참여를 기대한다.

6:
향가의 문장은 한국어 어순법으로 되어 있다

　만엽집이나 향가를 해독하다 보면 필연적으로 만나는 문제가 문장은 어떤 방식으로 구성되어 있느냐이다.

　신라인들은 자신들만의 독특한 문장표기법을 개발하여 사용하고 있었다. 그를 증명하는 유물이 경주에서 발견되었다. 유물은 30㎝ 정도 크기의 돌이었고, 거기에는 수많은 글자가 빼곡히 새겨져 있었다.

〈보물 제1411호 임신서기석(壬申誓記石)_552년에 만들어진 것으로 보고 있다. 경주박물관〉

신라의 화랑들이 나라에 대해 충성을 맹세하는 내용이었다. 그러나 향가연구자인 필자가 관심을 가진 부분은 의미가 아니라 한국어 어순에 따라 문자들이 배열되어 있다는 점이다.

壬申年 二人幷誓記 天前誓

임신년 두 사람이 함께 맹세한 내용을 기록한다. 하늘 앞에 맹세했다 이하 생략

신라의 화랑들은 글을 기록하면서 중국어 어순으로 표기하지 않고 자신들이 사용하던 말의 순서에 따라 표기하고 있었다. '天前誓'는 한국어 어순에 따르면 '하늘 앞에 맹세하다'가 된다.

만엽집의 문장 표기를 8번가의 첫 문장으로 확인해 보겠다.
향가는 노랫말(歌言)+청언(請言)+보언(報言)으로 되어 있다고 했다. 원문의 문자를 다음과 분류한다.

① 원문 :　熟田津　介　船乘　世武登
② 노랫말 :　熟田津　　　船乘
③ 청언 :　　　　　　介
④ 보언 :　　　　　　　　　　世武登

원문에서 청언과 보언이 빠져나가고 나면 노랫말이라는 문자들만 남는다.
노랫말은 熟田津 船乘이다. '곡식이 익은 밭 나루터에서 배를 탄다'로 해독될 수 있을 것이다. 중국어 문장이라면 '乘船(승선, 배를 타다)'으

로 되어 있어야 하는데, '船乘(선승, 배를 타다)'으로 표현되어 있는 게 눈에 띈다. 한국어 어순으로 나열되어 있는 것이다. 훗날 세종대왕이 한글을 창제하였지만 신라인들은 이에 앞서 우리말의 문장표기법을 만들어 놓은 것이다. 필자는 임신서기석을 보물(보물 1411호)에 그치지 말고 국보로 승격해야 할 것이라고 본다. 우리 민족의 언어적 금자탑이기 때문이다.

향가와 만엽집의 작품들 모두가 한국어 어순법에 따라 문자들이 배열되어 문장을 이루고 있었다. 어순법은 향가 해독에 있어 아무리 강조해도 지나치지 않을 중요한 법칙이다.

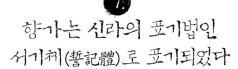

7.
향가는 신라의 표기법인 서기체(誓記體)로 표기되었다

1934년 5월 4일의 일이었다.

조선총독부 박물관 경주분관 관장으로 근무하고 있던 대판금차랑(大阪金次郎)이라는 일본인이 경주시 석장사(錫杖寺) 터 구릉에 묻혀 윗부분만 드러내고 있던 돌 하나를 발견했다. 길이 30㎝ 가량의 돌에는 문자가 새겨져 있었다.

이야기를 전해들은 사학자 말송보화(末松保和)가 경주분관을 방문했다. 그는 돌에 새겨진 문자에 주목했고, 판독과 연구를 거쳐 경성제대 사학회지 제10호에 '경주출토 임신서기석에 대해서'라는 논문을 발표했다. 이로 인해 이 돌은 '임신서기석(壬申誓記石)'이란 이름을 얻었다. 그리고 2004년 보물 제1411호로 지정되었다.

냇돌에 새겨진 문자는 다음과 같다.

> 壬申年六月十六日二人幷誓記天前誓今自三年以後 忠道執持過失无
> 誓若此事失天大罪得誓若國不安大亂世可容行誓之又別先辛未年七月
> 十二日大誓詩尙書禮傳倫得誓三年

임신년 6월 16일 두 사람이 함께 맹세하여 쓴다. 하늘 앞에 맹세한다. 지금으로부터 3년 이후에 충도를 집지하여 과실이 없기를 맹세한다. 만약 이 일을 어기면 하늘에 큰 죄를 얻을 것이라고 맹세한다. 만약 나라가 불안하고, 크게 어지러워지는 세상이 되면 가히 모름지기 충도를 행할 것을 맹세한다. 또 따로 앞서 신미년 7월 22일에 크게 맹세하였다. 시경, 상서, 예기, 춘추전을 차례로 습득하기를 맹세하되 3년으로 하였다.

임신서기석에 새겨진 문장은 내용도 내용이지만 그 외에도 중요한 특징 두 가지를 가지고 있다.

① 한자들이 한국어 어순으로 배열되어 있다.
② 문장 내 일부 문자들이 생략되고, 남은 문자들이 문장을 대표하고 있다.

이러한 특징을 가진 표기 방식을 서기체(誓記體)라고 한다. 돌 이름 임신서기석(壬申誓記石)에서 따온 이름이다.

『논어』 〈학이(學而)〉편의 한 구절로 서기체가 어떻게 만들어지는지 예를 들어 보이겠다.

벗이 있어 멀리서 찾아오니 또한 기쁘지 아니한가.

유붕 자원방래 불역락호
有朋 自遠訪來 不亦樂乎
○朋　○遠訪○ 不○樂○

문장에서 몇 글자(有, 自, 來, 亦, 乎)를 생략하고 나머지 문자(朋, 遠, 訪, 不, 樂)만을 남겨 놓는다.

'朋遠訪不樂'이라는 5개의 문자만으로도 '벗이 있어(朋) 멀리서(遠) 찾아오니(訪) 또한 기쁘지 아니한가(不樂)'라는 뜻을 대표할 수 있다.
향가의 노랫말은 이러한 방식으로 만들어졌다.

이렇게 일부 문자를 생략하고 나머지 문자만으로 문장을 대표하는 표기법을 '서기체(誓記體)'라고 한다.
한족(漢族)과 다른 언어체계를 가진 고대의 한반도인들은 서기체라는 그릇에 자신들의 말을 담아냈다. 그들은 이러한 표기법을 사용하여 일상의 문자생활을 영위하였고, 더 나아가 최고급 문화인 향가까지 만들어 낸 것이다.

8.
향가의 문장은 세 줄로 꼰 새끼줄

대마도 화다도미(和多都美) 신사의 주련승(注連縄) _ 세 가닥 짚을 왼쪽으로 꼬아 만든 새끼줄이다.

  향가 문장의 기본 구조는 '향가=노랫말+청언+보언'으로서 이질적 세 가지 요소가 새끼줄처럼 꼬아져 있는 형태다. 문자로 이루어진 주련승(注連縄)이라 할 것이다. 향가문자들을 정교하게 꼬아 주술성을 갖도록 하고 있다.

꼬아놓은 새끼줄과 같기에 향가문장은 띄어쓰기로 끊어 놓으면 안
될 것이다.

① 향가문자 중 일부는 노랫말의 기능을 하고 있다. 노랫말의 뼈대
를 이루고 있다.
② 또 다른 문자들은 청언이다. 향가창작 집단이 천지신물에게 청하
는 의미를 담은 소리이다. 표음문자+표의문자로 동시에 기능한다. 이러
한 문자를 청언이라 한다. 한국어의 소리에 해당하는 발음을 가진 문
자다. 천지신물을 감동시키거나 제압하는 마력을 가진 문자다.
③ 보언이라는 문자들이 있다. 공연할 때 극의 연출과 관련된 사실
을 알려주는 문자이다. 현대 연극이나 뮤지컬 대본에서의 지문이다.

만엽집 1번가 네 번째 문장에서 세줄꼬기 구조를 확인해 본다. 정교
하게 꼬여있는 원문 가닥을 풀어내면 다음과 같이 풀린다. 창작은 문
자를 조립하는 것이고, 해독은 조립된 문자를 푸는 것이다. 역순이다.

원문(原文)	此	岳	尒	菜	採	須	兒	家	吉	閑
가언(歌言)	此	岳	-	-	採	-	-	-	-	閑
청언(請言)	-	-	尒	-	-	-	-	-	-	-
보언(報言)	-	-	-	菜	-	須	兒	家	吉	-

* 노랫말+청언+보언이라는 세 가지 기능의 문자들이 서로 비비꼬여
원문의 구절을 이루고 있다.

풀린 가닥들은 다음과 같이 기능한다.

① 노랫말: 계속 큰 산에 다니면서 (그의 생전공적을) 수집하여 예쁘게 꾸며야 한다.

② 청언: 介 저승바다를 잔잔하게 해달라

③ 보언: 菜 나물을 제수로 올리라

세 가지의 이질적 기능을 하는 문자들이 꼬여 문장을 구성하고 있다. 향가에 힘을 갖게 하는 청언이 문장 속에 들어 있어 창작집단의 소원을 이루어 주는 힘을 갖도록 하고 있다.

왼쪽으로 세줄꼬기 해 만들어진 대마도 화다도미(和多都美) 신사의 주련승(注連繩)이 강력한 진경벽사(進慶辟邪)의 힘을 가지고 있듯이 세 줄로 꼬인 향가 문장 역시 강력한 힘을 갖고 있었다.

9.
고유명사는 작품의
창작의도와 연결되고 있다

　향가와 만엽집 작품에 고유명사가 언급되는 경우가 있다.

　고유명사는 이름 그 자체를 의미하기도 하지만, 고유명사를 구성하는 한자의 뜻이 작품의 창작 의도와 긴밀히 연결되고 있었다.

　고유명사가 가진 의미를 통해 작품의 창작의도를 추적하고, 그 창작의도를 도구 삼아 해독하는 법을 '고유명사법'이라고 한다.

　신라향가 〈찬기파랑가(讚耆婆郎歌)〉에 기파(耆婆)라는 고유명사가 나온다. 찬기파랑가(讚耆婆郎歌)는 화랑도의 기강 해이를 바로 잡으려 했던 기파(耆婆)를 찬미하는 작품이다. 기파(耆婆)가 가진 한자의 뜻을 풀면 '미워하는 모습(耆=미워하다 기, 婆=모습의 형용 파)'이다. 이름을 구성하는 기(耆)와 파(婆)의 뜻이 창작 의도였던 '기강해이를 미워하다'와 긴밀히 연계되고 있음을 알 수 있다.

　신라향가에서 확인된 이러한 현상은 만엽집 속에서도 적용되고 있었다.

　2번가 속 천향구산(天香具山)은 고유명사다.

　'天=하늘', '香=향', '具=솥을 양손으로 받들고 있는 모습'이다. 天香具는 '하늘에 향을 피우고, 제수를 올리다'이다. 이 뜻을 2번가 해독에

도입해 '모든 사람들이 화목하게 지내도록 해달라고 제사 지내는 작품'
이 되도록 해독해야 하는 것이다.

　한두 작품에 이러한 현상이 나타나고 있다면 우연이라고 할 수 있을
것이다. 그러나 거의 모든 고유명사에 대해 이러한 현상이 나타나고 있
다면 이는 우연이 아닐 것이다. 향가와 만엽집에는 거의 모든 고유명사
에 이러한 현상이 나타나고 있다.

10.
여러 입은 쇠를 녹인다

여러 사람이 하는 말은 쇠를 녹인다.

중구삭금(衆口鑠金)이라는 사자성어의 뜻이다(鑠 녹이다 삭, 金 쇠 금).

한국인에게 가장 사랑받는 신라향가로 〈헌화가(獻花歌)〉라는 작품이 있다. 헌화가의 배경설화에 중구삭금(衆口鑠金)이란 말이 나온다.

강릉태수 순정공이 아내와 함께 부임길에 올랐는데, 도중에 바다의 용이 나타나 아내 수로부인을 끌어안고 물속으로 들어 가버렸다. 갑작스러운 사태에 어찌할 줄 모르는 순정공에게 한 노인이 나타나 말했다.

"여러 사람이 하는 말은 쇠를 녹인다(衆口鑠金)는 말이 있습니다. 사람들을 불러 모아 몽둥이로 언덕을 치면서 노래를 부르게 하십시오. 용이 두려워하지 않겠습니까."

순정공이 그 말대로 노래를 지었다.

"거북아, 거북아. 수로부인을 내놓아라. 남의 부녀를 빼앗아간 죄가 얼마나 큰가. 네가 만약 거역하고 내놓지 않으면, 그물로 잡아 구워 먹으리라."

사람들을 시켜 몽둥이로 언덕을 치면서 이 노래를 부르게 했더니 위협에 놀란 용이 수로부인을 내놓았다. 향가는 한 사람이 공연해도 힘을 가지지만, 여러 사람이 무리지어 부르는 노래와 군무는 쇠를 녹이고, 천지신물이던 용도 제압하였다.

만엽집 권제1은 수많은 향가(84=80+4)로 이루어졌다. 향가는 한 문의 대포가 아니라 강철비를 뿌려대는 현대의 다연장로켓포와 같이 가공할 힘을 갖도록 개량되었다. 다연장로켓포는 1기가 300~900개 폭탄을 내장하고 있어 일반로켓포의 수백 배의 힘을 갖는 무기다.

만엽집 권제1 편집 집단은 84(80+4)편의 향가를 함께 묶었다. 향가가 가진 힘을 극대화하기 위해 특별히 고안한 장치였다.

한 편의 향가로는 이루기 힘든 꿈을 성취하기 위해 초강력 향가묶음이 필요했던 것이다. 만엽은 만 개의 작품을 의미했다.

11.

'지(之)'와 신라토기 행렬도

고대인들의 장례행렬 모습을 그린 토기 유물이 2019년 대한민국 경주 쪽샘지구 발굴현장에서 공개되었다.

불교가 들어 와 국가의 지도이념이 되기 전에 있었던 고대 동북아 지역의 장례행렬을 그린 그림으로 판단된다.

신라향가와 만엽집에 나오는 '之(가다 지)'라는 문자는 아래 그림 속의 장례행렬 전체를 뜻하고 있는 것으로 해독된다.

경주 쪽샘지구 행렬도, 경주박물관 제공

토기의 그림은 4단으로 구성되어 있다.

1단의 기하학적 무늬는 밤하늘의 별로 판단된다. 별이 빛나는 야심한 시각에 망인이 저승으로 가고 있다.

2단의 기하학적 무늬는 1단의 그림과 비슷한 것 같지만 다르다. 필자는 장례행렬에서의 만장으로 판단한다.

맨 아래 4단 부분에 그려져 있는 기하학적 무늬는 파도(波)의 모습이다. 바다에 잔잔한 파도가 치고 있다. 잔잔한 바다가 되게 해달라는 청을 향가와 만엽집에서는 '이(爾=尒=아름다운 모양 이)'라는 문자로 표기하고 있다.

3단에는 본격적인 장례행렬이 그려져 있다.

① 선두에 말을 탄 무사가 나가고 있다. 저승으로 안내하는 무사다. 현대적 개념으로는 저승사자다. 만엽집에서는 저승 무사(將, 武)로 표기된다.

② 그 뒤에 세 사람이 노를 젓고 있다. 남자2+여자1이다. 고대의 저승은 바다 건너에 있었고, 망인은 나루(津)에서 배(舟)를 타고 저승바다를 건너 그곳으로 가야 한다고 생각하였을 것이다. 노 젓는 모습이 乃(노 젓는 소리 애)라는 한자로 표기되고 있다. 津 (나루 진), 尒(아름다운 모습 이)와 乃(노 젓는 소리 애)는 만엽집의 작품 속에 가장 많이 나타나는 문자들이다.

③ 그 뒤에는 두 사람이 활을 쏘는 모습이 그려져 있다. 신라와 고려 향가에는 '의(矣)'로 표기되고, 만엽집에는 '대(弖, 음역자 대)' 등으로 표기되고 있다. 활을 쏘라는 보언이다. 다수 작품을 분석해본 결과, 활쏘는 동작이 갖는 의미는 '적시(指 가리키다 지)' 하는 것이었다. 여기서는 바로 뒤에 그려진 사슴을 가리키고(指) 있다.

④ 뒤따르는 사슴이 망인이고 이 그림의 주인공이다. 신분은 최소한

황족을 은유한다.

⑤ 다음으로 여러 마리의 개가 망인을 둘러싸고 저승길을 가고 있다.

⑥ 맨 뒤에도 말 탄 저승 무사가 그려져 있다. 만엽집에서 저승 무사의 숫자는 일정하지 않았다. 적을 때는 2명, 많을 때는 30명이 오기도 하였다.

경주에서 발굴된 장례 행렬도 속의 내용이 향가와 만엽집에 나타난다. 일부 작품은 장례행렬도 그 자체라고 보아도 틀리지 않을 정도였다. '之(가다 지)' 의미를 모르고는 향가와 만엽집의 해독이 불가능할 것이다.

12.
대구법(對句法)과 초신성

인문과학이 비록 자연과학이 아니라 하더라도 입증에 있어 자연과학의 취지는 십분 존중되어야 할 것이다.

향가문자는 표의문자이다.

그렇기에 향가와 만엽집 연구에 있어 여러 과제 중 하나는 '작품에 사용된 문자의 의미를 어떠한 방법으로 추적할 것인가' 하는 문제다.

동북아 고대인의 한자 사용법을 우리는 잘 모른다. 현대의 우리에게 익숙하다고 해서 고대인도 그러한 의미로 사용했을 것이라고 생각하는 자세는 성급하다. 사전을 찾아보면 한자 하나가 30~40여 개의 뜻을 갖고 있는 경우도 있다. 향가와 만엽집을 해독한다는 것은 고대인이 사용한 문자의 의미를 찾는 문제라고 보아도 크게 틀리지 않을 것이다.

의미를 확정하는 과정에 있어서도 어떠한 방법으로 추적해야 신뢰할 수 있는가 하는 문제 역시 뒤따른다. 찾아낸 결과가 심중에 의한 것이라면 결과가 맞는지 여부와는 관계없이 논쟁이 뒤따를 수밖에 없다. 과정에 있어서 객관성이 확보되어야 할 이유다.

주목할 방법 중 하나로 대구법이 있다.

이는 문장의 단조로움을 없애고 변화를 주는 방법이다. 예를 들면

'낮말은 새가 듣고 밤말은 쥐가 듣는다'와 같은 표현법이다.

만엽집 3번가의 한 구절을 사례로 든다. 대구법이 사용되어 있었다.

朝 庭 ○ ○取 撫賜
夕 庭 伊 ○○ 緣 立之

아침에 궁중에서 (그대는 나를) 받아들여 어루만져 주었고,
저녁에 궁중에서 그대는 (나를 받아들여) 인연을 맺으셨지.

여러 문자가 대구를 이루고 있지만 여기에서는 '조(朝)'와 '석(夕)'에 대해 설명한다.

'朝'와 '夕'이 현대인들에게 익숙한 한자라고 해서 섣불리 '아침'과 '저녁'이라는 뜻으로 단정해서는 해독에 오류가 나기 쉽다. 그런 사례가 부지기수였다. 만엽집 작품에서 '朝'는 '아침'과 '조정' 등의 의미로 사용되고 있고, '夕'의 경우 '저녁'과 '한 웅큼'으로 사용되는 경우도 있었다. 하지만 본 작품에서의 '朝'와 '夕'은 문자들의 전후 관계로 보아 대구 관계가 분명하기에, '아침'과 '저녁'으로 의미를 확정할 수 있는 것이다.

초신성이라는 별이 발견되었다.

질량이 큰 별이 급격한 폭발을 일으키면서 엄청나게 밝아지는 현상이다. 초신성에 대한 연구를 거듭한 결과 초신성이 별과 별 사이의 거리를 측정하는 도구로 사용할 수 있음을 알게 되었다. 우주에서의 거리측정이 심증을 떠나 과학적으로 가능하게 된 것이다.

향가 문자의 의미 확정에는 우주에서의 거리 측정 사례처럼 심증을

뛰어넘어 객관적으로 증명하는 방법이 필요하다. 대구법은 문자들의 상호 관계에 의해 의미를 확정할 수 있기에 의미를 추적하는 과학적 도구가 될 수 있다. 향가에 있어 대구법은 천문학에 있어 초신성에 해당한다고 할 수 있을 것이다.

비교법, 그리고 만엽집의 원가(原歌)와 반가(反歌)

문자의 의미를 확정하는 수단으로 대구법 외에 비교법이 있다. 비교법이란 동일하거나 유사한 내용을 표기해 놓은 글이 여러 개일 경우, 이들을 비교하여 뜻을 파악해 내는 방법이다.

비교법은 고대문자 해독에 있어 결정적 역할을 한다. 해독법에 있어 제일가는 지위를 갖고 있다.

비교법은 역사적으로 이집트 그림문자 해독 과정에서 진가를 발휘했다. 이집트 문자의 시작은 기원전 3,000년 경까지 거슬러 올라가나, 서기 450년으로 추정되는 낙서 조각을 끝으로 자취를 감추었다.

많은 암호학자, 언어학자들이 이집트 문자 해독에 나서 엄청난 노력을 기울였다. 연구자들은 거의 2세기에 걸쳐 이집트 문자는 한자와 같은 표의문자일 것이라고 가정하고 있었다. 그러나 그림문자는 훗날 표음문자로 확인되어 200여 년의 연구가 잘못된 가정에 토대를 두고 있었기에 실패를 거듭하였음을 알게 되었다. 표음문자 가정에 근거를 둔 무수한 주장은 연금술과 관련된 논문들처럼 일거에 모두 pseudo science가 되고 말았다.

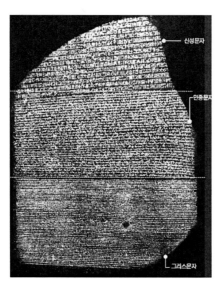

로제타 스톤(Rosetta Stone)

이집트 그림문자 해독은 1799년 Rosetta Stone이 발견되면서 주목을 받기 시작했다.

나일강 삼각주에 위치한 '로제타' 마을에 주둔하고 있던 나폴레옹의 군사들이 공사 도중 오래된 비석 하나를 발견하였다.

'Rosetta Stone'이라고 이름 붙인 돌비석에는 상단에 이집트 신성문자, 중단에 민중문자, 하단에 고대 그리스문자가 새겨져 있었다. 연구자들은 이집트 문자의 비밀을 해독할 실마리를 잡은 것으로 생각했다. 돌비석 하단에 새겨진 고대 그리스어로 된 문장은 해독해 낼 수 있을 것이기에, 만일 비석에 동일한 내용이 기록되어 있다면 단순하게 비교하는 것만으로도 이집트 문자들을 충분히 해독할 수 있을 것이라 생각했던 것이다. 비교법 활용을 전제로 생각한 것이다.

그러나 그렇지 않았다. 그 뒤로도 20년 이상의 세월이 흘러야 했다.

이때 영국 출신 토머스 영(Thomas Young, 1773~1829)이 등장했다. 그는 14세 때 12개의 언어를 공부했을 정도로 언어의 천재였다.

왕의 이름을 둘러싼 타원, 카르투슈(Cartouche)

토머스 영은 상형문자 중 일부 문자들이 카르투슈(Cartouche)라고 하는 타원 모양에 둘러 쌓여있는 것에 주목했다. 그리고 타원 안에 있는 문자가 이집트 왕의 이름일 것이라고 추측했다.

그는 Rosetta Stone의 카르투슈(Cartouche) 안에 있던 이집트 문자들을 일단 그리스어 부분에 있는 '프톨레마이오스'라는 왕의 이름으로 가정하고 각 문자들을 서로 비교해보았다. 몇 개의 그림 문자를 표음문자인 그리스어로 가정할 수 있게 되었다. 간단한 것이지만 드디어 첫 단서가 잡힌 것이다.

토머스 영의 업적은 이집트 문자를 표음문자로 가정하고 각각의 소리를 찾으려고 했다는 점이다. 모두가 표의문자로 보고 있을 때 그것을 부정하고 표음문자로 생각해낸 것은 놀라운 아이디어가 되었다.

필자의 향가 해독도 이와 흡사한 방향 전환의 끝에서 이루어진 것이다. 대다수의 연구자들이 향가문자를 표음문자로 보고 있었지만, 필자는 표음문자가 아니고 한자의 본령인 표의문자로 되어 있을 것이라는 가정을 세웠고 이것이 최초의 단서가 되었다.

그러나 이집트 그림문자 해독에서 결정적 업적을 이룬 사람은 프랑스의 장 프랑수아 샹폴리옹(Jean-Francois Champollion, 1790~1832)이었다.

토머스 영의 아이디어가 샹폴리옹에게서 꽃을 피웠다.

그는 1821년부터 1822년까지 Rosetta Stone을 집중적으로 연구하였다.

그는 '필래(Philrae)'에서 발견된 오벨리스크에 그리스어와 이집트 그림 문자로 씌어진 문장에서 '클레오파트라(Cleopatra)'의 이름을 찾아냈다. 그리스어로 표기된 '클레오파트라(Cleopatra)'의 알파벳과 이집트 그림 문자로 표기되어 있는 '클레오파트라(Cleopatra)'의 알파벳을 서로 비교해 봄으로써 이집트 그림문자들이 표음문자라는 사실을 입증하게 되었다.

필래(Philrae)의 오벨리스크

1822년 마침내 샹폴리옹에 의해 이집트 그림 문자의 비밀이 풀렸다. 칠흑 속의 고대 이집트 문명을 밝혀내게 되었다.

비교법에 의해 얻어진 승리였다. 인류문화사에 있어 가장 중대한 사건을 비교법이 같이 했다.

만엽집에도 필래(Philrae)의 오벨리스크에 새겨져 있는 '클레오파트라(Cleopatra)'와 비슷한 지점이 있었다. 석수장이가 바위의 결을 때려 단단한 바위를 조각내듯이 타격을 가할 맥점이 숨어 있었던 것이다.

바로 원가(原歌)와 반가(反歌)였다.

반가(反歌)는 '원가를 반복(反)하는 노래(歌)'란 뜻이다. 이들은 같은 사건을 달리 반복하여 표현하고 있기에 문자들을 비교해 봄으로써 의미를 추적할 수 있다.

비교법은 수많은 문자들이 박쥐떼처럼 혼돈의 춤을 추는 칠흑 동굴 속에서 문자의 의미를 확정하는 수단이 되어주었다.

14.
만엽집은 향가였다

필자는 신라 향가를 구성하고 있는 문자들을 분석하여 '향가 창작법'을 역추적해 낼 수 있었다. 찾아낸 주요 '향가 창작법'은 다음과 같다.

① 향가의 문자들은 표의문자로 기능한다.

② 문자의 배열은 한국어의 어순에 따른다. 이를 '한국어 어순법'이라고 한다.

③ 문장은 서기체(誓記體)로 표기되어 있다.

④ 향가는 노랫말, 청언, 보언의 기능을 하는 문자들이 어우러져 하나의 작품을 형성하고 있었다.

- 노랫말(歌言)로 기능하는 문자들을 해독하면 노랫말이 되었다.
- 청언(請言)은 천지귀신 등에게 소원을 이루어 달라고 청하는 문자들이었다.
- 보언(報言)은 뮤지컬 대본의 지문 성격의 문자들이었다.

⑤ 향가는 소원을 이루어주는 힘을 가지고 있다고 믿었다.

⑥ 향가가 가진 힘은 특수한 장치를 통해 증폭되었다. 그 장치는 여러 사람의 떼창(重口鑠金)과 떼춤(集團群舞), 또는 작품을 여러 개로 묶는 것이었다.

⑦ 향가와 관련된 고유명사는 작품의 창작의도와 긴밀히 연계되고

있었다. 이하 '고유명사법'이라고 한다.

위의 법칙들은 신라향가 14편에서 역추적해낸 것이다.

만엽집 650여 편을 분석해 본 결과 한 편의 예외도 없이 '향가 창작법'에 의해 만들어지고 있었다. 건물로 말하면 동일한 설계도에 의해 지은 집이었다. 하나의 집은 한반도에 있고, 또 하나의 집은 일본에 있었다.

향가 창작법은 신라, 고려 향가는 물론 만엽집 4,516편까지 남김없이 완독해 낼 수 있을 것이다. 새로운 작품 창작까지도 가능하다. 또한 무엇이 향가이고 무엇이 향가가 아닌지를 판정하는 기준이 될 수 있다. 향가 창작법에 따랐으면 향가이고, 아니면 향가가 아니었다. 즉 만엽집의 작품들은 향가였던 것이다.

만엽집의 작품들이 향가였기에 본서에서는 신라 시대의 향가 14편을 '신라 향가', 고려 시대 향가 11편은 '고려 향가', 만엽집에 수록된 작품들을 '만엽 향가'라 부르고자 한다.

2장

노래로 쓴 역사

만엽집 권제1에는 84편의 작품이 수록되어 있다.

본 장에서는 앞에서 소개한 신라향가 창작법을 권제1에 적용해 볼 것이다. 기계적 적용임에도 불구하고 작품들은 예외 없이 풀렸다. 기계적으로 풀린다는 이 사실이 중요하다. 향가문자가 100% 표의문자로 사용되고 있기에 일본어를 몰라도 가능하다.

필요한 능력이라고는 한자에 대한 기초적 소양과 한자 사전 찾는 법, 향가 창작법을 적용할 수 있는 능력 정도라면 충분할 것이다. 그러나 이것 외에도 필요한 소양이 있다. 낯선 것을 받아들이는 유연한 성품이 그것이다. 유연성은 낯선 문자 해독가에게는 필수불가결한 요소다. 해독과정에서는 매일매일 새로운 사실을 만나게 되기에 이를 기꺼이 받아들이지 못한다면 고대문자 해독은 사실상 어렵게 될 것이다.

향가문장을 구성하는 세 가닥 새끼줄을 풀어 헤치는 과정에서 고대 일본 천황가의 지밀(至密)에 해당하는 내용이 상당수가 나왔다. 낯선 내용을 거부하지 말아주기를 부탁드린다. 누구도 접근하지 못했던 진실의 역사가 신라향가 해독법에 의해 풀려나기에 낯설게 느껴질 뿐이다. 노래로 쓰여진 역사였다. 이들에 대한 2차 되새김은 해독에 필요한 최소한으로 하였다. 필자는 해독가의 위치에 굳건히 서있을 것이다.

웅략(雄略) 천황과 미조법(美藻法)

1번가

1) 해독 결과

籠毛與美籠母乳布久思毛與美夫君志持此岳尒菜採須兒家吉閑名告紗根
虛見津山跡乃國者押奈戸手吾許曾居師吉名倍手吾己曾座我許曾座告目家
呼毛名雄母

새가 새장에서 날아가려 하면 그녀의 생전공적을 아름답게 꾸며 그녀
에게 알려야 한다.
새가 새장에서 날아가려 하면 그녀의 생전공적을 아름답게 꾸며 그녀
에게 알려야 한다.

일꾼들은 그녀의 생전공적을 기록한 서책을 지고 가라.
계속 큰 산에 다니면서 그녀의 생전공적을 수집하여 예쁘게 꾸며야
한다.
그녀의 공적을 조사하여 비단같이 아름답게 꾸며 그녀에게 보여 주어
야 한다.
나루터와 산을 뒤져 그녀의 발자취를 조사하여야 한다.

온 나라의 집과 사람들을 조사하여야 한다.

나는 그녀를 스승으로 삼을 것이다.

공적을 쌓은 분을 모셨던 사람들과 나는 고집스럽게 공적을 조사하고,

떠나려는 그녀를 불러 꾸민 공적을 알려야 한다.

[일본식 해독(이연숙 전 동의대교수 역, 한국어역 만엽집에서 인용)]

바구니 바굼 들고 호멩이를요 멋진 호미 들고 이 언덕에서 나물 캐는 애 집안 말

해요 이름 말해요 (소라미츠) 일본이란 나라는 모두 통틀어 내가 다스리네 모두

통틀어 내가 지배하네 짐이야말로 밝힐까 집안도 내 이름도

　　신라향가 창작법에 의한 해독 결과와 일본식 해독법에 의한 풀이 결
과는 동일한 작품을 풀었다고 볼 수 없을 만큼 다르다. 작품 모두가 이
렇다. 무작위에 의해 일부작품들만 일본식 해독법에 의해 푼 결과를
소개하겠다.

2) 나의 명을 확실히 이행하라

　　향가의 분류에 있어 망인을 떠나보내는 향가를 '눈물향가'라는 새로
운 용어로 부르고자 한다. 장례가, 만가 등의 용어는 향가를 지나치게
음습하게 만들기 때문이다.

　　'미조법(美藻法)'이란 눈물향가에 있어 망인의 생전공적을 아름답게(美)
꾸며(藻, 꾸미다 조), 떠나려는 그의 영혼을 불러 알려준다는 법칙이다.
영혼은 남은 자들이 꾸며서 불러주는 내용에 감격해 저승으로 떠나지
를 못한다. 향가의 힘은 저승세계까지도 지배한다.

작자는 웅략(雄略)천황(재위 456~479)이다. 호족들을 장악한 다음 '대왕(大王)'이라는 칭호를 최초로 사용한 천황이며, '대악(大惡)대왕'으로도 불린다.

그의 실존이 확실하고 생몰연대와 재위기간이 맞다고 가정하면, 서기 400년대 이전에 일본 열도에는 완성된 형태로서의 향가가 이미 존재했다는 이야기가 된다. 이에 대해서는 별도의 검토가 필요하다.

작자 대악(大惡)대왕이 망인의 생전공적을 조사하여 아름답게 꾸민 다음 망인의 영혼에게 알려주라고 6회에 걸쳐 반복 명령하고 있다. 미조법(美藻法)을 시행하라고 강조하고 있다.

권제1(卷第一)의 편집자가 웅략천황의 작품을 맨 앞에 배치한 이유는 만엽집 편찬 목적을 짐작하게 하는 단서가 된다.

웅략천황은 수많은 정적을 제거하여 '대악(大惡)대왕'이라는 별명까지 가진 천황이었다. 무서운 대악대왕이 '생전공적을 미화하여 알리라'고 반복해 명령하고 있는데, 이를 어길 사람은 별로 없을 것이다. 권제1의 편집자는 청(請)의 확실한 이행을 위해 무시무시한 웅략천황을 앞장세우고 있는 것이다. 필자는 이러한 목적을 위해 작자 웅략천황이 1번가의 작자로 선발되었다고 본다.

향가의 원문은 주술성을 갖도록 하기 위해 세줄꼬기로 만들어진 새끼줄과 같다는 점을 감안해 떼어 쓰지 않고 나열해 두겠다. 떼어쓰기한 형태는 다음의 해독 근거란에 소개하겠다.

해독 근거

(1) 籠 毛與 美

① 노랫말: (새가) 새장에서 (날아가려 하면 그녀의 생전공적을) 아름답게 꾸며 (그녀에게 알려야 한다).

② 보언: 毛與 수염이 난 배우들이 무대로 나가 연기를 하라

③ 자의(字意)=향가문자(鄕歌文字)의 의미(意味)

籠=새장. 강릉 진또배기. 솟대에 오리 세 마리를 얹었다.

- 籠(새장 롱) 만엽집에서는 죽은 영혼이 오리(鴨), 학(鶴) 등 새로 은유되고 있다. 사람이 죽으면 새가 되어 본향으로 날아간다는 믿음을 반영한 것으로 보인다. 한국에는 솟대문화가 있다. 솟대에 올려놓은 새 역시 죽은 영혼과 관련이 있을 것이다. 만엽집의 새와 한반도의 솟대 문화 등을 바탕으로 해서 롱(籠)의 의미를 '새장'으로 해독한다.

- 毛(털 모) 毛=털=수염=수염이 난 배우. 보언.

- 與(무리 여) 보언. 보언은 연극 희곡의 지문에 해당하는 문자이다. 여러 개의 문자로 이루어지는 보언을 '다음절 보언'이라 하겠다.

- 毛與 [다음절 보언] 수염이 난 배우들

- 美 아름답다 미. 아름답게 꾸미다=공적을 아름답게 꾸미다. 장례 시 사용되는 향가를 '눈물향가'라고 한다. 눈물향가 창작 시 망인의 공적을 꾸미는 법칙을 미조법(美藻法)이라 한다.

(2) 籠 母乳布久思 毛與 美

① 노랫말: (새가) 새장에서 (날아가려 하면 그녀의 생전공적을) 아름답게 꾸며 (그녀에게 알려야 한다).

② 보언

- 母乳布久思 어머니에게 젖을 달라고 하며 오래도록 슬피 울라
- 毛與 수염 배우들이 무대로 나가 연기를 하라

③ 자의

- 籠 새장 롱
- 母 어머니 모
- 乳 젖 유
- 布 베풀다 포
- 久 오래다 구
- 思 슬퍼하다 사
- 母乳布久思 아이가 죽은 어머니에게 젖을 달라고 오래도록 슬퍼하다. 망인이 여자로 확인되는 구절이다.
- 毛 털 모 [보언] 毛=털=수염=수염이 난 배우
- 與 무리 여 [보언]
- 毛與 [다음절 보언] 수염이 난 배우들
- 美 아름답다 미. 아름답게 꾸미다=공적을 아름답게 꾸미다. 미조법(美藻法)이다.

(3) 夫 君志持

① 노랫말: (일꾼들은) 그녀의 (생전공적을) 기록한 서책을 가지고 (가라).

② 보언: 夫 일꾼들은 (생전공적을 기록한) 서책을 지고 나가라

③ 자의

- 夫 일꾼 부 [보언]
- 君 그대 군. 君은 여자를 지칭하기도 한다.
- 志 기록하다 지. 생적공적을 기록한 것이 눈물향가이다.

- 持 가지다 지
- 夫志持 일꾼이 생전의 공적을 기록한 서책을 가지고 가다. 35번 가에 이와 비슷한 용례가 나온다. 名二負勢能山=생전공적을 기록한 글을 두 사람이 짊어지고 세능산(勢能山)으로 간다.

본 작품의 창작시기를 판단할 때 참고할 수 있는 자료가 될 수 있다.

(4) 此岳 尒菜 探 須兒家吉 閑

① 노랫말: 계속 큰 산에 다니면서 (그녀의 생전공적을) 수집하여 예쁘게 꾸며야 한다.

② 청언: 尒 저승바다여 잔잔하라

③ 보언

- 菜 나물을 제수로 올리라
- 須兒家吉 수염이 난 90세 늙은이(=웅략천황)가 나이 먹은 마나님 (웅략천황의 황후로 추정)에 대한 제사를 지내라

④ 자의

- 此 계속 이어지는 발자국 차
- 岳 큰 산 악
- 尒 아름다운 모양 이. ~이 [청언] 고대인들은 사람이 죽으면 그의 영혼이 배를 타고 바다를 건너 저승으로 간다고 믿고 있다. 바다의 아름다운 모양은 잔잔한 모습이다. 만엽집에서 이(尒)는 천지귀신에게 '파도를 잔잔하게 하여 아름답게 해달라'고 청하는 문자, 즉 청언이다. 이하 본서에서는 '저승바다여 잔잔하라'로 해독하겠다. 尒는 爾의 생략형이다. 만엽집에서 가장 출현빈도가 높은 문자 중 하나다 [청언]은 표음문자와 표의문자로 동시에 기능한다.
- 菜 나물 채 [보언]

- 採 수집하다 채. 공적을 수집하다.
- 須 수염 수 [보언] 須=鬚=수염 수=수염난 배우
- 兒 구십세 늙은이 예. 兒=齯=구십세 늙은이 [보언]
- 家 마나님, 늙은 여자 가 [보언] 家=마나님으로 분장한 배우
- 吉 제사 길 [보언]　•　閑 예쁘다 한
- 採閑=名採閑(공적을 수집하여 예쁘게 꾸미다)=名告紗(공적을 조사하여 비단같이 아름답게 꾸미다)=名告藻(공적을 조사하여 꾸미다). 미조법 (美藻法)이다.

(5) 名告紗 根虛 見

① 노랫말: (그녀의) 공적을 조사하여 비단같이 아름답게 꾸미며 (그녀에게) 보여야 한다.

② 보언: 根虛 뿌리째 뽑으라

③ 자의

- 名 공적 명　•　告 조사하다 고
- 名告 일본 연구자들은 고대 일본에서 여자가 남자에게 '이름을 알려줌(名告)'은 결혼을 승락한다는 것을 의미한다고 하였다. 그러 나 해독결과 名告는 '이름을 알려주다'가 아니라 '공적을 조사하다' 는 의미로 쓰이고 있음이 확인된다.
- 紗 비단 사 '비단같이 아름답게 꾸미다'로 해독한다.
- 名告紗의 문자 구조=名告藻의 문자구조=공적을 조사하여 꾸미다.
- 根 뿌리 근 [보언]
- 虛 없다 허 [보언]
- 根虛 [다음절 보언] 뿌리째 뽑으라
- 見 드러나다 현

乃(노 젓는 소리 애). 그리스 신화 속에 나오는 저승의 뱃사공 카론(Charon). 카론은 죽은 영혼에게 돈을 받고 스틱스(Styx) 강을 건네준다.

(6) 津山跡 乃

① 노랫말: 나루터와 산(을 뒤져 그녀의) 발자취(를 조사하여야 한다)

② 보언: 乃 노를 저어라

③ 자의

• 津 나루터 진   • 山 산 산   • 跡 발자취 적

• 乃 노 젓는 소리 애 [보언] 영혼을 배에 태워 뱃사공들이 노래를 부르며 노를 저어 저승바다를 건너가라고 지시하는 문자다. 고대 이집트에는 태양의 배가 있었고, 그리스 신화에는 저승의 뱃사공 카론이 있다. 불교에는 반야용선(般若龍船)을 타고 고해의 바다를 건너 무량수불 극락으로 간다. 신라에서도 배 모양 토기를 타고 바다를 건넌다. 특히 경주 쪽샘지구 행렬도에는 바다를 건너는 장면이 장엄하게 그려져 있다.

(7) 國 者押奈 戶手

① 노랫말: 온 나라의 집과 사람들을 (조사하여야 한다).

② 보언

• 者 배우들이 무대로 나가 연기를 하라

• 押 관을 무대로 메고 나가라

• 奈 능금을 제수로 올리라

③ 자의

• 國 나라 국

• 者 놈 자 [보언] 만엽집에서는 배우를 표기하는 문자로 사용되고 있다. 者=놈 자 [보언] 배우

• 押 상자 갑 [보언] 押=관(棺)

• 奈 능금나무 나 [보언] 奈=제수로 바치는 능금으로 해독

• 戶 집 호   • 手 사람 수

(8) 吾 許曾居 師 吉

① 노랫말: 나는 (그녀를) 스승으로 삼을 것이다.

② 보언

• 許 이영차 힘을 내라 • 曾 시루에 제수를 찌라

• 居 무대에 거주하는 곳을 설치하라

• 吉 제사를 지내라

③ 자의

• 吾 나 오

• 許 이영차 호. [보언] 힘을 내라는 의미로 사용된다.

• 曾 시루 증 [보언]   • 居 거처하는 곳 거 [보언]

• 師 스승으로 삼다 사 • 吉 제사 길 [보언]

(9) 名倍手吾 己曾座

① 노랫말: 공적을 (가진 그녀를) 모시는 사람들과 나.

② 보언

- 己 절을 하라
- 曾 시루에 제수에 올리라
- 座 망인이 앉는 자리를 무대에 설치하라

③ 자의(字意)

- 名 공적, 평판 명
- 倍 모시다 배
- 手 사람 수
- 吾 나 오
- 己 몸을 구부리다 기 [보언] 절하다로 해독한다.
- 曾 시루 증 [보언]
- 座 자리 좌 [보언]

(10) 我 許曾座 告 目家 呼 毛 名 雄母

① 노랫말: 고집스럽게 (공적을) 조사하고 (떠나는 이를) 불러, (꾸민) 공적을 (알려야 한다).

② 보언

- 許 이영차 힘을 내라
- 曾 시루에 제수를 찌라
- 座 앉는 자리를 무대에 설치하라
- 目 우두머리가 나가라
- 家 마나님 배우가 무대로 나가라
- 毛 수염 배우가 무대로 나가라
- 雄母 남자 배우와 어머니 뻘의 여자 배우가 무대로 나가라

③ 자의

- 我 외고집 아
- 許 이영차 호 [보언]
- 曾 시루 증 [보언]
- 座 자리 좌 [보언] 무대에 자리를 설치하라

- 告 조사하다 고
- 家 마나님, 늙은 여자 가 [보언]
- 呼 부르다 호. 한국 장례 절차에서의 초혼(招魂)의 고대 형태일 수도 있다.
- 毛 털 모 [보언] 수염 배우
- 雄 수컷 웅 [보언]
- 雄母 [다음절 보언]
- 目 눈, 우두머리 목 [보언]
- 名 공적 명
- 母 어머니뻘의 여자 모 [보언]

서명(舒明)천황, 천향구산(天香具山)에 오르다

2번가

1) 해독

山常庭村山有等吹與呂布天乃香具山騰立國見乎爲者國原波煙立龍海原波加萬目立多都怜恂國曾蜻嶋八間跡能國者

천향구산에 천황의 기를 설치하고 마당과 농막을 만들었다.
산에 고기를 차려 올리고 여럿이 관악기를 취주하고 더불어 음률을 펼치도록 하였다.
천향구산에 올라 산 위에 서 나라를 내려다 보니
나라(國)의 벌판에는 연기가 용처럼 솟아 오르고
바닷가 벌판에 살고 있는 만 명의 사람들
영리하든 우둔하든 나라의 잠자리들이
많은 섬 사이를 왕래하며 화목하게 지내는 나라가 되어달라

[일본식 해독]
야마토(大和)에는 많은 산이 있지만 특별히 멋진 카구야마(香具山)에 올라가 서서 쿠니미(國見)를 하면은 육지에서는 연기 계속 오르고 바다에서는 갈매기 떼

들 나네 멋진 나라구나 (아키즈시마) 야마토(大和)의 나라는

* 내용이 상이함은 물론 일본식 해독법으로는 풀리지 않아 소위 침사(枕詞, 습관적으로 일정한 말 앞에 놓는 수식어)로 처리해 놓은 어구조차도 신라향가 창작법은 해독해낸다. 창작법이 침사라는 개념을 파괴해버린다. 여기서는 '아키즈시마'가 침사이다.

2) 만엽집 편찬의 목적

1번가의 작자는 웅략천황(재위 456~479), 2번가는 서명(舒明)천황(재위 629~641) 재위 시 만들었다.

1번가와 2번가의 시간적 거리는 대략 200여 년이다.

서명(舒明)천황은 만엽집 권제1의 사실상 첫 작자다. 천향구산(天香具山)에 올라 2번가를 창작했다. 산 아래를 내려다 보면서, 모두가 함께 어울려 화목하게 사는 나라가 될 수 있기를 천지신물에게 청하고 있다.
2번가에는 '여러 입은 쇠를 녹인다'는 중구삭금(衆口鑠金)이 공연되고 있다. 향가를 여럿이 공연하면 천지신물까지 두려워하여 청을 들어준다고 믿었다.
원문을 보면 중구삭금이 공연되는 장면이 묘사되고 있다. 산(山)에 올라가 천황의 기(常)를 설치하고 산위에 공연용 마당(庭)과 촌스러운 집(村)을 만든 다음 산(山) 위에 고기(有)를 차려 올리고, 여러 사람(等)을 시켜 관악기를 불게하고(吹), 더불어(與) 음률(呂)을 펼치게(布) 하였다. 노

래 부르고, 음악 연주하고, 기예를 펼치고 있다. 천향구산(天香具山) 위에서 중구삭금(衆口鑠金)이 장엄하게 펼쳐지고 있다.

천향구산은 대화삼산(大和三山)의 하나다. 나라현(奈良縣)에 있는 작은 산이나 일본인들이 신성시하는 산이다. 서쪽 산록에 식안지(埴安池)가 있다. 대화삼산은 천향구산, 무방산(畝傍山), 이성산(耳成山)을 말한다. 가야의 구지봉에 해당된다.

중구삭금의 핵심은 청(請)이다. 청을 이루기 위해 향가를 만들었고 공연된다. 서명천황도 음악 연주를 하게 하면서 '화목하게 지내는 나라가 되게 해달라' 청하고 있다. 향가는 청을 이루어 주는 힘의 노래이다. 본 작품은 노랫말에 청이 직접적으로 표현되고 있기에 청언이 별도로 존재하지 않고 있다. 본 작품의 문장은 세 가닥 줄이 아니라 노랫말과 보언 두 가닥 줄로 꼬여 있다.

만엽집 권제1의 편집자는 세상을 떠나시는 분의 생전공적을 꾸며 알리라 하는 작품을 1번가로 배치했고, 백성들이 화목하게 지내도록 해달라는 작품을 2번가로 배치하였다. 이 두 가지 청이 만엽집 권제1 편찬의 최우선 목적이었다.

해독 근거

(1) 山 常 庭村

원문	山	常	庭	村
노랫말	山	-	庭	村
보언	-	常	-	-

① 노랫말: 산에 마당과 농막을 (만들었다).

② 보언: 常 천황의 기를 세우라

③ 자의

- 山 산　　　　　　　　　• 常 천자의 旗 상 [보언]

- 庭 뜰 정. 음악을 연주하고, 재간을 부릴 마당으로 해독

- 村 농막, 촌스럽다 촌

(2) 山 有 等吹 與呂 布

① 노랫말: 산에 (고기를 차려 올리고) 여럿이 관악기를 불고 더불어 음률을 펼치도록 하였다.

② 보언: 有 고기를 제수로 올리라

③ 자의

- 山 뫼 산

- 有 값비싼 고기를 손에 쥔 모습 유 [보언]

- 等 무리 등　　　　　• 吹 관악(管樂) 취

- 與 동아리 여 [보언]　• 呂 음률 여

- 與呂 동아리가 음률 소리를 내다.

- 布 펼치다 포

(3) 天 乃 香具山騰 立 國見 乎爲者

① 노랫말: 천향구산에 올라 (산 위에 서) 나라를 (내려다) 보니

② 보언

- 乃 노를 저어라　　• 立 낟알을 제수로 올리다

- 乎 감탄하라　　　　• 爲 가장하라

- 者 배우가 나가라

③ 자의

- 天 하늘 천
- 乃 노 젓는 소리 애 [보언]
- 香 향 향
- 具 양손에 솥을 받쳐 들고 있는 모습 구 [보언]
- 天香具山 하늘에 빌기 위해 향을 피우고, 제수를 올리는 산 [고유명사법]
- 騰 오르다 등
- 立 낟알 립 [보언] 立=粒
- 國 나라 국
- 見 보다 견
- 乎 감탄사 호 [보언]
- 爲 가장하다 위 [보언]
- 者 놈 자 [보언] 배우

(4) 國原 波 煙 立 龍
① 노랫말: 나라의 벌판에는 연기가 용처럼 (솟아 오르고)
② 보언

- 波 파도가 치다
- 立 낟알을 제수로 올리라

③ 자의

- 國 나라
- 原 들판 원
- 波 파도 파 [보언]
- 煙 연기 연. 밥 짓는 연기
- 立 낟알 립 [보언] 立=粒
- 龍 용 룡

(5) 海原 波 加萬目 立多都
① 노랫말: 바닷가 벌판에 거처하는 만 명의 사람들
② 보언

- 波 파도가 치다
- 目 우두머리가 나가라
- 立 낟알을 제수로 올리라
- 多都 많은 사람들이 감탄하라

③ 자의
- 海 바다
- 波 파도 파 [보언]
- 萬 일만 만
- 立 낟알 립 [보언] 立=粒
- 都 아아, 감탄사 도 [보언]
- 多都 [다음절 보언] 많은 사람들이 감탄하다.

- 原 벌판
- 加 거처하다 가
- 目 눈, 우두머리 목 [보언]
- 多 많다 다 [보언]

(6) 怜恂國 曾 蜻嶋八間跡能國 者

① 노랫말: 영리하고 우둔한 나라의 잠자리들이 섬 8개 사이를 왕래
하며 화목하게 지내는 나라가 (되게 해달라).

② 보언
- 曾 제수를 시루에 쪄라
- 者 배우가 나가라

③ 자의
- 怜 영리하다 령
- 恂 우둔하다 구. 심방변+可로 되어있으나 恂로 판단된다.
- 國 나라 국
- 曾 시루 증 [보언]
- 蜻 잠자리 청. 民들의 은유로 해독한다.
- 嶋 섬 도
- 八 여덟 팔
- 嶋八 섬 여덟 개. 많은 섬. 八은 많다를 의미
- 間 사이 간
- 跡 왕래 적
- 能 화목하게 지내다 능
- 國 나라 국
- 者 놈 자 [보언] 배우

효덕(孝德) 천황의 정치적 고립

3번가

1) 해독

八隅知之我大王乃朝庭取撫賜夕庭伊緣立之御執乃梓弓之奈加弭乃音爲
奈利暮獦尒今他田渚 良之御執梓能弓之奈加弭乃音爲奈里

온 나라 사람들은 생전의 공적을 대왕께 알리라
고집스럽게도 대왕께서는 아침에 나를 궁중에 받아들여 어루만져 주
셨고, 저녁에도 궁중에 그대는 나를 받아들여 인연을 맺어주셨지
대왕께서 잡으셨던 활에서 어찌 해 소리가 나는가
해가 저무니 데리고 다니시는 개들이 이제 다른 나라의 밭 나루터 물
가에 가 있구나
대왕께서 잡고 기량을 보이시던 활에서 어찌 해서 소리가 나는가

[일본식 해독]
(야스미시시) 우리들의 대왕이 아침에는요 손에 들고 만지고 저녁에는요 옆에 세
워두었던 애용하시던 가래나무로 된 활 한 가운데서 소리 들리네 아침 사냥을
지금 떠나시나봐 애용하시는 가래나무로 된 활 한 가운데서 소리 들리네

　　　　일본 만엽집萬葉集은 향가였다

2) 효덕(孝德)천황의 고립

효덕천황이 654년 사망하였다.

아내 간인(間人)황후가 효덕천황 사망 후 간인로(間人老)라는 사람을 시켜 만들게 한 작품이다. 공식적 작자는 간인황후이지만 실제 작자는 간인로(間人老)이다.

[효덕(孝德)천황의 주요 가족관계]

- 황후(皇后) : 간인(間人)황후(?~665, 皇極천황의 딸)
- 비(妃) : 阿倍 小足媛[1男 有間황자(640~658)]
- 비(妃) : 乳娘

장례 시 사용되는 눈물향가인 이 작품에는 비록 미조법(美藻法)에 의해 꾸민 내용이라 하지만 천황과 황후의 부부관계가 언급되고 있다. 사적이고 민감한 내용이다. 따라서 천황가, 특히 간인(間人)황후가 비공개적으로 소장했어야 한다. 그런데도 외부로 공개되었다. 어떻게 이런 은밀한 내용의 작품이 공개될 수 있었는지 놀라울 뿐이다.

본 작품의 심층이해를 위해서는 효덕천황의 가족관계에 대한 이해가 필요하다.

서명(舒明)천황과 그의 아내 보(寶)황녀로부터 이야기가 시작된다. 이들 부부 사이에는 중대형(中大兄)황자와 간인(間人)황녀가 있었다. 또 보(寶)황녀에게는 남동생으로 경(輕)황자가 있었다.

남편 서명천황이 사망하자 642년 보황녀가 황극(皇極)천황으로 즉위하였다. 3년 후 중대형황자가 '을사의 변(乙巳의 變)'을 일으켜 어머니 황극천황의 면전에서 당대의 실력자 소아입록(蘇我入鹿)의 목을 베어 죽였다. 그러자 황극천황이 퇴위하는 사건이 벌어졌다. 중대형황자는 권력을 잡았지만, 일단 어머니 황극천황의 친동생인 경(輕)황자에게 황위를 양보했다. 황위에 오른 경황자가 효덕(孝德)천황이다.

효덕천황은 즉위한 후 중대형황자를 황태자로 삼았고, 중대형황자의 여동생 간인(間人)황녀를 황후로 맞았다. 내치로는 대화개신(大化改新)이라는 개혁조치를 단행했고, 외치로는 신라, 고구려, 백제로부터 경쟁적인 구애를 받았다. 구애가 오도록 외치를 했을 것이다.

그러나 실제 권력은 효덕천황이 아니라 중대형황자에게 있었음을 보여주는 사건이 발생하였다.

효덕천황이 난파궁(難波宮)으로 천도하였으나 얼마 후 중대형황자가 다시 아스카로 돌아가자고 제안했다. 효덕천황이 이를 거절하자 중대형황자는 효덕 천황만 난파궁(難波宮)에 남겨두고, 신하들은 물론 어머니 보(寶)황녀와 간인(間人)황후를 데리고 아스카로 가버리는 사태가 발생하였다. 고립된 효덕천황은 병이 들었고, 다음 해인 654년 사망하였다.

해독된 눈물향가의 내용은 효덕천황의 생전공적에 대해 언급하고 있다. 대표적인 공적으로 부부의 화목함이 언급되고 있다. 실제로는 그렇지 않았을 것이나, 미조법(美藻法)에 의한 부부화목이다.

해독 근거

(1) 八隅知 之

① 노랫말: 여덟 모퉁이 사람들은 (생전공적을 대왕에게) 알리라

② 보언: 之 장례행렬이 나아가라

③ 자의

- 八 여덟 팔. 많다.　　　　• 隅 모퉁이 우
- 知 알리다 지. 孝德천황이 생전에 이룬 공적을 조사하고 꾸민 다음 그의 영혼에게 알리다.
- 之 가다 지 [보언]

(2) 我大王 乃 朝庭取撫賜 夕庭伊緣 立之

① 노랫말: 고집스럽게도 대왕께서는 아침에 (나를) 궁중에 받아들여 어루만져 주셨고, 저녁에도 궁중에 그대는 (나를 받아들여) 인연을 맺어 주셨지.

② 보언

- 乃 노를 저어라　　　　• 立 낟알을 제수로 바치라
- 之 장례행렬이 나아가라

③ 자의

- 我 외고집 아　　　　　• 大王 천황. 여기서는 효덕천황이다.
- 乃 노 젓는 소리 애 [보언]　• 朝 아침 조
- 庭 궁중 정　　　　　　• 取 받아들이다 취
- 撫 어루만지다 무　　　　• 賜 주다 사
- 夕 저녁 석　　　　　　• 庭 궁중 정
- 伊 너 이. 효덕천황　　　• 緣 연분 연

- 立 낟알 립 [보언] 立=粒　　　• 之 가다 지 [보언]

(3) 御執 乃梓 弓 之奈 加弭 乃 音 爲奈利
① 노랫말: 대왕께서 잡으셨던 활에 붙인 활고자에서 소리가 (어찌 나리)
② 청언: 利 이롭게 해 주시라
③ 보언
- 乃 노를 저어라　　　　　　• 梓 관을 무대로 메고 나가라
- 之 장례행렬이 나아가라　　• 奈 능금을 제수로 올리라
- 노를 저어라　　　　　　　• 爲 가장하라
- 奈 능금을 제수로 올리라
④ 자의
- 御 임금 어. 효덕천황　　　• 執 잡다 집
- 梓 시신을 넣는 관 재 [보언]
- 能 기량을 보이다 내
- 弓 활 궁. 망자를 향해 활을 쏘는 고대의 제의 의식을 치르고 있다.
- 之 가다 지 [보언]　　　　• 奈 능금나무 나 [보언]
- 加 붙이다 가　　　　　　• 弭 활고자 미
- 乃 노 젓는 소리 애 [보언]　• 音 음률 음 [보언]
- 爲 가장하다 위　　　　　• 奈 능금나무 나 [보언]
- 利 이롭다 이. 이 [청언] 저승에 편히 가도록 해달라는 청이다.

(4) 暮獦 介 今他田渚 良之
① 노랫말: 해가 저무니 (데리고 다니시던) 개들이 이제 다른 나라의 밭
물가에 (가 있어라).
② 청언

- 尒 저승바다여 잔잔하라
- 良 길하라

③ 보언: 之 장례 행렬이 나아가라

④ 자의

- 暮 저물다 모, 효덕천황이 사망했다.
- 獦 개 갈
- 尒 아름다운 모양 이. 이 [청언]
- 今 이제 금
- 他田 다른 나라의 밭
- 渚 물가 저, 저승배가 닿는 물가
- 良 길하다 량. 라. [청언]
- 之 가다 지 [보언]

弓, 제의로서의 鳴弦

(5) 御執 梓 能弓 之奈 加弳 乃 音 爲奈里

① 노랫말: 대왕께서 잡고 기량을 보이시던 활에 붙인 활고자에서 소리가 어찌 나리

② 청언: 里 이웃이 되게 해주소서

③ 보언

- 梓 관이 나가라
- 之 장례행렬이 나아가라
- 奈 능금을 제수로 올리라
- 乃 노를 저으라
- 爲 가장하라
- 奈 능금을 올리라

④ 자의

- 御 임금 어. 효덕천황이다.
- 執 잡다 집
- 梓 관 재 [보언]
- 能 기량을 보이다 능
- 弓 활 궁
- 之 가다 지 [보언]
- 奈 능금나무 나 [보언]
- 加 붙이다 가
- 弳 활고자 미
- 乃 노 젓는 소리 애
- 音 음률 음
- 爲 가장하다 위 [보언]
- 奈 능금나무 나 [보언]
- 里 이웃 리 [청언] 고립시키지 말고 이웃이 되어 달라는 청이다.

4번가

1) 해독

玉剋春內乃大野尒馬數而朝布麻須等六其草深野

대왕의 생전공적을 아름답게 꾸며 돌에 새기라
큰 들에는 말 몇 마리와 조복 입은 사람과 삼베 상복 입은 사람 여섯
명뿐
거친 풀이 무성한 들판

[일본식 해독]
(타마키하루) 우지(宇智)의 넓은 들에 말 나란히 해 아침에 밟겠지요 풀이 무성한
들을

2) 쓸쓸한 장례행렬

효덕(孝德)천황은 아스카로의 천도 문제를 두고 당시의 실력자 중대형
황자와 갈등을 빚었다. 그는 정치적으로 고립되어 있다가 얼마 안 되어
사망하였고, 그의 장례는 쓸쓸하게 치러졌다. 장례행렬이 나갈 때 관
리들과 삼베 상복 입은 사람은 모두 해서 여섯 명뿐이었다. 실력자 중
대형황자를 의식했기 때문일 것이다. 쓸쓸했던 장례 모습을 수채화처
럼 담담하게 그려낸 수작이다.

중황명(中皇命)이 간인로(間人老)를 시켜 짓게 한 눈물향가다.
실제의 작자는 간인로이다.
간인로는 3, 4번가를 창작했다.

작자 중황명(中皇命)이 누구인가에 대해서는 3가지 주장이 제기되고
있다.

① 효덕천황의 아내 간인(間人)황녀라는 주장

② 효덕천황의 누나인 보(寶)황녀라는 주장

③ 중대형황자라는 주장

본 작품의 중요한 점은 고대 장례행렬을 짐작할 수 있다는 데 있다. 원문에서 장례행렬을 뜻하는 문자들이 다음과 같이 확인된다.

① 春內乃: 장례행렬이 나가고(春), 바다 안쪽(內)으로 나가기 위해 뱃사공이 노를 젓는 연기(乃)를 하고 있다.

② 馬而: 말(馬)을 타고 구레나룻(而) 무사가 나간다.

③ 그 뒤 본대의 모습이 그려져 있다. 관복(朝) 입은 관리들과 삼베 상복(麻) 입은 6명이 따르고 있다. 천황의 장례임에도 불구하고 쓸쓸하다.

④ 바람신(其)에게, 저승길 가는 바닷길에 바람이 알맞게 불게 해 달라고 빈다.

해독 근거

(1) 玉 剋

① 노랫말: 대왕의 (생전공적을 조사하고 아름답게 꾸며) 새기라

② 자의

· 玉 옥 옥. 대왕 즉, 효덕천왕을 은유   · 剋 새기다 극

(2) 春內乃 大野 尒 馬數 而 朝布麻 須等六

① 노랫말: 큰 들에는 말 몇 마리와 조복을 입은 사람과 삼베 상복 입은 사람들 여섯 명뿐

② 청언: 介 저승바다여 잔잔하라

③ 보언

- 春內乃 장례행렬이 나가라, 강의 안쪽으로 노를 저어라

- 而 구레나룻 배우가 나가라

④ 자의

- 春 나가다 준. 春=蠢

- 內 강의 안쪽 내

- 乃 노 젓는 소리 애 [보언]

- 內乃 강의 안쪽으로 노를 저어라

- 大野 큰 들

- 介 아름다운 모양 이. 이 [청언]

- 馬 말. 저승 무사가 탄 말

- 數 몇 수

- 而 구레나룻 이 [보언]

- 朝 (임금을) 뵈다, 배알하다 조

- 布 베 포. 옷으로 해독

- 朝布 조복을 입은 관리

- 麻 삼으로 지은 상복

- 須 수염 수 [보언]

- 等 무리 등 [보언]

- 六 여섯 륙

- 須等六 수염이 난 무리가 여섯

其=箕(키 기, 바람 신)
장례에서 키에 저승사자에게 주는 밥을 담아 올리고
있다. 한국 Content 진흥원 제공

(3) 其 草深野

① 노랫말: 거친 풀이 무성한 들판

② 보언: 其 키에 제수를 올리라

③ 자의

- 其 키 기 [보언] 其=箕. 箕는 바람신이다. 바람신에게 빌다. 일본 서기 천무 5년 7월 16일 조. 용전의 바람신에게 제사 지냈다(祭龍田風神).
- 草 거친 풀 초   · 深 무성하다 심
- 野 들 야

5번가

1) 해독

霞立長春日立晩家流和豆肝之良受寸肝乃心乎痛見奴要子鳥卜歎居者珠手次懸乃宜久遠神吾大王乃行幸能山越風乃獨居吾衣手朝夕尒還比奴禮婆大夫登念有我母草枕客尒之有者思遣鶴寸乎白土網能浦之海處女等之燒鹽乃念曾所燒吾下情

긴 날 황혼에 그대와 서로 화하여야 함이라
마음 아프게도 그대를 보게 해 달라고 하며 짐바리만큼 탄식하는 아이가 집에 있어
나의 구슬을 사람을 시켜 무덤 곁 여막에 오래오래 매달아 놓게 할 것이다

신이 되신 나의 대왕께서는 가 계신 행궁에서
산 넘어 불어오는 바람 맞으며 홀로 계실 것이니
아침 저녁으로 왕래하며 대왕과 함께하리라
대부를 생각하면서 고집스럽게 풀숲에서 드러누워 자는 조문 온 손님
들이 슬퍼하면서 그대를 보낸다
소금 굽고 농사짓고 그물로 물고기 잡아 사는 사람들이 화목하게 사
는 포구의
바닷가 처녀들은 구운 소금을 제수로 올려야 하겠다고 생각하며 불을
피운다네
나의 정인이시여

[일본식 해독]
아지랑이 낀 길고도 긴 봄날이 저물었다는 사실도 모를 정도(므라기모노) 가슴이
쓰라려서 (누에코도리) 몰래 울고 있으면 (타마다스키) 말만으로도 멋진 신이시었던
우리 대왕님께서 행차를 하신 산을 넘은 바람이 혼자서 있는 나의 소매 자락에
아침저녁에 불어 돌아오므로 대장부라고 생각하였던 나도 (쿠사마쿠라) 여행길에
있으니 생각을 떨칠 방도를 알 수 없어 아미(網)의 포구의 해녀 아가씨들이 굽는
소금가 마음이 타고 있네 내 마음 밑바닥은

2) 소금 굽고 농사짓고 물고기 잡아 사는 사람들이 화목하게 사는 포구

작자는 군왕(軍王)이다.
군왕 스스로 눈물향가를 사용하였다면 작품의 내용으로 보아 그는
천황의 비이자, 천황과의 사이에 아들이 있어야 한다.

그러나 효덕천황의 가족관계를 보면 군왕(軍王)이 들어갈 공간이 없다. 또한 군왕이 효덕천황의 가족이라는 자료는 어디에도 없다.

654년 경 사망한 천황은 서명(舒明)천황(641년)과 효덕천황(654년) 뿐이다. 둘 중 어느 천황을 위한 작품인지는 작품의 배치로 알아낼 수 있다. 본 작품은 효덕천황 사망 직후에 배치되어 있다. 따라서 효덕천황에 대한 눈물향가로 보아야 할 것이다.

작품의 내용으로 보면, 작자는 여인이었다. 천황의 부인이었고, 천황과의 사이에 어린 아들을 두고 있었다. 이러한 조건을 갖춘 여인은 효덕천황을 둘러싼 세 사람의 여인(간인황후, 小足媛, 乳娘) 중 소족원(小足媛)이다. 그녀에게는 효덕천황과의 사이에 유간(有間)황자가 있기 때문이다. 유간황자는 아버지가 사망할 때 14세였다. 그렇다면 효덕천황 사망시 군왕이 작품을 만들어, 효덕천황과의 사이에 아들을 둔 소족원(小足媛)에게 주었을 것으로 판단된다.

해독 근거

효. 신라 5세기. 황남대총 발굴,
경주박물관 소장

(1) 霞立 長 春 日 立 晚 家流 和 豆肝之良

① 노랫말: 긴 날의 황혼에 (망인과) 서로 화하여야 함이라

② 보언

- 霞 맛있는 술을 올리라
- 立 낟알을 제수로 올리라
- 春 장례 행렬이 나가라
- 立 낟알을 제수로 올리라
- 家 마나님 배우가 무대로 나가 연기하라
- 流 떠돌라
- 豆肝 굽다리 접시에 肝을 제수로 차려 올리라
- 之 장례행렬이 나아가라

③ 청언: 良 길하라

④ 자의

- 霞 맛있는 술 하 [보언]
- 立 낟알 립 [보언] 立=粒
- 長日 긴 날
- 春 움직이다, 떨쳐 일어나다 준 [보언]
- 立 낟알 립 [보언] 立=粒
- 晚 황혼 만
- 家 마나님, 늙은 여자 가 [보언]
- 流 떠돌다 류
- 和 서로 응하다 화
- 豆 굽다리 접시 두 [보언] 높은 굽이 달린 토기이다.
- 肝 간 간 [보언]
- 之 가다 지 [보언]
- 良 길하다 량. 라. [청언]

(2) 受寸肝乃 心 乎 痛見奴要子 鳥 卜歎 居者

① 노랫말: 마음 아프게도 (그대를) 보게 해 달라고 사내종에게 요구하는 아들이 짐바리만큼 탄식하고 있어

② 보언

- 受寸肝 제수로 올린 약간의 간을 드리라
- 乃 노를 저어라　　　• 乎 탄식하라
- 鳥 새가 날아가라　　• 居 무대에 거처를 설치하라
- 者 배우가 무대로 나가 연기하라

③ 자의

- 受 주다 수 [보언] 배에서 물건을 건네주거나 받는 모습을 표현한 것이다. 갑골문에서의 受는 '받다'나 '주다'의 구별이 없다.
- 寸肝 작은 간 [보언]
- 受寸肝 [다음절 보언] 저승배 타기 전 마지막 요깃거리로 간을 주다.
- 乃 노 젓는 소리 애 [보언]　　• 心 마음 심
- 乎 감탄사 호 [보언]　　　　　• 痛 아프다 통
- 見 보다 견　　　　　　　　　• 奴 사내종 노
- 要 요구하다 요　　　　　　　• 子 아들 자
- 鳥 새 조 [보언]
- 卜 짐바리(마소로 실어 나르는 짐) 짐
- 歎 탄식하다 탄　　　　　　　• 居 집 거 [보언]
- 者 놈 자 [보언] 배우

⑶ 珠手次懸 乃宜 久遠
① 노랫말: (나의) 구슬을 사람을 시켜 여막에 매달게 할 것이다, 오래 오래 (매달게 할 것이다)
② 보언
- 乃 노를 저어라　　　• 宜 안주를 차려 올리라
③ 자의

- 珠 구슬 주. 소족원(小足媛)이 차던 구슬
- 手 사람 수
- 次 여막(廬幕) 차. 상주가 무덤을 지키기 위하여 그 옆에 지어놓고 거처하는 초가를 말한다.
- 懸 매달다 현
- 珠次懸 구슬을 여막에 매달다. 효덕천황이 소족원(小足媛)을 보고 싶어 떠나지 않을 것이다.
- 乃 노 젓는 소리 애 [보언]   · 宜 안주 의 [보언]
- 久 오래다 구   · 遠 (세월이) 오래되다 원

(4) 神吾大王 乃 行幸能山越風 乃 獨 居

① 노랫말: 신이 되신 나의 대왕께서는 가신 행궁에서 응당 산 넘어 오는 바람 맞으며 홀로 (계실 것이니).

② 보언

- 乃 노를 저어라 · 乃 노를 저어라 · 居 무덤을 무대에 설치하라

③ 자의

- 神吾大王 신이 되신 나의 천황   · 乃 노 젓는 소리 애 [보언]
- 行 가다 행   · 幸 임금의 나들이
- 能 응당하다 능
- 山越風 산넘어 부는 큰 바람. 6번가의 山越風과 연결지어 해독해야 한다.
- 乃 노 젓는 소리 애   · 獨 홀로 독
- 居 무덤 거 [보언]

(5) 吾 衣手 朝夕 介 還比 奴禮婆

① 노랫말: 나는 아침저녁으로 왔다갔다 하며 (대왕과) 함께 할 것이다.

② 보언

- 衣手 수의를 입은 사람이 나가라 • 介 저승바다여 잔잔하라
- 奴禮婆 사내종이 절하는 모습을 하라

③ 자의

- 곰 나 오 • 衣 옷 의 [보언]
- 手 사람 수 [보언]
- 衣手 [다음절 보언] 수의를 입은 사람
- 朝夕 아침 저녁 • 介 아름답다 이. 이. [청언]
- 還 돌아오다 환. 길을 한 바퀴 돌아서 온다는 뜻
- 比 나란히 하다 비. 망인 효덕천황과 함께하다.
- 奴 사내종 노 • 禮 절 례
- 婆 모습의 형용 파
- 奴禮婆 [다음절 보언] 노비가 절하는 모습

(6) 大夫 登 念 有 我 母 草枕客 介之有者 思遣 鶴寸乎

① 노랫말: 대부를 생각하면서 고집스럽게 풀 숲에서 드러누워 자는 조문 온 손님들이 슬퍼하면서 (그대를 저승으로) 보낸다.

② 보언

- 登 제기를 늘어놓으라 • 有 고기 제수를 올리라
- 母 어머니뻘의 여자가 무대로 나가 연기하라
- 저승바다여 잔잔하라 • 之 장례행렬이 나아가라
- 有 고기 제수를 올리라 • 者 배우가 무대로 나가 연기하라
- 鶴 학이 나가라 • 寸乎 작은 소리로 탄식하라

③ 자의

- 大夫 대부. 대왕
- 登 옛날에 쓰던 그릇의 한 가지 등. [보언] 굽이 높고 모양이 두(豆)와 같다.
- 念 생각하다 념
- 有 값비싼 고기를 손에 쥔 모습 유 [보언]
- 我 외고집 아　　　　　　　　 · 母 어머니뻘의 여자 [보언]
- 草枕 거친 풀숲에서 자다.
- 客 손님 객. 조문 온 손님들로 해독
- 介 아름다운 모양 이. 이. [청언]　 · 之 가다 지 [보언]
- 有 값비싼 고기를 손에 쥔 모습 유 [보언]
- 者 놈 자 [보언] 배우　 · 思 슬퍼하다 사
- 遣 보내다 견　　　　 · 鶴 학 학 [보언] 대왕을 은유
- 寸 마디 촌 [보언]　　 · 乎 감탄사 호 [보언]

(7) 白土網能浦 之

① 노랫말: 흰 소금을 굽고, 농사를 짓고, 그물로 물고기 잡아 사는 사람들이 화목하게 지내는 포구

② 보언: 장례행렬이 나아가라

③ 자의

- 白 하얗다 백. 소금으로 해독　　 · 土 흙 토. 농사로 해독
- 網 그물 망. 고기 잡으며 사는 사람들로 해독
- 白土網 백성들의 은유　　　 · 能 화목하게 지내다 능
- 浦 바닷가 포. 일본 땅으로 해독　 · 之 가다 지 [보언]

(8) 海處女等 之 燒鹽 乃 念 曾所 燒

원문	海	處	女	等	之	燒	鹽	乃	念	曾	所	燒
노랫말	海	處	女	等		燒	鹽		念			燒
보언					之			乃		曾	所	

※ 노랫말과 보언 기능을 하는 문자들이 두 줄로 꼬여 있다.

① 노랫말: 바다 처녀들은 구운 소금을 (제수로 올려야 하겠다고) 생각하며 (소금 구으러) 불을 피운다.

② 보언

- 之 장례행렬이 나아가라
- 乃 노를 저어라
- 曾 시루에 제수를 찌라
- 所 관아를 설치하라

③ 자의

- 海 바다 해
- 處 미혼으로 친정에 있다 처
- 女 여자 여
- 等 무리 등
- 之 가다 지 [보언]
- 燒 불태우다 소
- 鹽 소금 염
- 燒鹽=火鹽
- 乃 노 젓는 소리 애 [보언]
- 念 생각하다 념
- 曾 시루 중 [보언]
- 所 관아 소 [보언]
- 燒 불태우다 소

(9) 吾 下 情

① 노랫말: 나의 정인이시여

② 보언: 下 아랫사람이 나가라

③ 자의

- 吾 나 오
- 下 아랫사람 하 [보언]
- 情 사랑 정

6번가

1) 해독

山越乃風乎時自見寐夜不落家在妹乎懸而小竹櫺

산 너머에서 큰 바람이 불어오는 때면 그대를 찾아가 뵈어야 한다네
모두가 잠이 든 깊은 밤 나는 그대가 걱정스러워 잠들지 못한다네
집에만 있어 세상 사리 모르는 여자지만 그대 짚고 가라고 여막에 매
달아 놓은 영수목 지팡이

[일본식 해독]
산 넘어 오는 바람은 계속 불고 잠자는 밤마다 집에 있는 아내를 맘에 담고
그리네

2) 그대 짚고 가라고 여막에 매달아 놓은 영수목 지팡이

군왕(軍王)의 작품이다.
5번가의 반가(反歌)다.
효덕천황 사망 시 만들어진 눈물향가다. 서정성이 뛰어나 여자의 작
품으로 생각될 정도다. 군왕이 일급 창작자임을 알 수 있다.

3번가(間人황후), 4번가(中皇命), 5번가(軍王), 6번가(軍王)가 효덕천황
사망 시 만들어졌다. 한 사건을 두고 4작품이 만들어졌으니 상당한 양

이다.

권제1에서 본격적으로 눈물향가가 창작되는 최초의 사례다.

3, 4, 5, 6번가가 효덕천황을 위해 만들어져 있으나 생전공적이 거의 표현되어 있지 않다. 대화개신 등 재위 시의 업적이 실상은 중대형의 업적이었고, 정치적 실력자 중대형황자를 의식했기 때문으로 보인다.

만엽집에는 상당수의 반가(反歌)가 있다. 반가(反歌)란 하나의 작품에 대해 그 내용의 일부를 떼어내 반복해 재창작해 놓은 것이다.

원석에 해당하는 작품을 원가(原歌)라고 하겠다.

반가(反歌)는 꼭 하나만 있어야 한다는 법은 없다. 하나의 원가(原歌)에 3, 4개의 반가(反歌)가 붙어 있는 경우도 있었다.

반가(反歌)는 원가(原歌)에서 일부분을 떼어낸 다음, 내용을 조금 비틀어 재창작하거나 반복해 놓은 작품이었다.

이집트 그림문자 연구자들이 그리스어와 이집트 그림 문자들을 비교하면서 그 음가(音價)를 찾아 갔듯이, 필자도 만엽집 원가(原歌)와 반가(反歌)의 문자들을 하나하나 비교해 가면서 각 문자의 의미와 구조를 찾아갔다. 이러한 방법들을 동원해 마침내 만엽향가의 문자 의미를 파악해 냈고, 정교하게 꼬여 있던 문장 구조를 해체할 수 있었다.

해독 근거

(1) 山越 乃 風 乎 時 自 見

① 노랫말: 산 넘어 (큰) 바람이 불어오는 때면 (그대를 찾아가) 뵙는다

② 보언

- 乃 노를 저으라
- 自 코를 훌쩍이라
- 乎 탄식하라

③ 자의

- 山 산
- 越 넘다 월
- 乃 보언
- 風 바람이 불다 풍. 저승길에 큰 바람이 불다. 5번가의 山越風과 연계하여 해독해야 한다.
- 乎 감탄사 호 [보언]
- 自 코 비 [보언] 鼻의 古字
- 時 때 시
- 見 보이다 견

(2) 寐夜不落

① 노랫말: (모두가) 잠이 든 깊은 밤에도 (나는 그대가 걱정스러워) 잠에 떨어지지 않는다.

② 자의

- 寐 (잠을) 자다 매
- 夜 깊은 밤 야
- 不 아니다 불
- 落 떨어지다 락

(3) 家在 妹 乎 懸 而 小竹 檟

① 노랫말: (집에만 있어) 세상 사리 모르는 여자지만 (그대 짚고 가라고 여막에) 매달아 놓은 영수목 지팡이

② 보언

- 家 마나님 배우가 나가 연기하라
- 在 무대에 처소를 설치하라
- 乎 탄식하라
- 而 구레나룻 배우가 나가라

- 小竹 소죽엽을 머리에 꽂으라

③ 자의

- 家 마나님, 늙은 여자 가 [보언]

- 在 처소 재 [보언]

- 妹 사리에 어둡다 매. 妹=昧 해독

- 乎 감탄사 호 [보언]

- 懸 매달다 현. 5번가의 懸과 연계하여 해독, 次가 생략되었음을 파악해야 한다.

- 而 구레나룻 이 [보언]

- 小竹=小竹葉 작은 대나무 잎. [다음절 보언] 장례 시 여자들이 머리에 꽂는 작은 대나무 잎

- 樻=靈壽木 영수목 궤 [보언] 영수목은 마디가 굵고 커서 지팡이를 만드는 데 쓰이는 나무다.

제명(齊明)천황,
손자의 죽음에 오열하다

7번가

1) 해독

金野乃美草苅葺屋杼礼里之兎道乃宮子能借五百礒所念

칼날같이 살을 에는 바람이 부는 들에서 그대의 생전공적을 아름답게
꾸미리라
그대가 의지하고 있는 집은 풀로 지붕을 인 집이지
토도(兎道)에 있는 여막(廬)을 생각하네

[일본식 해독]
가을 들판의 참억새 지붕 덮고 나그네 잠 잔 우치(宇治)에 있는 행궁 임시거처 생
각나네

2) 제명천황에게는 '내가 죽은 뒤 반드시 나의 무덤에 합장하라'고 명했던 손자가 있었다

7번가의 작자는 액전왕(額田王)이다. 액전왕이 지어 제명천황에게 바친 작품이다.

산상억량(山上憶良)은 본 작품에 대해 다음과 같이 기록했다.
'서명(舒明)천황 원년인 629. 12. 14. 제명천황께서는 이예(伊豫) 온천의 이궁에 행차하였다. 그 뒤 661년에 제명천황의 배가 축자(筑紫)를 향해 출발하여, 1월 14일에 이예(伊豫)의 숙전진(宿田津)의 석탕(石湯) 행궁에 정박하였다. 제명천황은 남편과 왔을 때의 풍물이 여전히 남아 있는 것을 보고 노래를 짓고는 슬퍼하였다. 이 노래는 천황이 지었다. 액전왕(額田王)의 노래는 따로 4수 있다.'

그러나 향가창작법에 의해 해독한 내용은 남편과 왔을 때의 풍물에 대한 것이 아니라, 사망한 손자에 대한 눈물향가였다. 일본서기에 따르면 658년 5월 제명천황의 손자 건왕(建王)이 여덟 살의 나이로 죽었다. 손자를 극진히 사랑하였던 제명천황은 슬픔을 이기지 못하고 애통함이 극에 달하였다. '내가 죽은 뒤에 반드시 나의 무덤에 합장하라'고 명할 정도였다. 산상억량의 글과 향가창작법에 의한 해독결과에는 일정한 차이가 존재한다.

해독 근거

(1) 金 野 乃 美

① 노랫말: (칼날같이 살을 에는) 바람이 부는 들에서 (그대의 생전공적을)
아름답게 꾸미리라

② 보언: 乃 노를 저어라

③ 자의

- 金 쇠 금. 칼날같이 살을 에는 바람이 불다로 해독. 1700번가에
  金風이 출현한다. 1700번가와 비교하여 金의 의미를 찾으면 칼날
  같이 살을 에는 바람으로 해독된다.
- 野 들 야
- 乃 노 젓는 소리 애 [보언]   · 美 아름답다 미

(2) 草 苅 葺屋 杼礼里之

① 노랫말: 풀로 지붕을 인 집이지.

② 보언

- 苅 곡식을 베어 제수로 바치라   · 杼 관이 나가라
- 礼 절을 하라   · 里 이웃이 되어 달라
- 之 장례행렬이 나아가라

③ 자의

- 草 풀 초   · 苅 곡식을 베다 예 [보언]
- 葺 지붕을 ~이다 즙   · 屋 집 옥
- 草葺屋 풀로 지붕을 인 집, 여막   · 杼 관 자 [보언]
- 礼 절하다 레 [보언]
- 杼礼 [다음절 보언] 관에 절을 하다. · 里 이웃 리. 리. [청언]

- 之 가다 지 [보언]

(3) 兎道 乃 宮 子能借五百礒所 念
① 노랫말: 토도(兎道)의 여막(廬)을 생각하네
② 보언
- 乃 노를 저어라
- 子能借五百礒所 아이가 응당 의지하며 지낼 다섯 개의 백의궁을 지으라
③ 자의
- 兎 토끼 토　　　　· 道 길 도
- 兎道 [고유명사법] 토끼나 다니는 좁은 산길. 묘소는 토끼나 다니던 작은 오솔길로 올라가는 토도(兎道)라는 곳에 있었다.
- 乃 노 젓는 소리 애 [보언]
- 宮 궁 궁. 11번가와 비교하여 해독한다. 여막(廬)을 의미. 11번가에서는 宮을 廬로 쓰고 있다.
- 子 아이 자. 손자 建王　　· 能 응당 ~하다 능
- 借 의지하다 차 [보언] 11번가에서 '여막을 의지하다'라는 뜻으로 쓰고 있다.
- 五 다섯 오 [보언]　· 百 일백 백 [보언]
- 礒 바위 의 [보언]　· 所 관아 소 [보언] 宮으로 해독
- 百礒所＝百礒宮
- 子借五百礒所 [다음절 보언] 아이가 응당 의지하여 지낼 다섯 개의 백의궁. 손자에게 의지할 여막을 5개나 지어주려 할 정도로 손자 사랑이 애틋하다.
- 念 생각하다 염

8번가

1) 해독

熟田津尒船乘世武登月待者潮毛可奈比沼今者許藝乞菜

그대가 곡식이 익은 밭 나루터에서 저승배에 오른다
달이 떠오르기를 기다리는데
밀물이 나란히 소로 밀려 들어온다
이제 그대가 편안히 저승에 가시기를 빌리라

[일본식 해독]
니키타츠(熟田津)서 배를 출발시키려 달 기다리니 조수도 밀려왔네 지금 저어 나
갑시다

2) 초기 만엽향가의 별들

만엽집 권제1의 시작 부분에 간인로(間人老), 군왕(軍王), 액전왕(額田王)
이 활동하고 있다. 만엽향가의 시작점에 이름을 올린 작가 그룹이다.
탁월한 수준의 작품들을 남기고 있다.
특히 액전왕은 제명천황을 지근거리에서 수행하는가 하면, 당대 최
고 실력자들이었던 중대형(中大兄)황자와 대해인(大海人)황자의 여인으로
서 향가의 첫머리를 장식한다.

8번가의 공식적인 작자는 제명천황이다.

제명천황은 서명(舒明)천황과의 사이에 중대형황자와 대해인황자, 간인황녀 등 세 명의 자녀를 두었다. 이들 가족 5인은 초기 만엽향가의 역사에 지워지지 않을 깊은 발자국을 남기고 있다. 만엽향가의 하늘에 떠오른 별이다.

본 작품이 만들어지던 당시 제명천황 일행은 661. 1. 6. 난파(難波)에서 배를 타고 축자(筑紫)를 향해 출발하였다. 나당연합군의 백제 침공에 대한 군사적 지원의 시작이었다. 항해를 계속한 천황 일행의 배가 지금의 에이매(愛媛)현의 숙전진(宿田津)에 정박하였다.

해독 근거

(1) 熟田 津 介 船乘 世武登

원문	熟	田	津	介	船	乘	世	武	登
노랫말	熟	田	津		船	乘			
청언				介					
보언							世	武	登

※ 노랫말, 청언, 보언의 기능을 하는 문자들이 세줄로 꼬여 있다.

① 노랫말: (그대가) 곡식이 익은 밭 나루터에서 저승배에 오른다.
② 청언: 介 저승바다여 잔잔하라

③ 보언

- 世武 삼십 인의 저승 무사가 모시라
- 登 질그릇에 제수를 담아 바치라

④ 자의

- 熟 익다 숙. 사망하거나 장례가 치러지는 시각이나 계절을 말한다.
- 田 밭 전. 나라나 지역을 은유한다. 장례를 치르는 공간적 의미를 갖고 있다.
- 津 나루 진　　　• 尒 아름다운 모양 이. 이. [청언]
- 船 배 선　　　• 乘 오르다 승
- 世 삼십 세 [보언] 卋의 본자(本字). 세 개의 十을 이어 삼십을 의미한다.
- 武 무사 무 [보언] 저승에서 온 무사. 저승사자
- 世武 세무 [다음절 보언] 삼십 인의 저승 무사가 나가 망인의 영혼을 인도하라
- 登 옛날에 쓰던 그릇의 한 가지 등 [보언] 굽이 높고 모양이 두(豆)와 같다.

(2) 月 待 者
① 노랫말: 달이 떠오르기를 기다린다.
② 보언: 者 배우가 나가라
③ 자의

- 月 달 월　　　　　• 待 기다리다 대
- 者 놈 자 [보언] 배우

(3) 潮 毛可奈 比 沼

① 노랫말: 밀물이 나란히 소로 (밀려 들어온다).

② 보언

- 毛 수염배우들이 나가라

- 可 칸이 나가라　　　　· 奈 능금을 올리라

③ 자의

- 潮 밀물이 들어오다 조. 밀물이 들어오는 것은 배가 저승으로 출발하게 되었음을 의미한다.

- 毛 털 모 [보언] 수염 배우

- 可 오랑캐 임금의 이름, 군주의 칭호 극. 칸. [보언]

- 奈 능금나무 나 [보언]

- 比 나란하다 비. 밀물이 나란히 밀려들어 온다.

- 沼 못 소. 바다로 해독한다.

(3) 今 者 許藝 乞 菜

① 노랫말: 이제 빌라

② 보언

- 者 배우가 나가라　　· 許藝 힘차게 기예를 펼치라

- 菜 나물을 제수로 올리라

③ 자의

- 今 이제 금　　　　· 者 놈 자 [보언] 배우

- 許 이영차 호 [보언]　· 藝 기예 예 [보언]

- 乞 빌다 걸. 망자의 영혼이 어려움 없이 저승에 갈 수 있기를 빌다.

- 菜 나물 채 [보언]

액전왕(額田王), 대해인(大海人)의 여자가 되다

9번가

1) 해독

莫嚻圓隣之大相七兄爪湯氣吾瀨子之射立爲兼五可新何本

야단스럽게 떠들면서 원만하게 지내야지.
중대형(中大兄)황자님을 돕고 지키는 끓는 기운의 내 여울 속 남자.
겸하여 말하는데 이것 말고 새로 무엇을 근본으로 하랴.

[일본식 해독]
莫嚻圓隣之大相七兄爪湯氣
나의 님께서 서서 계시었지 저 감탕나무 밑에

2) 액전왕(額田王), 대해인(大海人)이 중대형(中大兄)황자를 잘 모셔주기를 빌다

작자는 액전왕이다.
그녀의 첫 번째 남자 대해인황자(=후의 天武천황)가 '액전왕의 여울 속 남자'로 본 작품에서 등장한다. 훗날의 두 번째 남자는 중대형황자(=天智천황)이다.

　액전왕은 미인이자 천재로 평가받고 있다. 그녀의 신원에 대해서는 정확히 알려지지 않고 있다. 언제 태어났는지, 언제 죽었는지에 대한 기록도 없다.

　액전왕은 다수의 만엽향가를 남기고 있으며, 제명천황 시대인 660년 경에 왕성한 활동을 하고 있다.

　그녀는 천지천황과 천무천황 시기의 격렬한 정치적 이합집산의 시대를 살면서 여러 세력들의 목숨을 건 흥망성쇠를 목도해야 했다.

　그녀는 대해인황자와의 사이에서 딸 십시(十市)를 낳았다. 그 딸은 홍문(弘文)천황(648~673)에게 출가했다. 그러나 홍문(弘文)천황은 '임신의 난 (壬申의 亂)'을 일으킨 대해인에게 목이 베어졌다.

액전왕(額田王)의 가족관계

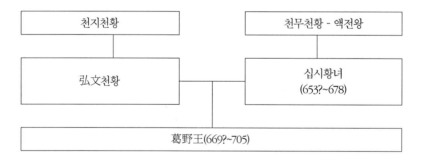

　본 작품은 만엽집 중에서 가장 난해한 작품으로 알려져 있다. 100여 개 이상의 해독이 있을 정도이다. 일본의 해독가들은 '莫囂圓隣之大相七兄爪'라는 구절에 대해 대혼란을 겪고 있다.

본 작품 해독의 관건은 大相七兄이다.

大相七兄을 '大+相七+兄'의 구조로 볼 수 있어야 한다.

大相七兄→大+相七+兄→大兄+相七→中大兄+相七(푸닥거리를 7번 하라)=중대형황자가 잘되도록 푸닥거리를 7번 하다.

中大兄을 大兄으로 표기하는 것은 고유명사의 생략형으로서, 만엽집에 수시로 나오는 용례이다. 비슷한 사례로 耳成山을 耳로 쓰기도 한다.

또한 '大+相七+兄'처럼 문자(大)와 문자(兄) 사이에 보언(相七)을 삽입시키는 것은 가장 평이한 보언의 표기법이다.

액전왕이 자신의 남자였던 대해인황자에게 정치적 실력자인 중대형황자를 돕고 지켜 뜨거운 관계를 유지해달라고 請하는 작품이다.

해독 근거

(1) 莫 囂圓隣 之

① 노랫말: 야단스럽게 떠들면서 원만하게 지내는 이웃이어야지

② 보언

• 나물을 제수로 올리라　　　　• 열을 지어 나아가라

③ 자의

• 莫 나물 모 [보언]　　　　• 囂 야단스럽게 떠들다 효

• 圓 원만하다 원　　　　• 隣 이웃 린

• 之 가다 지 [보언]

(2) 大 相七 兄 爪 湯氣吾瀨子 之射立爲

① 노랫말: 중대형(中大兄)황자님을 돕고 지키는 끓는 기운의 내 여울 속 남자

② 보언

- 相七 푸닥거리를 일곱 번 지내라
- 之 열을 지어 나아가라
- 射 활을 겨누어 쏘라
- 立 낟알을 제수로 올리라
- 爲 가장하여 연기하라

③ 자의

- 大 존귀하다 대
- 相 푸닥거리하다 양 [보언]
- 七 일곱 칠 [보언]
- 相七 푸닥거리를 일곱 번 치르라
- 兄 맏이 형
- 大兄=中大兄. 액전왕은 대해인황자의 여자였다.
- 爪 돕고 지키다 조
- 湯 끓이다
- 氣 기운 기
- 吾 나 오
- 瀨 여울 뢰. 여인의 성기를 은유할 수 있다.
- 子 남자 자. 대해인황자
- 之 가다 지 [보언]
- 射 쏘다 사 [보언] 대해인이 중대형과 서로 돕고 지키라는 것을 적시
- 立 낟알 립 [보언] 立=粒
- 爲 가장하다 위 [보언]

(3) 兼 五可 新何本

① 노랫말: 겸하여 (말하는데) 새로 무엇을 근본으로 하랴.

② 보언: 다섯 명의 칸이 나가라

③ 자의

- 兼 겸하다 겸
- 五 다섯 오
- 可 오랑캐 임금 이름 극. 可은 可汗의 약자. 극한(可汗)은 돌궐제국

의 왕의 칭호 '칸'의 반절음 표기. 可汗切로 표기될 수 있다.

- 五可 [다음절 보언] 다섯 명의 칸
- 何 무엇 하

- 新 새롭다 신
- 本 근본 본

유간(有間)황자 모반가

10번가

1) 해독

君之齒母吾代毛所知哉磐代乃岡之草根乎去來結手名

그대의 나이가 18살밖에 되지 않았는데 어찌 모반을 꾸미겠느냐고 할미인 내가 다른 사람을 대신해 중대형(中大兄)황자에게 알리리
그대가 반대(磐代) 언덕 풀숲에 가 나뭇가지를 묶어두었다고 하는 사람들의 소문도 황자에게 알리리

[일본식 해독]
그대 목숨도 내 목숨도 달렸네 이하시로(磐代)의 언덕의 풀들을요 자아 묶어 봅시다

2) 유간(有間)황자 모반사건 1

　10번가와 11번가는 유간(有間)황자의 모반사건을 배경으로 하여 만든 작품이다. 두 작품을 비교하며 해독해야 할 것이다. 유간황자는 효덕천황의 아들이다.

　작자는 중황명(中皇命)이다.
　효덕천황에 대한 눈물향가인 4번가에 이어 또 다시 중황명(中皇命)이 작자로 나왔다.
　중황명에 대해 일본 학계에서는 간인황후, 중대형황자, 제명천황이란 설 등으로 나뉘어 있다.
　필자는 본 작품의 내용을 근거로 하여 중황명(中皇命)이 유간황자의 외할머니였던 제명천황일 것으로 판단한다.

[유간황자의 가족관계]
```
舒明천황 ──┬── 齊明천황
　中大兄황자 間人황녀(?~665) ───── 孝德천황 ──┬── 小足媛
　　　　　　　　　　　　　　　　　　　　　　有間황자(640~658)
```

　효덕천황(596~654)에게는 세 명의 비가 있었고 외아들로 유간황자가 있었다. 효덕천황은 제명천황의 남동생이다.
　유간황자는 658년 모반을 이유로 제명천황이 가 있던 기(紀)온천으로 압송되었다. 유간황자는 끌려가던 길에 반대(磐代)고개에서 나무의 가지를 묶었다. 반대고개의 나뭇가지를 서로 묶어 놓으면 죽지 않고 돌아와 나무를 다시 볼 수 있게 된다는 믿음이 있었던 것으로 보인다.

이 행위를 놓고 두 사람의 시각이 교차하고 있다.

유간황자는 모반사건으로 끌려가지만 무죄이니 살아 돌아오게 해 달라고 기원하였을 것이고, 제명천황은 '머뭇거리는 대신 거침없이 나뭇가지를 묶어 두었다(磐代의 고유명사법 해독)는 것은 모반죄가 없다는 증거라는 시각이 그것이다.

유간황자는 압송 후 결백을 주장하였으나 중대형황자의 지시에 의해 처형되었다. 그의 나이 18세 때 일이다. 중대형황자는 유간황자의 외삼촌이었다.

일본서기 제명 4년(658년) 조에 유간황자의 모반사건이 기록되어 있다.

"658년 10월 15일에 제명천황이 기(紀)온천에 행차하였다.

11월 3일, 남아서 도읍을 지키고 있던 소아적형(蘇我赤兄)이 유간황자에게 '천황이 행하는 정사에는 세 가지 잘못이 있다. 큰 창고를 지어 백성의 재물을 모아 쌓아둔 것이 첫째이고, 길게 수로를 만들어 나라의 양식을 낭비한 것이 둘째이며, 배에 돌을 싣고 날라다가 담을 쌓은 것이 셋째이다. 라고 말하였다.'

그러자 유간황자는 '나도 이제 군대를 일으킬 수 있는 나이가 되었다'고 답하였다.

소아적형이 온천에 가있던 행궁에 보고하고, 유간황자를 기(紀)온천으로 압송해 갔다. 중대형황자가 친히 유간황자에게 '어찌하여 모반하였는가'라고 물었다. 유간황자는 전혀 모르는 일이라 대답하였으나 11월 11일 교수형에 처해졌다.

해독 근거

(1) 君 之 齒 母 吾 代 毛 所 知 哉
① 노랫말: 그대의 나이가 (18살밖에 되지 않았는데 어찌 모반을 꾸미겠느냐고 할미인) 내가 (다른 사람을) 대신해 (중대형황자에게) 알리리라
② 보언
- 之 열지어 나아가라
- 母 어머니뻘의 여자가 무대로 나가라
- 毛 수염 배우가 무대로 나가라
- 所 관아를 설치하라　　　- 哉 재앙이 났다.
③ 자의
- 君 그대 군. 유간황자　　　- 之 가다 지 [보언]
- 齒 나이 치
- 母 할머니, 나이 많은 여자 모 [보언]
- 吾 나 오
- 代 대신하다 대. 다른 사람들이 변명해주지 않으니 대신 나가 말하겠다.
- 毛 털 모 [보언] 수염 배우 [보언]
- 所 관아 소 [보언]
- 毛所 [다음절 보언] 수염난 사람이 있는 관아. 중대형을 말한다.
- 知 알리다 지　　　- 哉 재앙 재 [보언]

(2) 磐 代 乃 岡 之 草 根 乎 去 來 結 手 名
① 노랫말: (그대가) 반대 언덕 풀숲에 가 (나무를) 묶어두었다고 하는 사람들의 소문도 (황자에게) 알리리.

② 보언
- 乃 노를 저어라
- 之 장례행렬이 나아가라
- 根 뿌리를 제수로 올리라
- 乎 탄식하라
- 來 보리 제수를 올리라

③ 자의
- 磐 머뭇거리다 반
- 代 대신하다 대
- 磐代 모반의 죄가 없으니 머뭇거리는 대신 거침없이 나가 나뭇가 지를 묶어두었다. [고유명사법]
- 乃 노 젓는 소리 애 [보언]
- 岡 언덕 강
- 之 가다 지 [보언]
- 草 풀숲 초
- 根 뿌리 근 [보언]
- 乎 감탄사 호 [보언]
- 去 가다 거
- 來 보리 래 [보언]
- 結 묶다 결
- 手 사람 수
- 名 소문 명

11번가

1) 해독

吾勢子波借廬作良須草無者小松下乃草乎苅核

나의 황자가 의지할 여막을 지어라
여막의 지붕을 일 풀을 베어 주는 사람이 없어라
작은 소나무 아래 풀숲에 있구나

귀한 그대가 임시거처 짓네요 풀이 없으면 어린 소나무 밑의 풀을 베면 되지요

2) 유간(有間)황자 모반사건 2

　작품의 내용을 보면 '모반에 몰린 유간황자를 도와주는 사람이 없더라'고 한탄하는 내용이다. '지붕을 일 풀을 베어 주는 사람이 없어 여막을 짓지 못하고 있다. 유간황자가 의지할 여막도 없이 작은 소나무 아래 풀숲에 누워 있다'는 내용이다.

　작자에 대한 언급이 없으나, 유간황자의 어머니 소족원(小足媛)의 작품일 것이다. 원문 속 '나의 권세가 있는 아들(吾勢子)'은 유간황자가 된다.

해독 근거

　(1) 吾勢子 波 借廬作 良

원문	吾	勢	子	波	借	廬	作	良
노랫말	吾	勢	子		借	廬	作	
청언								良
보언				波				

　① 노랫말: 나의 권세 있는 아이가 의지할 여막을 지어라
　② 청언: 良 길하라

③ 보언: 波 파도가 치다.

④ 자의

- 吾 나 오
- 勢 권세 세
- 子 아들 자
- 波 파도 파 [보언]
- 借 의지하다 차. 본 작품은 7, 10번가와 연결지어 해독한다. 작품 속 문자 사용에 공통점이 많다.
- 廬 여막 려
- 作 짓다 작
- 良 길하다 량. 라. [청언]

(2) 須 草無 者

① 노랫말: (여막의 지붕을 일) 풀을 (베어 가져다 주는 사람이) 없어라

② 보언

- 須 수염 배우가 무대로 나가라
- 者 배우가 무대로 나가라

③ 자의

- 須 수염배우 [보언] 유간황자를 도와줄 사람을 말한다.
- 草無 풀을 베어 여막지붕을 이어 줄 사람이 없다. 7번가의 草苅葺屋과 연결지어 해독한다.
- 者 놈 자 [보언] 배우

(3) 小松下 乃 草 乎苅核

① 노랫말: 작은 소나무 아래 풀숲에 (있구나).

② 보언

- 乃 노를 저어라
- 乎 탄식하라
- 核 씨 있는 과일을 차리라

③ 자의

- 小松下 작은 소나무 아래
- 草 풀숲 초
- 乎 탄식하다 호 [보언]
- 苅 베다 에

- 乃 노 젓는 소리 애 [보언]

- 核 씨 있는 과일 핵 [보언]

제명천황 사세가(辭世歌)

12번가

1) 해독

吾欲之野嶋波見世追底深伎阿胡根能浦乃珠曾不拾

나는 바란다
아들이 들과 섬에 사는 民을 살펴보아 주고, 대를 이어 조상을 추모하
여 나라의 기초를 깊게 하여 주기를
물가 오랑캐들이 화목하게 지내는 바닷가여, 구슬이 땅에 떨어져 있어
도 줍지를 않는다네

2) 제명천황 사세가(辭世歌)

　내용이나 배치 순서로 보아 제명천황의 사세가(辭世歌)에 해당하는
작품이다.
　천지(天智)천황이 제명천황에 대한 눈물향가로 만든 작품일 것이다.

제명천황은 661년 사망했다.

만엽집 1번가로 배열되어도 손색없는 작품이다.

해독 근거

(1) 吾欲 之

① 노랫말: 나는 바란다.

② 보언: 之 장례행렬이 나아가라

③ 자의

- 吾 나 오
- 欲 바라다 욕
- 之 가다 지 [보언]

(2) 野嶋 波 見 世追 底深 伎

① 노랫말: (나의 자손들이) 들과 섬에 사는 民을 살펴 보아주고, 대를 이어 (조상을) 추모하여 나라의 기초를 깊게 하기를.

② 보언

- 波 파도가 친다
- 伎 광대가 나가 재간을 부리라

③ 자의

- 野 들 야
- 嶋 섬 도
- 野嶋 일본을 은유한다
- 波 파도 파 [보언]
- 見 보다 견. 어진 마음을 가지고 나라를 살펴본다는 뜻이다.
- 世 대를 잇다 세
- 追 추모하다 추
- 底 기초 저
- 深 깊다 심
- 伎 재간, 광대 기 [보언] 일본서기 제명천황 원년(655)에 신라가 才

伎者 12명을 파견해 왔다고 하였다. 기예에 능한 사람을 말한다.

(3) 阿胡 根 能浦 乃

① 노랫말: 물가의 오랑캐들이 화목하게 지내는 바닷가여

② 보언

- 根 뿌리 나물을 제수로 올리라
- 乃 노를 저어라

③ 자의

- 阿 물가 아
- 胡 오랑캐 호
- 根 뿌리 근 [보언]
- 能 화목하게 지내다 능
- 浦 바닷가 포. 일본
- 乃 노 젓는 소리 애 [보언]

(4) 珠 曾 不拾

① 노랫말: 구슬이 (땅에 떨어져 있어도) 줍지를 않는다네.

② 보언: 시루에 제수를 찌라

③ 자의

- 珠 구슬 주
- 曾 시루 증 [보언]
- 不拾 줍지 않다.

〈국보 530호 羽. 金製 鳥翼形 冠飾. 5세기. 사람의 영혼을 상징한다. 경주 황남대총〉

(5) 或歌云 吾欲 子嶋 羽 見 遠

① 노랫말: 다른 노래에는 다음과 같이 되어 있다.

나는 바란다. 아들이 섬에 사는 민들을 살펴 보아주고 선조들을 (추모하기를).

② 보언: 羽 날짐승이 나가라

③ 자의

- 或 혹 혹
- 歌 노래 가
- 云 이르다 운
- 或歌云 [다음절 보언] 다른 노래에는 다음과 같이 되어 있다.
- 吾 나 오
- 欲 바라다 욕
- 子 아들 자. 중대형
- 嶋 섬 도
- 羽 새, 조류 우 [보언] 백성들을 은유
- 見 살펴보다 견
- 遠 선조 원

중대형(中大兄)황자,
이성산(耳成山)에 올라
나라가 편안하기를 빌다

13번가

1) 해독

高山波雲根火雄男志等耳梨與相諍競伎神代從此尒有良之古昔母然尒有
許曾虛蟬毛嬬乎相揺良吉

사람들이 높은 산에 구름같은 연기를 피우며 불을 피운다.
사내들이 이성산(耳成山)에 앞 다투어 빈다.
신을 대대로 모심이 계속 이어지고 있다.
예로부터 여자들이 불을 피워오고 있다.
남편과 아내들이 아이를 임신하게 해달라고 서로 앞다투어 빌고 있다.

2) 이성산에 올라 아이를 임신하게 해달라고 빌다

중대형황자(=天智천황)의 작품이다.

본 작품에는 아이를 임신하게 해달라고 이성산(耳成山)에게 비는 행위가 묘사되어 있다.

해독 근거

(1) 高山 波 雲 根 火

① 노랫말: 높은 산에 구름(같은 연기를 내며) 불을 피운다.

② 보언

- 波 파도가 치다
- 根 뿌리 나물을 올리라

③ 자의

- 高山 높은 산
- 波 파도가 치다 [보언]
- 雲 구름 운. 구름같은 연기로 해독. 만엽집에는 雲이 연기라는 의미로 사용되고 있다.
- 根 뿌리 근 [보언]
- 火 불사르다 화. 높은 산에 불을 피우며, 임신을 기원하는 푸닥거리 행위로 판단된다.

(2) 雄 男志等 耳 梨與相 諍 競伎

① 노랫말: 사내들이 耳成山에 앞다투어 (빈다).

② 보언

- 男志等 사내아이의 표식을 그린 것을 들고 있는 무리
- 梨 배를 올리라
- 與 무리가 나가라
- 相 푸닥거리를 하라
- 競 다투라
- 伎 배우가 무대에 나가 재간을 보이라

③ 자의

- 雄 수컷 웅
- 男 사내 남 [보언]
- 志 표식 지 [보언]
- 等 무리 등 [보언]
- 男志等 [다음절 보언] 사내아이의 표식을 든 무리. 사내아이를 낳게 해 달라고 비는 도구였던 것으로 판단된다.
- 耳 팔대 손자 잉. 耳成山의 생략형 [고유명사법] 아이가 생기게 해달라는 의미. 9번가에서는 中大兄을 大兄이라는 생략형 문자로 표기했다.
- 梨 배나무 리 [보언]
- 與 무리 여 [보언]
- 相 푸닥거리하다 양 [보언]
- 諍 다투다 쟁. 여러 명이 다투다.
- 競 다투다 경 [보언]
- 伎 배우 기 [보언]
- 일본서기 天武 4年 2月 13日條에 伎人을 뽑아 바치라(伎人而貢上)는 구절이 나온다. 伎는 俳優나 倡優를 말하고 있다.

(3) 神代從此 介有良之古
① 노랫말: 신을 대 이어 모심이 계속 이어지고 있음이라
② 청언
- 介 아름다우라
- 古 십대나 입에서 입으로 전해지게 하라
- 良 길하라
③ 보언
- 有 고기 제수를 바치라
- 之 열을 지어 나아가라
④ 자의
- 神 신 신. 耳成山
- 代 뒤를 잇다 대
- 從 모시다 종
- 此 계속 이어지는 발자국 차

- 介 아름답다 이. 이. [청언]
- 有 값비싼 고기를 손에 쥔 모습 유 [보언]
- 良 길하다 량. 라 [청언]   • 之 가다 지 [보언]
- 古 십대나 입에서 입으로 전하다 고. 고 [청언] 十+口=古. 파자법
  으로 푼다.

(4) 昔 母 然 介有許曾

① 노랫말: 예로부터 (여자들이) 불을 피워오고 있다.

② 청언: 介 아름다우라

③ 보언

- 母 어머니뻘의 여자가 나가라 • 有 고기 제수를 올리라
- 許 이영차 힘을 내라   • 曾 시루로 제수를 찌라

④ 자의

- 昔 예 석   • 母 어머니 뻘의 여자 [보언]
- 然 불태우다 연. 然=燃   • 介 아름답다 이. 이. [청언]
- 有 값비싼 고기를 손에 쥔 모습 유 [보언]
- 許 이영차 호 [보언]   • 曾 시루 증 [보언]

(5) 虛蟬毛 嬬 乎相 挌 良吉

① 노랫말: (남편과) 아내들이 (사내아이를 임신하게 해달라고 서로) 싸우
듯 (빌고 있음이라).

② 청언: 良 길하라

③ 보언

- 虛蟬 매미 허물을 내놓으라 • 毛 수염배우가 나가라
- 乎 탄식하라   • 相 푸닥거리하라

- 吉 제사를 지내라
④ 자의
- 虛 비다 허
- 蟬 매미 선
- 虛蟬 [다음절 보언] 매미가 유충에서 성충이 될 때 벗는 허물로 해독한다. 사내아이를 순산하게 해달라는 푸닥거리의 도구였던 것으로 판단된다.
- 毛 털 모 [보언] 수염 배우
- 孋 첩 유
- 乎 감탄사 호 [보언]
- 相 푸닥거리 양 [보언]
- 挌 치다 격
- 良 길하다 량. 이. [청언]
- 吉 제사 길 [보언]

14번가

원문

高山与耳梨山与相之時立見尒來之伊奈美國波良

1) 해독

사람들이 높은 산에 사내아이가 생기도록 해달라고 빈다.
사람들이 이성산에 가 사내아이가 생기도록 해달라고 빈다.
나도 때로는 서서 바라보며 나라가 편안하게 해달라 빌러 왔지.
너(耳成山)를 칭송하는 나라이라.

2) 사내아이가 생기고, 나라가 편안하게 해달라

중대형황자의 작품이다.

백성들은 이성산(耳成山)에 아이를 임신하게 해달라고 빌고, 중대형황자도 이성산에 올라 나라가 편안하기를 빌고 있다.

13번가의 반가(反歌)다.

따라서 13번가와 14번가는 문자들을 서로 비교해가며 해독해야 할 것이다.

해독 근거

(1) 高山 与

① 노랫말: 높은 산에 (사내아이가 생기도록 해달라고 빈다).

② 보언: 与 무리가 나가라

③ 자의

• 高山 높은 산=耳成山   • 与 무리 여 [보언]

(2) 耳 梨 山 与 相之

① 노랫말: 이성산(耳成山)에 (무리지어 사내아이가 생기도록 해달라고 빈다).

② 보언

• 梨 배를 제수로 올리라   • 与 무리가 나가라

• 相 푸닥거리를 하라   • 之 열지어 나아가라

③ 자의

• 耳 팔대손자 잉 [보언] 耳成山의 생략형. [고유명사법] 귀한 아이

가 생기게 해달라

- 梨 배 이 [보언]   • 山 메 산   • 与 무리 여 [보언]
- 相 푸닥거리하다 양 [보언]   • 之 가다 지 [보언]

(3) 時 立 見 介 來 之

① 노랫말: (나도) 기회를 보아 (서서) 바라보며 (나라가 편안하기를 빌어 왔지).

② 청언: 介 바다여 잔잔하라

③ 보언

- 立 낟알을 제수로 바치라
- 來 보리를 제수로 바치라   • 之 열지어 나아가라

④ 자의

- 時 기회를 보다 시   • 立 낟알 립 [보언] 立=粒
- 見 보다 견   • 介 아름다운 모양 이. 이. [청언]
- 來 보리 래 [보언]   • 之 가다 지 [보언]

(4) 伊 奈 美 國 波 良

① 노랫말: 너를 칭송하는 나라이라

② 청언: 良 길하라

③ 보언

- 奈 능금을 제수로 바치라   • 波 파도가 치다.

④ 자의

- 伊 너 이. 耳成山으로 해독   • 奈 능금나무 나 [보언]
- 美 아름답다 미   • 國 나라 국
- 波 파도 파 [보언]   • 良 길하다 량. 라. [청언]

중대형(中大兄)황자, 제명천황 회고가

15번가

1) 해독

渡津海乃豊旗雲尒伊理比沙之今夜乃月夜清明己曾

그대께서 물을 건너려 하시는 나루터, 바다는 구름이 없고 잔잔해야
하리
그대께서는 나라를 다스리면서 나와 함께 하셨지
오늘 저녁에 달이 밤늦게까지 선명하고 밝아야겠지

[일본식 해독]
넓은 바다 위 풍성한 구름 위에 석양 비치니 오늘 밤 뜨는 달은 청명하길 바라네

2) 제명천황께서는 나와 함께 하셨지

중대형황자가 661년 제명천황 사망 시 만든 눈물향가다.

중대형황자와 제명천황의 관계는 정치적 격변기임에도 불구하고 빈틈이 없었다. 황자는 태자로 있으면서 645년 어머니의 면전에서 소아입록(蘇我入鹿)의 목을 베는 을사의 변(乙巳의 變)을 일으켰다. 이후 '대화개신(大化改新)'을 주도하였으며, 백제에 원군 파병을 주도하였다. 모두가 국운이 걸린 사건들이었다.

제명천황은 중대형황자에게 정치를 맡기고 명목상 천황의 자리에 있었던 것으로 보인다.

10번가에 보이듯 외손자 유간황자가 모반으로 몰렸을 때도 직접 중대형황자에게 '유간황자의 나이가 열여덟에 불과한데 무슨 역모를 꾸미겠느냐'고 변호에 나섰으나 받아들여지지 않은 것을 보아도 짐작할 수 있다. 유간황자는 결국 교수형에 처해지고 말았던 것이다. 다만 교수는 참보다 가벼운 형인 것으로 보아 제명천황의 한계는 거기까지였을 것이다.

이처럼 제명천황이 아들 중대형과 함께 하였기에 황자는 '그대께서는 나라를 다스리며 나와 함께 하셨지(伊理比 沙之)'라고 어머니를 애틋하게 회고하고 있다.

해독 근거

(1) 渡津 海 乃豊旗 雲 尒
① 노랫말: (그대께서) 물을 건너려 하시는 나루터, 바다에는 구름이

(없고 잔잔해야 하리).

② 청언: 介 저승바다여 잔잔하라

③ 보언

- 乃 노를 저어라
- 豊 굽이 높은 제기그릇에 제수를 바치라
- 旗 천황의 기를 무대에 설치하라

④ 자의

- 渡 물 건너다 도　　・ 津 나루 진
- 海 바다 해　　　　・ 乃 노 젓는 소리 애 [보언]
- 豊 굽 높은 그릇 례. [보언] 제기그릇 위로 곡식을 풍성하게 쌓아, 신에게 바치는 모습
- 旗 기 기 [보언]　　・ 雲 구름 운
- 介 아름답다 이. 이. [청언]

(2) 伊理比 沙之

원문	伊	理	比	沙	之
노랫말	伊	理	比		
보언				沙	之

① 노랫말: 그대께서는 (나라를) 다스리면서 (나와) 함께 하셨지.
② 보언

- 沙 사공이 나가라　・ 之 장례행렬이 나아가라

③ 자의

- 伊 너 이. 제명천황　・ 理 다스리다 리

- 比 함께 하다 비. 제명천황은 중대형의 뜻에 따라 정치를 하였다.
- 沙 사공 사 [보언]   • 之 가다 지 [보언]

(3) 今夜 乃 月夜淸明 己曾
① 노랫말: 오늘 저녁에 달이 밤늦게까지 선명하고 밝아야 하겠지
② 보언
- 노를 저어라   • 己 몸을 구부려 절하라
- 曾 시루에 쪄 제수를 바치라
③ 자의
- 今 이제 금   • 夜 밤 야
- 乃 노 젓는 소리 애 [보언]   • 月 달 월
- 夜 밤늦다 야   • 淸 빛이 선명하다 청
- 明 밝다 명
- 己 몸을 구부리다 기 [보언] 절하다 • 曾 시루 증 [보언]

액전왕(額田王),
천지(天智) 천황의 여자가 되다

16번가

1) 해독

冬木成春去來者不喧有之鳥毛來鳴奴不開有之花毛佐家礼杼山乎茂入而
毛不取草深執手毛不見秋山乃木葉乎見而者黃葉乎婆取而曾思努布靑乎
者取而曾歎久曾許持恨之秋山吾者

겨울이 지나가니
겨우내 울지 않고 있던 새가 날아 와 울고
겨우내 피지 않고 있던 꽃도 피어나
마나님을 시켜 입고 나갈 옷을 만들어 입었지만
산에는 나무가 우거져 들어가 꺾어 가질 수 없고
풀숲에는 잡초가 무성하여 들어가 꺾어 쥐고 있는 사람을 볼 수가 없다
그러나 사람들은 가을 산의 단풍잎을 보면
노란 잎을 따들고는 애써 사념에 젖고
물들지 않은 푸른 잎을 따들고는 한숨 지으면서
오래도록 쥐고 한탄한다네
가을 산이라네, 나는

2) 액전왕, 봄 산의 꽃보다 가을 산의 단풍을 더 사랑했던 여인

액전왕의 작품이다.

천지(天智)천황이 내대신 등원겸족(藤原鎌足)에게 봄 산에 핀 꽃들의 아름다움과 가을 산을 물들인 단풍잎의 아름다움을 비교해 보도록 한 일이 있었다. 그때 액전왕이 만든 작품이다.

액전왕 스스로는 가을산의 단풍이 더 좋다고 하였다. 여성의 섬세한 마음이 잘 표현된 작품이다.

액전왕이 천지천황과 함께 있음에 주목한다. 대해인황자의 여자에서 천지천황의 여자가 되어 있는 것이다. 특히 액전왕이 봄보다는 가을을 더 좋아한다고 한 말이 대해인황자의 여인에서 천지천황의 여인으로 선회한 심경을 이야기한 것으로 판단된다. 매우 함축성이 있는 작품이다.

해독 근거

(1) 冬 木成春 去 來者

① 노랫말: 겨울이 지나가니

② 보언

• 木 관을 메고 무대로 나가라   • 成 길제를 지내라

• 春 행렬이 나아가다   • 來 보리 제수를 올리라

• 者 배우가 나가라

③ 자의

• 冬 겨울 동   • 木 관 목 [보언]

- 成 길제 성 [보언] 길제는 상례가 끝난 다음, 산 사람이 망자에게 베푸는 상례가 종결되었음을 알리는 제의이다. 길제를 지낸 이튿날부터 평상복을 입을 수 있다. 이렇게 함으로써 산 사람은 자연스럽게 일상인이 된다. 상중喪中의 기간에서 일상생활로 복귀하는 통과의례이다.
- 春=蠢 나가다 준
- 去 가다 거
- 來 보리 래 [보언]
- 者 놈 자 [보언] 배우

(2) 不喧 有之 鳥 毛 來 鳴 奴
① 노랫말: (겨우내) 울지 않고 (있던) 새가 (날아 와) 울고
② 보언
- 有 고기 제수를 올리라
- 之 열을 지어 나아가라
- 毛 수염 배우가 나아가라
- 來 보리 제수를 올리라
- 奴 사내종이 나가라
③ 자의
- 不 아니다 불
- 喧 슬피울다 훤
- 有 값비싼 고기를 손에 쥔 모습 유 [보언]
- 之 가다 지 [보언]
- 鳥 새 조
- 毛 털 모 [보언] 수염 배우
- 來 보리제수를 올리라 [보언]
- 鳴 울다 명
- 奴 사내종 노 [보언]

(3) 不開 有之 花 毛 佐 家祀 杼
① 노랫말: (겨우내) 피지 않고 (있던) 꽃도 (피어나 마나님을) 시켜 (입고 나갈 옷을 만들어 입었지만)
② 보언

- 有 고기 제수를 올리라
- 之 열을 지어 나아가라
- 毛 수염 배우가 나아가라
- 家 마나님 배우가 나가라
- 礼 절하라

③ 자의

- 不 아니다 불
- 開 꽃이 피다 개
- 有 값비싼 고기를 손에 쥔 모습 유 [보언]
- 之 가다 지 [보언]
- 花 꽃 화
- 毛 털 모 [보언] 수염 배우
- 佐 다스리다 좌
- 家 마나님, 늙은 여자 가 [보언]
- 礼 절하다 례 [보언]
- 杼 북 저 [보언] 북으로 베를 짜 옷을 만들다로 해독. 여류 가인다 운 섬세한 감각이 일품이다.

(4) 山 乎 茂入 而毛 不取

① 노랫말: 산에는 (나무가) 우거져 들어가 (꺾어) 가질 수 없고

② 보언

- 乎 탄식하라
- 而 구레나룻 배우가 나가라
- 毛 수염배우가 나가라

③ 자의

- 山 메 산
- 乎 감탄사 호 [보언]
- 茂 우거지다 무
- 入 들어가다 입
- 而 구레나룻 이 [보언]
- 毛 털 모 [보언] 수염 배우
- 不取 꺾어 가질 수 없다.

(5) 草深 執手 毛 不見

일본 만엽집萬葉集은 향가였다

① 노랫말: 풀숲에는 (잡초가) 무성하여 (꺾어) 손에 쥐고 있는 사람을 볼 수가 없다.

② 보언: 毛 수염배우가 나가라

③ 자의

- 草 풀숲 초
- 深 무성하다 심
- 執 잡다 집
- 手 사람 수
- 不 아니다 불
- 見 보다 견

(5) 秋山 乃木 葉 乎 見 而者

① 노랫말: (그러나) 가을 산의 잎을 보면

② 보언

- 乃 노를 저어라
- 木 관이 나가라
- 乎 탄식을 하라
- 而 구레나룻 배우가 나가라
- 者 배우가 나가라

③ 자의

- 秋 가을 추
- 山 메 산
- 乃 노 젓는 소리 애 [보언]
- 木 관 목 [보언]
- 葉 잎 엽
- 乎 탄식하다 호 [보언]
- 見 보다 견
- 而 구레나룻 이 [보언]
- 者 놈 자 [보언] 배우

(6) 黃葉 乎婆 取 而曾 思 努 布

① 노랫말: 노란 잎을 따들고는 애써 사념에 젖고,

② 보언

- 乎 탄식하라
- 而 구레나룻 배우가 나가라
③ 자의
- 黃葉 노란 잎
- 婆 할머니 파 [보언]
- 而 구레나룻 이 [보언]
- 思 사색하다 사
- 布 펴다 포

- 婆 할머니 배우가 나가라
- 曾 시루에 제수를 쪄라

- 乎 감탄사 호. 보언
- 取 가지다 취
- 曾 시루 중 [보언]
- 努 힘쓰다 노

(7) 靑 乎者 取 而曾 歎久 曾許 持 恨 之

① 노랫말: (물들지 않은) 푸른 잎을 따들고는 한숨 지으면서 오래도록
쥐고 한탄한다네

② 보언
- 乎 탄식하라
- 而 구레나룻 배우가 나가라
- 許 이영차 힘을 내라
③ 자의
- 靑 푸르다 청
- 者 놈 자 [보언] 배우
- 而 구레나룻 이. [보언]
- 歎 한숨 탄
- 曾 시루 중 [보언]
- 持 버티다, 견디어 내다 지
- 之 가다 지 [보언]

- 者 배우가 나가라
- 曾 시루에 제수를 쪄라
- 之 열을 지어 나아가라

- 乎 감탄사 호. 보언
- 取 가지다 취
- 曾 시루 중 [보언]
- 久 오래다 구
- 許 이영차 호. 보언
- 恨 미워하다 한

(8) 秋山吾 者

① 노랫말: 가을 산이라네, 나는.

② 보언: 者 배우가 나가라

③ 자의

• 秋 가을 추　　　• 山 산 산

• 吾 나 오　　　• 者 놈 자 [보언] 배우

천지(天智)천황,
나라(奈良)를 불태우다

17번가

1) 해독

味酒三輪乃山靑丹吉奈良能山乃山際伊隱萬代道隈伊積流萬代尒委曲毛
見管行武雄數數毛見放武八萬雄情無雲乃隱障倍之也

미주 세 수레에 취한 듯 삼륜산이 붉으락 푸르락하다
나라(奈良)는 응당 산에서 산 끝까지 모두를 불태워야 하리
너는 만대에 걸쳐 길 모퉁이에 버려지리라
너의 자취는 만대에 버려지리라
불타는 관아의 자취를 보고 마음 속으로 장례를 치러 버리라
많은 무사들은 불타는 나라의 자취를 보고 마음 속에서 버려야 하리
정이 없는 연기만이 삼륜산이 보이지 않도록 가로막아 삼륜산을 모시
는구나

2) 불타는 삼륜산(三輪山)

나라(奈良)에서 근강국(近江國)으로 천도할 때 지어진 노래이다.

663년 백제에 출병했던 왜국군은 백촌강(白村江) 하구에서 나당연합 군에게 패배했다.

패전 후 대책을 논의한 결과 예상되는 나당연합군의 왜국 본토 공격 가능성에 비추어 도읍이었던 나라(奈良)가 국방상 좋지 않다고 결론을 내렸던 것 같다. 천지천황은 천도를 결정하였고, 새로이 선택된 곳은 내륙지방인 근강(近江)이었다.

천도는 백촌강 패배 후 4년 만인 667년 단행되었다. 이때 많은 백성 들이 천도를 말렸다(不願遷都 諷諫者多, 일본서기). 특히 밤낮으로 불난 곳이 많았다(日日夜夜失火處多, 일본서기). 민심이 쪼개졌다. 훗날 천지 천황의 적으로 돌아선 이들은 이러한 민심 이반을 놓치지 않았을 것 이다.

천도해가면서 천지천황은 옛 관아를 비롯해 나라를 영원히 폐기해버 리라고 조치했고, 삼륜산(三輪山)을 비롯해 나라와 모든 산을 불태워 버 리라고 지시한 것으로 나온다.

새로 천도해 간 도읍 근강은 672년 임신의 난으로 천지천황의 아들 대우(大友)황자가 멸망할 때까지 겨우 5년간 유지되었다.

백촌강(白村江) 쇼크가 계속 일본을 뒤흔들고 있다.

작자는 액전왕이다.

산상억량에 따르면 17, 18번가는 도읍을 근강국으로 옮길 때 삼륜산을 보고 천지천황이 부른 노래라고 하였다. 형식적인 작자는 천지천황이지만, 실제 작자를 액전왕으로 보고 있다.

17, 18, 19번가는 세 작품이 어우러져 일련의 작품군을 이루고 있다. 18번가는 17번가의 반가(反歌)이고, 19번가는 독립된 작품이다.

해독 근거

(1) 味酒 三輪 乃 山靑丹 吉

① 노랫말: (미주 세 수레에 취한 듯) 삼륜산이 붉으락 푸르락하다.

② 보언

• 乃 노를 저어라　　　　　• 吉 제사를 지내라

③ 자의

• 味 맛 미　　• 酒 술 주　　• 味酒 맛있는 술

• 三 석 삼　　　　　　　• 輪 수레 륜

• 三輪 삼륜 [고유명사법] 미주 세 수레를 의미한다.

• 乃 노 젓는 소리 애 [보언]　• 山 산 산

• 靑 푸르다 청

• 丹 붉다 단 [보언] 불타다. 나라에 있던 도읍을 近江으로 옮겨 가면서 삼륜산을 불태웠다.

• 靑丹 술취한 듯 푸르고 붉다. 붉게 불타다.

• 吉 제사 지내다 길 [보언]

(2) 奈良 能山 乃 山際

① 노랫말: 奈良는 응당 산에서 산 끝까지 (모두를 불태워야 하리).

② 보언: 乃 노를 저어라

③ 자의

- 奈 어찌, 능금 나 [보언]

- 良 길하다 량. 라 [청언]

- 奈良 '더 이상 어찌 길하랴'는 의미다. 더 이상 길하지 않으니 近
  江으로 천도했다. [고유명사법]

- 能 응당~하다 능

- 山 산 산   • 乃 노 젓는 소리 에 [보언]

- 山 산 산   • 際 사이, 끝 제

- 山山際= 山山際靑丹의 생략형이다. 산에서 산 끝까지 응당 울긋
  불긋하다=모든 산을 다 불태우다.

(3) 伊 隱 萬代道隈

① 노랫말: 너는 만대에 걸쳐 길 모퉁이에 (버려지리라).

② 청언: 隱 가엾어 해주시라

③ 자의

- 伊 너 이. 奈良

- 隱 가엾어 하다 은. 은. [청언] 나라는 가엾다. 더 이상 길하지 않
  기에 불태우라는 지시가 있었다.

- 萬代 만대   • 道 길 도

- 隈 모퉁이 외

(4) 伊積 流 萬代 介 委 曲毛

① 노랫말: 너의 자취는 만대에 버려지리라

② 청언: 介 저승바다여 잔잔하라

③ 보언
- 流 떠돌라   - 曲 절하라   - 毛 수염 배우가 나가라
④ 자의
- 伊 너 이
- 積 자취 적
- 流 떠돌다 류
- 萬代 만대
- 尒 아름답다 이 [청언]
- 委 버리다 위
- 曲 굽다 곡 [보언] 절하다로 해독한다.
- 毛 털 모 [보언] 수염 배우

(5) 見 管 行 武雄數數毛
① 노랫말: (불타는 관아의 자취를) 보고 (마음 속으로) 장례를 치르라
② 보언
- 管 저택을 설치하라
- 武雄數數毛 수없이 많은 무사와 사내들과 수염배우가 나가라
③ 자의
- 見 보다 견
- 管 저택 관 [보언]
- 行 장사지내다 행
- 武 무사 무 [보언]
- 雄 수컷 웅 [보언]
- 數 몇 수 [보언]
- 毛 수염배우 [보언]

(6) 見放 武八萬雄
① 노랫말: (수많은 무사들은 불타는 나라의 자취를) 보고 (마음 속에서) 버려야 하리.
② 보언: 武八萬雄 팔만의 무사와 사내들이 나가라
③ 자의

- 見 보다 견
- 放 내쫓다 방
- 武 무사 무 [보언]
- 八萬 팔 만. 앞 구절의 數數와 對句다. 數數=八萬. 수없이 많다
  는 의미. 백성들이 천도를 원하지 않아 풍자를 하며 간하는 자가
  많았다(不願遷都 諷諫者多)는 일본서기 내용과 일치한다.
- 雄 수컷 웅

也 주전자.

(7) 情無雲 乃 隱 障 倍 之 也
① 노랫말: 무정한 연기는 가로막아 (삼륜산을) 모시는 구나
② 청언: 隱 가엾어 해 주소서
③ 보언
- 乃 노를 저어라
- 之 장례행렬이 나아가라
- 也 제기의 물로 손을 씻으라
④ 자의
- 情無 정이 없다
- 雲 구름 운. 三輪山을 태우는 연기를 말한다.

- 乃 노 젓는 소리 애 [보언]
- 隱 가엾어 하다 은. 은. [청언]
- 障 가로막다 장
- 倍 모시다 배
- 之 가다 지 [보언]
- 也 주전자 이 [보언] 제사에서 손을 씻을 때 물을 따르는 그릇

18번가

1) 해독

三輪山乎然毛隱賀雲谷裳情有南畝可苦佐布倍思哉

삼륜산(三輪山)이 불타는 연기가 골짜기에 자욱하다
여인들이 정이 있어
남쪽 무방산(畝傍山)에서 힘써 돕는 제사로 삼륜산(三輪山)을 모시며 슬퍼한다

2) 여인들, 삼륜산(三輪山)을 위해 슬피 울었다

천지천황은 형식상의 작자이다.
실제 작자는 액전왕이다.
17번가의 반가(反歌)이다.
무방산(畝傍山)에서 불타는 삼륜산에 대해 제사를 지내는 장면이다.

해독 근거

(1) 三輪山 乎 然 毛隱賀 雲谷
① 노랫말: 三輪山을 태우는 연기가 골짜기에 (자욱하다).
② 청언: 隱 가엾어 해주시라
③ 보언
• 乎 탄식하라　• 毛 수염배우가 나가라　• 賀 위로하라
④ 자의
• 三 석 삼, 輪 바퀴 륜, 三輪 [고유명사법] 술 세 수레라는 의미
• 乎 감탄하다 호 [보언]
• 然 불태우다 연, 然=燃
• 毛 털 모 [보언] 수염 배우
• 隱 가엾어 하다 은. [청언]
• 賀 위로하다 하 [보언]
• 雲 구름 운. 연기로 해독한다.
• 谷 골짜기 곡

(2) 裳情 有
① 노랫말: 여인들 정이 (있어)
② 보언: 有 고기 제수를 올리라
③ 자의
• 裳 치마 상. 여인으로 해독한다.
• 情 정 정
• 有 값비싼 고기를 손에 쥔 모습 유 [보언]

(3) 南畝 可 苦佐布倍思 哉

① 노랫말: 남쪽의 무방산에서 애써 도움을 베풀고 (삼륜산을) 모시며 슬퍼하네.

② 보언

- 可 칸이 나가라
- 哉 재앙이 나다

③ 자의

- 南 남녘 남
- 畝 밭이랑 무. 畝傍山
- 可 오랑캐 임금의 이름, 군주의 칭호 극. 칸. [보언]
- 苦 애쓰다 고
- 佐 돕다 좌
- 布 베풀다 포
- 苦佐布 애써 도움을 베풀라
- 倍 모시다 배
- 思 슬퍼하다
- 哉 재앙 재 [보언]

19번가

1) 해독

綜麻形乃林始乃狹野榛能衣尒着成目尒都久和我勢

한 올의 실에서 베옷이 이루어집니다.
숲이 비롯되는 것은 조그만 들에서부터지요.
덤불이 옷처럼 들에 입혀지면 숲이 된답니다.
이곳 근강(近江)에서 윗사람들이 오래도록 화합하고 고집스럽게 화합해 나가면 큰 세력이 이루어질 것입니다.

2) 근강(近江) 도읍에서 모두가 화합하기를.

근강(近江)으로 도읍을 옮기고 나서의 작품이다.

새 도읍에서 새 마음 새 뜻으로 서로 화합하자는 뜻의 작품이다. 화합을 강조하고 있는 것은 오히려 천도 문제를 둘러싸고 화합에 큰 문제가 생겼다는 것을 말한다. 천지천황의 권력이 균열되고 있는 증좌이다.

작자는 정호왕(井戸王)이다.

17, 18, 19번가는 일련의 작품군을 이루고 있다. 18번가는 17번가의 반가(反歌)이고, 19번가는 독립된 작품으로 판단된다. 정호왕(井戸王)이 액전왕(額田王)의 17, 18번가에 대해 19번가로 창화한 것이다.

해독 근거

(1) 綜 麻 形 乃

① 노랫말: (한 올의) 실에서 (베옷이) 이루어진다.

② 보언: 乃 노를 저어라

③ 자의

- 綜 베틀의 굵은 실 종
- 麻 베옷 마
- 形 형상을 이루다 형
- 乃 노 젓는 소리 애 [보언]

(2) 林始 乃 狹野

① 노랫말: 숲이 시작하는 것은 조그마한 들이다.

② 보언: 乃 노를 저어라

③ 자의
- 林 수풀 림
- 乃 노 젓는 소리 애 [보언]
- 野 들 야
- 始 시작하다 시
- 狹 조그마하다 협

(3) 榛能衣 尒 着 成

① 노랫말: 덤불이 응당 옷(처럼 들에) 입혀지면 (숲이) 된다.

② 청언: 尒 아름다우라

③ 보언: 成 길제를 지내라

④ 자의
- 榛 덤불 진
- 衣 옷 의
- 着 옷을 입다 착
- 能 응당 ~해야 한다 능
- 尒 아름답다 이. 이. [청언]
- 成 길제 성 [보언]

(4) 目 尒都 久和我勢

① 노랫말: 윗사람들이 오래도록 화합하기를 고집스럽게 하면 세력
이 된다.

② 청언: 尒 아름다우라

③ 보언
- 目 우두머리가 나가라
- 都 감탄하라

④ 자의
- 目 눈, 우두머리 목 [보언]
- 都 감탄하다 도 보언
- 和 화합하다 화
- 勢 형세 세
- 尒 아름답다 이 [청언]
- 久 오래다 구
- 我 외고집 아

액전왕(額田王)과 대해인(大海人)의 역사를 바꾼 말애

20번가

1) 해독

茜草指武良前野逝標野行野守者不見哉君之袖布流

꼭두서니로 염색한 붉은 옷을 입은 그대께서 풀숲을 가리킨다
대해인황자가 앞에서 들을 달려간다
따라오라고 표시를 하며 들을 지나간다
들 지키는 사람이 보이지 않으니 이를 어쩌란 말이냐
그대에게 가 옷소매를 풀숲에 폈다

[일본식 해독]
(아카네사스) 지치꽃 들판에 가 영유지 가며 들지기(野守) 안볼까요 그대 소매 흔든 것

2) 세상을 뒤바꾼 밀애 1

근강(近江)으로 천도한 다음 해인 668년 5월 천지천황이 포생야(蒲生野)에서 사냥행사를 열었다. 대해인황자와 여러 사람들이 참석하였다. 천도를 둘러싸고 갈라진 마음들을 하나로 묶는 단합행사였을 것이다. 이때 액전왕이 만든 작품이다.

작품 속 붉은색은 대해인이 사용한 붉은 옷 또는 깃발이다. 훗날 대해인이 천지천황의 아들로부터 권력을 찬탈하는 임신의 난 때 그의 군사들은 자기편들끼리의 암호로 붉은 헝겊을 옷 위에 매달았다. 꼭두서니(茜)는 뿌리에서 붉은 색 색소를 추출하여 옷을 물들이는 염료이다.

액전왕은 원래 대해인의 여자였다. 661년 만들어진 7번가를 보면 이를 알 수 있다. 액전왕은 대해인황자와의 사이에 딸 십시(十市)를 두고 있었다. 그러나 이 작품을 만들던 668년이면 액전왕은 천지천황의 여자로 신분이 바뀌어 있었다.

대해인이 자신의 여자였다가 천황의 여자가 된 액전왕을 남몰래 부르고 있다. 사냥터에서 남의 눈을 피해 벌인 유혹이었다.

액전왕은 들지기(野守)라도 있다면 핑계를 대고 따라가지 않을 수도 있는데, 이마저도 없으니 그럴 수가 없어 야단이 났다고 하였다. 섬세한 심리묘사다.

액전왕이 뒤따라 가 자신의 옷소매를 땅에 깔았고, 그 소매 위에서 둘은 밀애 행각을 벌였다. 천황의 여자라는 신분을 가진 액전왕의 위험한 밀애였다. 이후 그녀는 그 사실을 향가로까지 만들어 두었다. 혹시 만들었다 하더라도 누구나 숨기기 마련이고 지극히 사적인 이 문건이 밖으로 유출되었다. 이 배경도 궁금하다. 미스터리가 아닐 수 없다.

해독 근거

(1) 茜草指 武良

① 노랫말: 꼭두서니 염색한 붉은 옷을 입은 그대께서 풀숲을 가리 킴이라

② 청언: 良 길하라

③ 보언: 武 무사가 나가라

④ 자의

- 茜 꼭두서니 천. 꼭두서니 뿌리에서 색소를 추출하여 염색하면 붉은 색이 나온다. 붉은 옷 또는 깃발로 해독한다. 붉은 색은 대해인을 은유한다.
- 草 풀숲 초
- 指 가리키다 지
- 武 무사 무 [보언]
- 良 길하다 량. 라. [청언]

(2) 前野逝

① 노랫말: (大海人이) 앞에서 들을 달려간다.

② 자의

- 前 앞 전
- 野 들 야
- 逝 달리다 서

(3) 標野行

① 노랫말: (따라오라고) 표시를 하며 들을 지나간다.

② 자의

- 標 표 표. 액전왕에게 따라오라고 길에 표를 해 두었다.
- 野 들 야
- 行 가다 행

(4) 野守 者 不見 哉

원문	野	守	者	不	見	哉
노랫말	野	守		不	見	
보언			者			哉

① 노랫말: 들에 지키는 사람이 보이지 않으니 (이를 어쩌란 말이냐).
② 보언
• 者 배우가 나가라　　　　　• 哉 재앙이다.
③ 자의
• 野 들 야
• 守 지키다 수. 지키는 사람으로 해독한다.
• 者 놈 자 [보언] 배우　　• 不見 보이지 않다.
• 哉 재앙 재 [보언] 따라가지 못한다고 핑계를 대야 하는데 핑계거리조차 없으니 난리가 났다.

(5) 君 之 袖布 流
① 노랫말: 그대에게 가 (나의) 옷소매를 (풀숲 땅바닥에) 폈다.
② 보언
• 之 열을 지어 나아가라　• 流 이리저리 돌아다니라
③ 자의
• 君 그대 군. 대해인(大海人)　• 之 가다 지 [보언]
• 袖 소매 수
• 布 펴다 포. 옷소매를 펴고 거기에 앉거나 누워 밀애를 하였다.
• 流 떠돌다 류 [보언]

21번가

1) 해독

紫草能尒保歃類妹乎尒苦久有者人嬬故尒吾戀目八方

자줏빛 옷(액전왕)을 풀숲에 가릴 수 있었다
사리에 어두운 여인(액전왕)이 괴로워한 지 오래되었다고 한다
그대가 다른 사람(天智천황)의 여자가 된 지 오래이다
나는 그대를 그리워 했다

2) 세상을 뒤바꾼 密愛 2

　대해인황자의 작품이다. 독백 형식으로 만들어졌다. 밀애의 속삭임이 숨가쁘다. 액전왕이 대해인을 만나지 못해 괴로웠다고 고백하자, 대해인도 그리워 했노라고 말했다. 생생하고 노골적이다.
　그런데 대해인황자는 액전왕을 '사리에 어두운 여자(妹)'라고 했다.
　왜 사리에 어둡다고 했을까.

　붉은 색 옷(茜)은 대해인(大海人)황자의 옷색이고, 자줏빛 옷(紫) 은 액전왕의 옷색이다.
　20번가와 연결된 작품이다.

해독 근거

(1) 紫草能 介 保敝 類
① 노랫말: 자줏빛 옷(=액전왕)을 풀숲에 감출 수 있었다.
② 청언: 介 아름다우라
③ 보언
- 敝 감추어라
- 類 유제를 지내라
④ 자의
- 紫 자줏빛의 옷 자. 액전왕의 옷. 액전왕을 은유한다. 757년 완성된 율령에 따르면 심자(深紫)는 최고위층이 입던 옷의 색깔이었다.
- 草 풀숲 초
- 能 ~할 수 있다 능
- 介 아름답다 이. 이 [청언]
- 保 보호되다 보
- 敝 가리다 폐 [보언]
- 類 제사의 이름 류. 천신에게 지내는 제사다. 밀애의 장면이 다른 사람의 눈에 띄지 않기를 천신에게 빈다.

(2) 妹 乎介 苦久 有者
① 노랫말: 세상 이치를 모르는 그대(=액전왕)가 괴로워한 지 오래되었다(고 한다).
② 청언: 介 아름다우라
③ 보언
- 乎 탄식하라
- 有 고기제수를 올리라
- 者 배우가 나가라
④ 자의
- 妹 사리에 어둡다 매. 妹=昧 해독. 세상 돌아가는 사리를 모르고

자신을 버리고 천지천황의 여인이 되었다는 뜻으로 보인다. 액전
왕을 말한다.

- 乎 감탄사 호 [보언]
- 尒 아름답다 이. 이 [청언]
- 苦 괴롭다 고
- 久 오래다 구. 久라는 문자가 과거부터 지금까지 오래되다는 의미
  로 사용하고 있음이 확인된다.
- 有 값비싼 고기를 손에 쥔 모습 유 [보언]
- 者 놈자 [보언] 배우

(3) 人孺故 尒
① 노랫말: (그대가) 천지천황의 여자가 된 지 오래이다.
② 청언: 尒 아름다우라
③ 자의
- 人 사람 인
- 孺 첩(정식 아내 외에 데리고 사는 여자) 유
- 人孺 다른 사람의 첩. 액전왕은 대해인과의 사이에 딸을 두었으
  나, 대해인을 떠나 천지천황의 첩이 되었다.
- 故 옛날, 오래되다 고   • 尒 아름답다 이. 이 [청언]

(4) 吾戀 目八方

원문	吾	戀	目	八	方
노랫말	吾	戀			
보언		目八方			

① 노랫말: 나는 (그대를) 그리워했다.

② 보언: 目八方 우두머리가 팔방으로 돌아 다니며 찾으라

③ 자의

- 吾 나 오
- 戀 그리워하다 련
- 目 우두머리 목 [보언]
- 八 여덟 팔 [보언]
- 方 방향 방 [보언]
- 目八方 [다음절 보언] 우두머리가 팔방으로 돌아다니며 찾다.

22번가

1) 해독

河上乃湯都磐村二草武左受常丹毛冀名常處女煮手

다른 사람들은 사냥을 끝내고 강 위 온천에서 목욕을 하여도
헤어지기 싫어 머뭇거리던 사람이 포생야에 둘
풀숲에서 무사께서 곁에 있어 주셨다
붉은 천에 기록해 주신 십시(十市)황녀의 공적
이세(伊勢) 신궁에 머무르고 계시는 처녀가 손바닥을 치며 축원해 주고
있다

2) 세상을 뒤바꾼 밀애 3

천무(天武)천황 4년(675년) 액전
왕의 딸 십시(十市)황녀가 이세신
궁을 참배하였다. 아버지가 황
위를 쟁취하였으니 신분이 황녀
가 되었다. 22번가는 그때 십시
황녀를 수행하던 취황도자(吹黄
刀自)가 횡산암(横山巖)을 보고 지
은 작품이다. 횡산암(横山巖)은 이

삼중현(三重縣)의 부부암

세신궁 부근(三重縣 一志郡 一志町)에 있는 부부암일 것이다. 작자는 바다
에 있는 두 개의 바위를 보고 포생야(蒲生野) 사냥터에서 벌어졌던 대해
인과 액전왕 두 사람의 밀애를 연상하였을 것이다.

20, 21, 22번가의 배경이 되는 역사적 사건이 '임신의 난(壬申의 난)'
이다. 천지천황이 사망하자, 천지의 아들 홍문(弘文)천황이 권력을 잡
았다. 길야(吉野)에 은둔해 있던 천지의 동생 대해인은 자신에 대한 홍
문천황 측의 움직임에 촉각을 곤두세웠다. 자신을 제거하려는 공격이
준비되고 있다고 판단한 대해인황자는 기민하게 대응에 나섰다. 그는
672년 6월 고대 일본 최대의 난이라고 하는 '임신의 난'을 일으켰다. 대
해인의 군사들은 각지에서 홍문천황의 군사들을 격파하여 승기를 잡
았다. 7월 피할 곳이 없어진 홍문천황이 목을 메어 자결하였고, 대해인
휘하의 장군들이 그의 머리를 베어 바침으로써 '임신의 난'이 끝났다.
승리한 대해인은 천무천황으로 즉위하였다.

본 작품의 해독에 있어 주목해야 할 점은 20, 21, 22번가의 배치다. 20, 21번가는 대해인황자가 천지천황의 여자가 되어 있던 액전왕을 풀숲으로 오라고 해 밀애를 벌인 사실을 기록하고 있다. 이어지는 22번가는 '임신의 난'에서 천무천황이 승리 한 후, 딸 십시(十市)황녀가 이세신궁을 방문했을 때 만든 작품이다.

[십시(十市)황녀 관련 주요 연대기]
　　667년 근강(近江)천도
　　668년 대해인과 액전왕의 사냥터 밀애
　　672년 임신의 난 발발
　　673년 천무천황 즉위
　　675년 십시황녀, 이세신궁 참배. 본 작품 창작
　　678년 십시황녀 사망. 천무천황이 장례에 참석하여 恩情을 베풀고 곡을 하였다.

20, 21, 22번가 세 작품은 '임신의 난'을 전후로 하여 액전왕 모녀에게 벌어진 일을 기록한 일련의 작품이다. 주인공을 액전왕 모녀로 보아야 한다. 만엽집 권제1에서 '임신의 난'을 다루고 있는 작품은 이 세 작품이다.

권제1의 편집자는 '임신의 난'에서 액전왕과 십시황녀의 공적에 힘입어 천무천황이 승리할 수 있었다는 사실을 말하기 위해 세 작품을 선발해 배치한 것으로 본다.

십시황녀가 '임신의 난'에서 무엇을 하였는지 그녀의 역할에 대한 구체적 자료는 거의 없다. '임신의 난'이 일어났을 때 십시황녀는 홍문(弘

文)천황의 측실이 되어 있었다. 십시황녀가 남편 홍문(弘文)천황 측의 동정을 빼내 아버지 대해인에게 알려주었다는 기록(扶桑略記)이 도드라져 보인다.

십시황녀는 이세신궁 방문 3년 후 갑작스러운 병으로 궁에서 사망하였다. 천무천황이 십시황녀의 장례에 참석하여 은정(恩情)을 베풀었고, 곡을 하였다. 천황의 이러한 행동은 매우 이례적이라 하지 않을 수 없다.

해독 근거

(1) 河上 乃 湯 都
① 노랫말: (다른 사람들은 사냥을 끝내고) 강 위 온천에서 목욕을 하여도
② 보언
- 乃 노를 저으라
- 都 감탄하라
③ 자의
- 河 강 하
- 上 위 상
- 乃 노 젓는 소리 애 [보언]
- 湯 온천 탕
- 都 감탄사 도 [보언]

(2) 磐村二
① 노랫말: (헤어지기 싫어) 머뭇거리던 사람이 (蒲生野에) 둘
② 자의
- 磐 머뭇거리다 반
- 村 시골 촌. 668년 밀애를 했던 포생야를 암시한다.

- 二 두 이. 대해인과 액전왕. 두 사람을 橫山의 바위와 연결지어 표현하였다.

(3) 草 武 左 受

① 노랫말: 풀숲에서 (무사가) 곁에 있어 줌을 받았다.

② 보언: 武 무사가 나가라

③ 자의

- 草 풀숲 초　　　　　・ 武 무사 무. 대해인이다. [보언]
- 左 곁 좌
- 受 받다 수. 21번가에서 천무와 액전왕이 풀숲에서 밀애를 하였다.

(4) 常 丹 毛 冀 名

① 노랫말: 붉은 천에 (천무천황께서) 기록해 주신 (십시황녀의) 공적.

② 보언

- 常 천황의 기를 내보내라　　・ 毛 수염 배우가 나가라

③ 자의

- 常 천황의 기 상 [보언]
- 丹 붉다 단. 붉은 색은 天武의 색이다.
- 毛 털 모 [보언] 수염 배우　　・ 冀 기록하다 기
- 名 공적 명. 십시황녀의 공적으로 해독한다. 붉은 천에는 임신의 난 공로자들의 공적이 기록되어 있었을 것으로 보인다.

(5) 常 處女 煮 手

① 노랫말: (신궁의) 처녀가 손바닥을 치며 (축원하고 있다).

② 보언

- 常 천황의 기를 내보내라   • 煮 제수를 올리라
③ 자의
- 常 천자의 기 상 [보언]   • 處 거주하다 처
- 女 여자 여. 이세신궁에는 미혼의 황녀가 신을 모시는 '재궁(齋宮) 제도'가 있었다.
- 煮 끓이다 자 [보언] 제수를 준비하다.
- 手 손바닥으로 치다 수

천무(天武)천황의 어진 정치

23번가

1) 해독

打麻乎麻續王白水郎有哉射等籠荷四間乃珠藻苅麻須

베옷을 입은 사람은 마속왕(麻續王)이다
깨끗한 물가 한 사나이가 있어 네 칸 집에 살고 있구나
구슬로 단장하셨던 분이 삼베옷을 입고 있네

2) 천무 천황 집권기, 유배자가 줄을 잇다

일본서기에 따르면 675년(천무천황 4년) 4월 마속왕(麻續王)이 죄를 지어 인번(因幡)에 유배되었다. 그때 섬사람들이 안타깝게 생각해서 지은 작품이다. 23번가와 24번가는 동일 사건에 대한 작품군이다.

역사학계에 따르면 천무천황은 집권 후 엄격한 처분을 별로 내리지 않았다. 그나마 강한 조치는 유배형에 불과했다. 당시로서는 온건한 처

분인 유배형에 대한 작품이다.

본 작품에 대한 의도를 알기 위해 5가지 측면을 검토한다.

① 배열순서로 보면 천무천황 집권기의 사건이다.

② 만엽집 권제1에 실린 작품에 대한 선발기준은 천황가의 핵심 관심사항이었다. 따라서 본 작품도 그러한 측면을 반영해야 하나 겉보기로는 일개 신하의 유배 도중 이야기다. 따라서 만엽집 권제1의 작품 선발기준을 의식하고 해독해야 할 것이다.

③ 고유명사법으로 풀면 창작의도나 선발기준이 확인된다. 마속(麻續)은 '베옷 입은 사람들, 즉 유배된 사람들이 줄을 잇는다'라는 뜻이다. 사형 등 가혹한 형이 줄을 이은 것이 아니라 부드러운 형인 유배가 줄을 이었다. 본 작품의 선발의도는 '천무천황은 가혹하지 않고 인자했다'라는 점을 보여주기 위함이었다. 이는 '천무천황이 엄격한 처분을 별로 내리지 않았다'는 연구 결과와도 일치한다.

④ 보언으로는 사수들이 화살통을 짊어지다(射等籠荷)라고 하여, 여러 사람들이 유배자의 결백을 적시하고 있다. 중요한 보언이다.

⑤ 청언이 별도로 존재하지 않고 있다. 그렇다면 청이 별도로 있어야 할 것이다. 백수랑(白水郎)에 답이 있다. 죄가 없다(=白水)는 뜻을 은유하고 있다. 죄가 없다며 풀어주기를 간청하고 있다. 일본서기에 의하면 천무천황은 여러 차례 사면을 실시했다. 마속왕도 향가의 힘에 의해 이때 풀려났을 것이다.

천무천황의 집권기 그는 '어진 정치'를 펼쳤다.

해독 근거

(1) 打 麻 乎 麻績王

① 노랫말: 베옷을 입은 사람은 麻績王이다.

② 보언

- 打 관이 나가라
- 乎 탄식하라

③ 자의

- 打 상자 갑. 打=押 [보언] 상자는 관으로 해독한다.
- 麻 베옷 마
- 乎 감탄사 호 [보언]
- 績 잇다 속
- 王 왕 왕
- 麻績王 [고유명사법] 베옷 입은 사람들이 줄을 잇다.

(2) 白水郎 有哉 射等籠荷 四間 乃

① 노랫말: 깨끗한 물가에 한 사나이가 네 칸 집에 (살고 있다).

② 보언

- 有 고기 제수를 올리라
- 哉 재앙이다
- 射等籠荷 사수들이 화살통을 짊어지라
- 乃 노를 저어라

③ 자의

- 白 깨끗하다 백
- 水 물 수
- 白水 죄가 없다로 해독하다
- 郎 사내 랑
- 有 값비싼 고기를 손에 쥔 모습 유 [보언]
- 哉 재앙 재 [보언]
- 射 사수 사 [보언] '白水郎=죄가 없다'를 적시한다.
- 等 무리 등
- 籠 화살을 넣는 통 롱

- 荷 메다 하
- 射等籠荷 [보언] 사수들이 화살통을 짊어지고 있다.
- 四間 네 칸 집으로 해독한다 • 乃 노 젓는 소리 애 [보언]

(3) 珠藻苅麻須
① 노랫말: 구슬로 꾸미셨던 분이 베옷을 입고 있다.
② 보언
- 苅 제수로 올리기 위해 곡식을 베라
- 須 수염배우가 나가라
③ 자의
- 珠 구슬 주   • 藻 꾸미다 조
- 苅 곡식을 베다 예 [보언] 제수로 올리기 위해 곡식을 베다.
- 麻 베옷 마   • 須 수염 수 [보언]

24번가

1) 해독

空蟬之命乎惜美浪尒所濕伊良虞能嶋之玉藻苅食

시끄럽게 울다가 껍질만 남기고 죽어간 매미의 목숨을 애석해하고 그
의 생전공적을 아름답게 꾸미나니.
파도에 젖는 이량우(伊良虞)는 유배자와 섬사람 사이가 화목한 섬이지.
옥으로 단장했으나 지금은 밥만 먹고 있을 뿐이다.

2) 천무는 인자한 천황이었다

 마속왕(麻續王)이 23번가를 듣고 슬퍼하며 만든 작품이다. 껍질만 남기고 죽은 매미처럼 잠시의 울분을 참지 못하고 시끄럽게 울어대다가 죽어간 사람을 애석해 하며 불만 없이 지내겠다고 다짐하고 있다.

 가혹한 형을 삼가고 죄인 사면을 수시로 단행했던 천무천황의 자비로움을 강조하기 위해 권제1 편집자가 선발한 작품이다. 본 작품 전후를 검토해 보면 천무천황 집권기 사건들이 연대순에 따라 배열되어 있다. 편집자가 만엽향가의 이면까지 꿰뚫고 있음을 입증한다.

해독 근거

 (1) 空蟬 之 命 乎 惜美
 ① 노랫말: (시끄럽게 울다가) 빈 껍질만 남기고 죽어간 매미의 목숨을 애석해 하며 (그의 생전공적을) 아름답게 꾸민다.
 ② 보언
 • 之 장례행렬이 나아가라   • 乎 탄식하라
 ③ 자의
 • 空 비다 공
 • 蟬 매미 선. 매미처럼 시끄럽게 울다.
 • 之 가다 지 [보언]   • 空蟬 매미의 허물
 • 命 목숨 명   • 乎 감탄사 호 [보언]
 • 惜 애석해하다 석   • 美 아름답다 미

(2) 浪 介所 濕 伊 良虞 能嶋 之

① 노랫말: 파도에 젖어 있는 伊良虞는 화목한 섬이지

② 청언: 介 파도여 잔잔하라

③ 보언

• 所 무대에 관아를 설치하라

• 之 열을 지어 나아가다

④ 자의

• 浪 물결 랑　　　　　• 介 아름답다 이 [청언]

• 所 관아 소 [보언]　　• 濕 젖다 습

• 伊 너 이　　　　　　• 良 길하다 량

• 虞 근심하다 우

• 伊良虞 [고유명사법] 너희들이 길하라고 나를 근심하여 주다.

• 能 화목하다 능　　　• 嶋 섬 도

• 之 가다 지 [보언]

(3) 玉藻 苅 食

① 노랫말: 옥으로 꾸몄던 사람이 밥만 먹고 있을 뿐이다.

② 보언: 苅 곡식을 베어 제수를 바치라

③ 자의

• 玉 구슬 옥　　　　　　　• 藻 꾸미다 조

• 苅 (곡식 따위를) 베다 예 [보언]　• 食 밥 사

십시(十市)황녀,
눈 뻐리는 언덕길을 넘다

25번가

1) 해독

三吉野之耳我嶺尒時無曾雪者落家留間無曾雨者零計留其雪乃時無如其
雨乃間無如隈毛不落念乍敍來其山道乎

그대는 저승 무사와 함께 셋이서 들을 가고 있으리
떠나지 말라 해도 고집부리며 넘어가는 언덕길에
그칠 때 없이 눈이 내린다.
쉴 새 없이 비가 내린다.
눈이 그칠 때 없이 내리면 안되지요.
비가 쉴 새 없이 내리면 안되지요.
산모퉁이 돌아가면서부터는 눈과 비가 내리지 않도록 해달라고
소원을 잠시 말해야만 하는 험한 산길

[일본식 해독]
요시노(吉野) 連山 미미가(耳我)의 산에는 끊임이 없이 눈이 내린다 하네 쉬지 않
고 비가 내린다 하네 내리는 눈이 끊임없는 것처럼 내리는 비가 쉬지 않는 듯이

길 굽이 굽이를 생각하면서 왔다네 그 산길 산길을요

2) 천무천황, 십시(十市)황녀를 보내다 1

해독의 최대 난관은 본 작품이 누구를 위한 눈물향가인지 판단하는 문제다.

[임신의 난 전후 주요 연대기]

671년 12월 3일 천지천황 근강궁(近江宮)에서 사망.

672년 6월 22일 임신의 난 발발, 대해인황자 승리, 홍문천황(=십시황녀의 남편) 자결

673년 3월 천무천황 즉위.

675년 천무천황의 딸 십시황녀, 이세신궁 참배.

678년 십시황녀 사망. 천무천황이 장례에 참석하여 恩情을 베풀고 곡을 하였다.

686년 천무천황 사망.

25, 26번가는 천무천황이 만든 눈물향가다. 천무천황이 직접 눈물향가를 만들어 줄 정도의 인물이면 그와 매우 가까운 인물이었을 것이다.

추적의 단서는 작품 속 보언 '가(家)'이다. 마나님이란 뜻을 가지고 있다. 천무천황이 여자가 죽었을 때 만든 작품이다. 천무천황이 눈물향가를 지어줄 정도의 주변 여자는 임신의 난 때 공을 세우고, 직접 찾아가 곡까지 해준 십시(十市)황녀일 것으로 판단한다.

원가(原歌)와 반가(反歌)의 형태로 연계되어 있는 작품군은 '비교법'에

의해 해독한다. 유사한 내용이 작품 25, 26번으로 되어 있기에 이들 작품은 비교법 해독의 대상이 된다.

해독 근거

(1) 三 吉 野 之耳
① 노랫말: 셋이서 들을 가고 있으리.
② 보언
- 吉 제사를 지내라
- 之 장례행렬이 나아가라
- 耳 팔대손자가 나가라
③ 자의
- 三 석 삼. 저승사자 2명+망자의 영혼 1명
- 吉 제사 길 [보언]
- 野 들 야
- 之 가다 지 [보언]
- 耳 팔대손자 잉 [보언] 그대가 팔대손자처럼 외로운 연기를 하라

(2) 我嶺 介 時無 曾 雪 者 落 家留
① 노랫말: (가지말라 해도 그대가) 고집부리며 (떠나 가는) 언덕에 (그치는) 때도 없이 눈이 내린다.
② 청언: 介 저승바다여 잔잔하라
③ 보언
- 曾 시루에 제수를 찌라   - 者 배우가 나가라

- 家 마나님 배우가 나가라   • 留 머무르라
④ 자의
- 我 외고집 아. '가지 말라고 애원해도 고집을 부리며 죽었다'는 의미이다. 죽음의 표지이다. 이에 의해 三이 저승사자 2명+망자의 영혼 1명을 의미하는 숫자임을 알 수 있다.
- 嶺 재 령   • 介 아름답다 이. 이. [청언]
- 時 때 시. 눈이 그치는 때   • 無 없다 무
- 曾 시루 증 [보언]   • 雪 눈 설
- 者 놈 자 [보언] 배우
- 落 떨어지다 락   • 家 마나님, 늙은 여자 가 [보언]
- 留 머무르다 류 [보언]

(3) 間無 曾雨 者零 計留
① 노랫말: (쉴) 새 없이 비가 내린다.
② 보언: 計 말로 열을 세며 있으라
③ 자의
- 間 사이 간. 비가 내리기를 쉬는 때
- 無 없다 무   • 曾 시루 증 [보언]
- 雨 비 우   • 者 놈 자 [보언] 배우
- 零 내리다 령
- 計 파자법. 숫자 10을 뜻하는 十자에 言자가 결합한 計자는 1에서 10까지를 말(言)로 센다는 뜻이다. 破字法의 존재를 입증하는 문자다.
- 留 머무르다 류 [보언]

(4) 其 雪 乃 時無 如

① 노랫말: 눈이 (그치는) 때도 없이 내리면 안되지여.

② 청언: 如 맞서달라

③ 보언

- 其 바람신이 나가라 ・ 乃 노를 저어라

④ 자의

- 其 키 기 [보언] 箕=其. 箕는 바람신이다.

- 雪 눈 설 ・ 乃 노 젓는 소리 애 [보언]

- 時 때 시 ・ 無 없다 무

- 如 맞서다 여. 여. [청언] 눈이 내리는 것에 맞서 달라

(5) 其 雨 乃 間無 如

① 노랫말: 비가 (쉴) 새 없이 내리면 안되지여

② 청언: 如 맞서다

③ 보언

- 其 바람신이 나가라 ・ 乃 노를 저어라

④ 자의

- 其 키 기 [보언] 箕=其. 바람신이 나가라

- 雨 비 우 ・ 乃 노 젓는 소리 애 [보언]

- 間 사이 간 ・ 無 없다 무

- 如 맞서다 여 [청언] 비가 내리는 것에 맞서다.

(6) 限 毛 不落念乍敍 來其 山道 乎

① 노랫말: 산모퉁이 (부터는 눈과 비가) 내리지 말라고 (원하는) 생각을 잠시 말해야 하는 산길.

② 보언
- 毛 수염 배우가 나가라
- 來 보리 제수를 올리라
- 其 바람신이 나가라
- 乎 탄식하라

③ 자의
- 隈 모퉁이 외
- 毛 털 모 [보언] 수염 배우
- 不落 내리지 않다
- 念 생각 념. 念=思=請
- 乍 잠시 사
- 敍 진술하다 서
- 來 보리 래 [보언] 來=麥
- 其 키 기 [보언] 其=箕. 箕는 바람신이다.
- 山 메 산
- 道 길 도
- 山道 저승가는 길로 해독한다
- 乎 감탄사 호 [보언]

26번가

1) 해독

三芳野之耳我山尒時自久曾雪者落等言無間曾雨者落等言其雪不時如其雨無間如隈毛不墮思乍敍來其山道 乎

그대는 저승 무사 둘을 따라 들을 가고 있지
떠나지 말라고 말려도 고집부리며 넘어 가는 산길에 그칠 때 없이 오래도록 눈이 내린다.
쉴 새 없이 비가 내린다.
눈이 그칠 때 없이 내리면 안 되지요.

비가 쉴 새 없이 내리면 안 되지요.

산모퉁이 돌면서부터는 눈과 비가 내리지 않도록 해달라고

청을 잠시 말해야 하는 산길

2) 천무천황, 십시황녀를 보내다 2

　작자는 천무천황이다. 눈물향가다. 십시황녀 사망 시 만든 작품으로
추정된다. 25, 26번가는 비교법으로 해독한다.

해독 근거

　(1) 三 芳 野 之耳

　① 노랫말: 셋이서 들을 가고 있지.

　② 보언

　• 芳 향을 피우라

　• 之 장례행렬이 나아가라

　• 耳 팔대손자가 나가라

　③ 자의

　• 三 석 삼. 저승사자 2명+망자의 영혼 1명. 셋이서 저승길에 나섰다.

　• 芳 향내 방 [보언] 25번가의 㖨(제사 지내다)과 비교된다. 비교법에
　　의해 의미가 확정된다.

　• 野 들 야　　　　　• 之 가다 지 [보언]

　• 耳 팔대손자 잉 [보언] 그대가 팔대손자처럼 외롭게 길을 간다.

(2) 我山 介 時 自 久 曾 雪 者 落 等言

① 노랫말: (떠나지 말라고 말려도) 고집부리며 (넘어가는) 산에 (그칠) 때 (없이) 오래도록 눈이 내린다.

② 청언: 介 눈이 그치게 해달라

③ 보언

- 自 콧물을 훌쩍이며 울라
- 曾 시루로 제수를 찌라
- 者 배우가 나가라
- 等言 여러 명이 조문하라

④ 자의

- 我 외고집 아. 죽으면 안 된다고 했으나 고집을 부리며 죽고 말았다는 뜻. 죽음의 표지어다.
- 山 메 산
- 介 아름답다 이. 이. [청언]
- 時 때 시. 그칠 때 없이. 25번과 비교하여 해독한다.
- 自 코 비 [보언] 自=鼻
- 久 오래다 구
- 曾 시루 증 [보언]
- 雪 눈 설
- 者 놈 자 [보언] 배우
- 落 떨어지다 락
- 等 무리 등 [보언]
- 言 조문하다 언 [보언]
- 等言 [다음절 보언] 여러 명이 조문하다.

(3) 無間 曾 雨 者 落 等言

① 노랫말: 쉴 새 없이 비가 내린다.

② 보언

- 曾 시루에 제수를 찌라
- 者 배우가 나가라
- 等言 여러 명이 조문하라

③ 자의

- 無 없다 무
- 間 사이 간

- 無間 한국어 어순법에 따르면 間無이라고 해야 한다.
- 曾 시루 증 [보언]
- 者 놈 자 [보언] 배우
- 等 무리 등 [보언]
- 等言 [다음절 보언] 여러 명이 조문하다.
- 雨 비 우
- 落 떨어지다 락
- 言 조문하다 언 [보언]

(4) 其 雪 不 時 如

① 노랫말: 눈이란 그칠 때 없이 내리면 안되지여

② 청언: 如 맞서 달라

③ 보언: 其 바람신이 나가라

④ 자의

- 其 키 기 [보언] 其=箕. 箕는 바람신이다.
- 雪 눈 설
- 不 아니다 불
- 時 때를 맞추다 시
- 如 맞서다 여 [청언] 비가 내리는 것에 맞서다=비가 내리지 않다.

(5) 其 雨 無 間 如

① 노랫말: 비가 쉴 새 없이 내리면 안되지여.

② 청언: 如 맞서다.

③ 보언: 其 바람신이 나가라

④ 자의

- 其 키 기 [보언] 其=箕. 箕는 바람신이다.
- 雨 비 우
- 無 없다 무
- 乃 노 젓는 소리 애 [보언]
- 間 사이 간
- 如 맞서다 여. 여 [청언] 비가 내리는 것에 맞서다.

일본 만엽집萬葉集은 향가였다

(6) 隈 毛 不墮 思乍敍 來其 山道 乎

① 노랫말: 산모퉁이부터는 눈과 비가 내리지 않도록 해달라고 생각을 잠시 말해야 하는 산길.

② 보언
- 毛 수염 배우가 나가라
- 其 바람신이 나가라
- 來 보리 제수를 올리라
- 乎 탄식하라

③ 자의
- 隈 굽이 외
- 不 아니다 불
- 思 생각하다 사. 念=思=請
- 敍 진술하다 서
- 來 보리 래 [보언] 보리를 제수로 올리다.
- 其 키 기 [보언] 바람신
- 山 메 산
- 山道 산길
- 毛 털 모 [보언] 수염 배우
- 墮 낙하하다 타
- 乍 잠시 사
- 道 길 도
- 乎 감탄사 호 [보언]

27번가

1) 해독

淑人乃良跡吉見而好常言師芳野吉見与良人四來三

맑은 사람이었다
앞사람의 발자취 보기를 좋아하라고 항상 말하시는 선생님 같았다

들판에 보인다, 함께 가는 12명이

2) 천무천황 시대의 구구단 표기

본 작품의 해독과 관련해 재미있는 표기법이 나왔다. 천무천황 시대의 구구단이 나온 것이다.

끝구절 人四來三이 그것이다. 四三(4×3)은 十二(12)로 보아야 한다. 人은 저승사자로 해독하여 저승사자 열두 명으로 해독한다.

백제의 부여시대 궁궐터에서 발굴된 구구단 표에 三四十二(3×4=12)가 있다. 40번가에도 구구단이 나온다.

천무천황이 길야궁(吉野宮)에 행차했을 때의 노래라고 되어 있다. 길야궁에서 그녀를 위한 제를 지냈을 것으로 보인다. 작품의 종류는 눈물향가임이 분명하다. 필자는 본 작품을 25, 26, 27번가와 같이 십시황녀 사망 시 만든 일련의 눈물향가로 본다.

본 작품 다음으로 지통(持統)천황의 작품이 나온다.

지통천황에 앞서 재위했던 천지, 홍문, 천무천황을 뛰어넘어 지통천황으로 바로 넘어간다. 만엽집 권제1의 지층구조에 커다란 불연속선이 나타나 있다. 이러한 교란현상은 지통천황에 의해 정리된다.

해독 근거

(1) 淑人 乃 良

① 노랫말: 맑은 사람이어라

② 청언: 良 길하라

③ 보언: 乃 노를 저어라

④ 자의

- 淑 맑다 숙
- 乃 노 젓는 소리 애
- 人 사람 인
- 良 길하다 량. 라. [청언]

(2) 跡 吉 見 而 好 常 言 師

① 노랫말: (돌아가신 앞 사람들의) 발자취 보기를 좋아하라고 (항상) 말하시는 선생님(같았다).

② 보언

- 吉 제사를 지내다
- 而 구레나룻 배우가 나가라
- 常 천자의 기를 내보내라

③ 자의

- 跡 발자취 적
- 見 보다 견
- 好 좋다 호
- 言 말하다 언
- 吉 제사 길 [보언]
- 而 구레나룻 이 [보언]
- 常 천자의 기 상 [보언]
- 師 스승 사

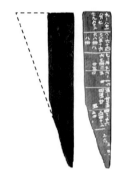

백제의 수도 부여에서 발굴된 구구단 목간.
위에서 6번째 칸 가운데 줄에 3×4=12가 있다.
부여박물관 소장

(3) 芳 野 吉 見 与 良 人四 來 三

① 노랫말: 들판에 보임이라, 저승사자 12명이

② 청언: 良 길하라

③ 보언

- 芳 향을 피우라
- 与 무리가 나가라
- 吉 제사를 지내라
- 來 보리 제수를 올리라

④ 자의

- 芳 향내 방 [보언]
- 吉 제사 길 [보언]
- 与 무리 여 [보언]
- 良 길하다 량. 라. [청언]
- 四 넷 사
- 三 셋 삼
- 野 들판 야
- 見 나타나다 현
- 人 사람 인
- 來 보리 래 [보언]

- 人四三 저승사자 12명으로 해독. 百濟의 수도였던 夫餘에서 발굴된 구구단 표에 따르면 三四十二로 표기되어 있다.

지통(持統) 천황, 만엽향가의 여황

28번가

1) 해독

春過而夏來良之白妙能衣乾有天之香來山

봄이 지나고 여름이 왔다.
흰 옷 입은 백성들과 훌륭한 관복을 입은 신하들은 응당 옷을 깨끗이
빨아 말려야 하리라, 천향구산(天香具山)에

2) 모두 옷을 깨끗이 빨아 말려야 하리라

　지통(持統)천황 작이다.
　지통천황은 즉위하면서 대규모 인사 교체를 단행하였다.
　천무천황이 인자하게 다스리던 봄같이 좋은 시절은 가고, 여름같이
험한 계절이 왔으니 백성들과 신하들은 마음을 새롭게 먹고 정신 바짝
차리라는 내용의 작품이다.

지통천황은 만엽향가의 발전에 크게 기여한 천황이었다. 권제1의 경우 절반 정도가 그녀와 관련된 작품들일 정도였다.

지통천황의 지원에 힘입어 일본의 향가는 천도 등 국가차원의 핵심 사업에 참여할 수 있었고, 사회문화적 지위도 크게 상승할 수 있었다.

만엽향가를 언급하면서 지통천황을 빼놓고 이야기할 수 없을 것이다.

천무(天武)천황의 가족관계

- 황후: 지통천황=천지천황의 딸 노야찬량(鸕野讚良) 황녀 — 1남 초벽황자(662~689)
- 비: 대전(大田)황녀(?~667) — 1남 대진(大津)황자
- 비: 대강(大江)황녀
- 비: 신전부(新田部) 황녀

지통천황의 즉위 이전 이름은 노야찬량(鸕野讚良)이다.

황녀는 천지천황의 딸로 태어났다. 친언니인 대전(大田)황녀, 친누이인 대강(大江)황녀, 이복누이 신전부(新田部)황녀 등 4자매가 대해인황자의 비가 되었다.

대해인은 천지천황의 동생이다.

천지천황 사망 후 대해인황자는 '임신의 난'을 일으켜 천지의 아들이자 자신의 조카였던 홍문(弘文)천황을 죽이고, 천무(天武)천황으로 즉위하였다.

천무천황의 황후였던 노야찬량은 임신의 난을 시작으로 해 권력투쟁의 한복판으로 휩쓸려 들어가게 되었다.

천무천황이 임종을 앞두고 '천하의 일은 크고 작은 것을 막론하고 노야찬량황후 및 초벽(草壁, 662~689)황자에게 보고하라'는 명령을 내리면서 모자가 공동으로 정무를 맡게 된다.

천무천황이 686년 사망하였다.

노야찬량 황후는 섭정을 하며, 자신의 아들인 초벽황자를 황태자로 삼았다. 그러자 언니 대전황녀 소생의 대진(大津, 663~686)황자가 모반을 꾸미다 발각되어 자결하는 사건이 발생하였다. 정치적 혼란과 골육상쟁이 극에 이르렀다.

그러나 이번에는 자신의 아들이었던 초벽황자도 3년 후 그만 병으로 죽고 말았다. 권력투쟁의 가운데에서 황위를 이어갈 아들까지 잃고 만 것이다.

황후는 690년 자신이 직접 즉위하였다. 그녀가 지통(持統)천황이다. 697년 손자 경(輕)황자(文武천황, 683~707)에게 양위하였고, 703년 사망하였다.

해독 근거

(1) 春過 而 夏 來良之
① 노랫말: 봄이 지나고 여름이 (왔어라)
② 청언: 良 길하라
③ 보언
  • 而 구레나룻 배우가 나가라   • 來 보리제수를 올리라
  • 之 열지어 나아가라

④ 자의
- 春 봄 춘
- 過 지나다 과
- 而 구레나룻 이 [보언]
- 夏 여름 하
- 來 보리 래 [보언]
- 良 길하다 량. 라. [청언]
- 之 가다 지 [보언]

(2) 白妙能衣乾 有 天 之 香 來 山

① 노랫말: 흰 옷 입은 백성들과 훌륭한 관복을 입은 신하들은 응당 옷을 (빨아) 말려야 하리, 천향구산에.

② 보언
- 有 고기 제수를 올리라
- 之 열지어 나아가라
- 香 향을 피우라
- 來 보리 제수를 올리라

③ 자의
- 白 희다 백. 백성들로 해독한다. 七色十三階冠制가 만들어져 648년 시행되었다. 관위에 따라 고유의 색이 주어졌으며, 관위가 없는 일반인은 흰색이 주어졌다.
- 妙 말할 수 없이 빼어나고 훌륭하다 묘. 훌륭한 관복을 입은 신하들로 해독한다.
- 能 응당 ~해야 한다 능
- 衣 옷 의
- 乾 말리다 건
- 有 값비싼 고기를 손에 쥔 모습 유 [보언]
- 天 하늘 천
- 之 가다 지 [보언]
- 香 향 향
- 來 보리 래 [보언]
- 山 메 산
- 天香山 天香具山의 약어. 하늘에 향을 피우며 빈다는 의미다. [고유명사법]

지통(持統)천황,
아버지 천지천황을
무화산(畝火山)에 모시다

29번가

1) 해독

玉手次畝火之山乃橿原乃日知之御世從(或云自宮)阿礼座師神之盡樛木乃弥
継嗣尓天下所知食之乎(或云食來)天尓滿倭乎置而青丹吉平山乎超(或云虚見倭
乎置青丹吉平山超而)何方御念食可(或云所念計米可)天離夷者雖有石走淡海國乃
樂浪乃大津宮尓天下所知食兼天皇之神之御言能大宮者此間等雖聞大殿
者此間等雖云春草之茂生有霞立春日之霧流(或云霞立春日香霧流夏草香繁成奴留)
百礒城之大宮處見者悲毛

천지천황께서 거처하실 곳이 무화산 강원(畝火山 橿原)이라고 지통천황
께서 알리신다.
천지천황께서는 세상사람들이 따르는 물가의 스승이셨다.
천지천황께서 돌아가시니 두루 대를 잇는 분들이 그대의 생전공적을
천하에 알린다.
하늘에 가득 차 있는 사람들을 그곳에 남겨 두시고 울긋불긋 불태우
셨던 산(三輪山)을 넘어

어느 쪽으로 거둥할까 하고 천황께서 잠시 생각하시다가 하늘을 나와
땅 위로 내려와 돌밭을 걷는다.
맑은 바다나라 나라(樂浪)의 대진궁(大津宮)에 계시던 분의 생전공적을
천하에 알리라
겸하여 천지천황의 말씀을 알리라
화목하게 지내라
대궁에 사람들의 발자국이 계속 이어져 쉴 새 없이 아뢰게 하고
대전에 사람들의 발자국이 계속 이어져 쉴 새 없이 말씀을 올리게 하
였어도
봄날 풀이 무성하게 나 있고
봄날 해는 안개 속에 떠있다
부지런히 일하시던 백의성 대궁(百礒城 大宮)이 있던 곳을 보자하니 나그
네 슬프구나

2) 지통천황, 아버지 천지천황을 무방산(畝傍山)에 모셔오다

지통천황은 즉위한 이후 군신들의 기강을 잡은 후 무화산 강원(畝火
山 橿原)에 신사를 마련하였고, 29번가는 그곳에 아버지 천지천황의 영
혼을 모시면서 만든 작품이다.
근강(近江)은 667년 새로운 도읍이 되었으나, 672년 임신의 난 이후
폐허가 되었다.
시본인마려(柿本人麻呂)가 만든 작품이다.
시본인마려는 지통천황과 문무(文武)천황 시대에 활동했던 만엽가인이
다. 액전왕이 향가의 무대에서 사라지면서 시본인마려가 본격 등장한다.

해독 근거

(1) 玉手次 畝火 之 山 乃 橿原 乃 日知 之
① 노랫말: 옥 같은 사람(천지천황)께서 거처하실 곳이 畝火山 橿原
(이라고) 지통천황께서 알리신다.
② 보언

- 之 장례행렬이 나아가라
- 乃 노를 저어라
- 之 장례행렬이 나아가라

③ 자의

- 玉 옥 옥. 천지천황으로 해독
- 手 사람 수
- 次 여막(廬幕) 차
- 畝 밭이랑 무
- 火 불 화
- 之 가다 지 [보언]
- 山 산 산
- 畝火. 畝傍山. 밭이랑에 불을 피워 제사 지낸다는 의미 [고유명사법]
- 乃 노 젓는 소리 애 [보언]
- 橿 박달나무, 굳세다 강
- 原 벌판 원
- 橿原 박달나무처럼 굳세다는 의미 [고유명사법]
- 乃 노 젓는 소리 애 [보언]
- 日 해 일. 지통천황의 은유
- 知 알리다 지
- 之 가다 지 [보언]

(2) 御 世從 (或云 自宮) 阿 礼座 師
① 노랫말: 천지천황께서는 세상사람들이 따르는 물가의 스승이시다.
② 보언

- 礼 절을 하라
- 座 자리를 무대에 설치하라

③ 자의
- 御 임금 어. 천지천황
- 從 따르다 종
- 云 이르다 운 [보언]
- 宮 사당 궁 [보언]
- 或云自宮 [다음절 보언] 어떤 경우에는 '사당에서 코를 훌쩍이다'로 되어 있기도 하다.
- 阿 물가 아
- 座 자리 좌 [보언]
- 世 세상(世上) 세
- 或 혹은 혹 [보언]
- 自 코 자. 自=鼻. [보언]
- 祀 절하다 례 [보언]
- 師 스승으로 삼다 사

(3) 神 之 盡 樛木乃 弥継嗣 尒 天下 所 知 食之乎(或云 食來)
① 노랫말: 천지천황이 돌아가시니 두루 대를 잇는 분이 (그대의 생전 공적을) 천하에 알린다.
② 청언: 尒 바다여 잔잔하라
③ 보언
- 之 장례행렬이 나아가라
- 乃 노를 저어라
- 食 밥을 주발에 담아 바치라
- 乎 탄식하라
- 樛木 동여맨 관이 나가라
- 所 무대에 관아를 설치하라
- 之 장례행렬이 나아가라
④ 자의
- 神 귀신 신. 천지천황
- 盡 다하다 진
- 木 관 목 [보언]
- 弥 두루 미
- 嗣 임금의 자리나 가계를 잇는 사람 사
- 之 가다 지 [보언]
- 樛 동여매다 규 [보언]
- 乃 노 젓는 소리 애 [보언]
- 継 이어받다 계

- 弥継嗣 천지천황 사후 황위를 이은 천무와 지통천황
- 尒 아름다운 모양. 이. [청언]
- 天下 천하 　　　　　• 所 관아 소 [보언]
- 知 알리다 지 　　　　• 食 밥 사 [보언]
- 之 가다 지 [보언] 　　• 乎 감탄사 호 [보언]
- 或 혹은, 어떤 경우에는 혹 [보언]
- 云 이르다 운 [보언] 　　• 食 밥 사 [보언]
- 來 보리 래 [보언]
- 或云 食來 어떤 경우에는 '밥과 보리 곡식을 올리다'로 되어 있기
  도 하다.

(4) 天 尒 満 倭 乎 置 而 青 丹 吉 乎 山 乎 超
① 노랫말: 하늘에 가득 차 있는 왜인들을 (그곳에) 두시고 울긋불긋
불태우셨던 산을 넘어
② 보언
- 尒 바다여 잔잔하라 　• 乎 탄식하라
③ 자의
- 天 하늘 천 　　　　　• 尒 아름다운 모양 이. 이. [청언]
- 満 가득 차 있다 만 　• 倭 왜 왜. 왜인으로 해독한다
- 乎 감탄사 호 [보언] 　• 置 두다 치
- 而 구레나룻 이 [보언]• 青 푸르다 청
- 丹 붉다 단 　　　　　• 近江 近江京
- 青丹山 三輪山. 천지천황이 近江京으로 천도하며 三輪山을 불
  태웠다.
- 吉 제사 길 [보언] 　　• 乎 산제 평 [보언]

- 山 산 산
- 超 넘다 초
- 乎 감탄사 호 [보언]

(5) (或云, 虛見倭 乎 置靑丹 吉平 山超 而)
① 노랫말: 혹 이르기를 하늘에 보이는 왜인은 (그곳에) 두시고 울긋불긋 불타던 산을 넘어
② 보언
- 乎 탄식하라
- 平 산제를 올리라
- 吉 제사를 지내라
- 而 구레나룻 배우가 나가라
③ 자의
- 或云 혹 ~라 이르다 [보언]
- 見 보이다 견
- 乎 감탄사 호 [보언]
- 靑 푸르다 청
- 吉 제사 길 [보언]
- 山 산 산
- 而 구레나룻 이 [보언]
- 虛 하늘 허
- 倭 왜 왜
- 置 두다 치
- 丹 붉다 단
- 平 山祭 평 [보언]
- 超 넘다 초
- 或云, 虛見 倭 乎 置靑丹 吉平 山超 而 어떤 경우에는 '하늘에 보이는 왜인은 두고 울긋불긋 불타올랐던 산을 넘다'로 되어 있기도 하다.

(6) 何方御念 食可 (或云, 所念 計米可)
① 노랫말: 어느 쪽으로 (거둥할까) 천황께서 잠시 생각하신다.
② 보언
- 食 밥을 올리라
- 可 칸이 나가라

③ 자의

- 何 어느 하
- 方 방향 곳
- 御 임금 어
- 念 생각하다 념
- 食 밥 사 [보언]
- 可 오랑캐 임금의 이름, 군주의 칭호 극. 칸. [보언]
- 或云 혹은~이르다 [보언]
- 所 관아 소 [보언]
- 念 생각하다 념
- 計 1에서 10까지 말로 셈하다 계 [보언]
- 米 쌀 미 [보언]
- 可 오랑캐 임금의 이름, 군주의 칭호 극. 칸 [보언]
- 或云, 所 念 計 米 可 어떤 경우에는 '생각을 하다'로 되어 있다.

(7) 天離 夷者雖有 石走

① 노랫말: 하늘을 나와 돌밭을 달리다.

② 보언

- 夷 오랑캐가 나가라
- 者 배우가 나가라
- 雖 도마뱀붙이가 나가라
- 有 고기 제수를 올리라

③ 자의

- 天 하늘 천
- 離 떠나다 리
- 夷 오랑캐 이 [보언]
- 者 놈 자 [보언] 배우
- 雖 도마뱀붙이 수 [보언]
- 有 값비싼 고기를 손에 쥔 모습 유 [보언]
- 石 돌 석. 일본땅
- 走 달리다 주

(8) 淡海國 乃 樂浪 乃 大津宮 尒 天下 所 知 食

① 노랫말: 맑은 바다나라 樂浪의 大津宮에 (계시던 분의 생전공적을) 천하에 알리라

② 보언

- 乃 노를 저어라
- 乃 노를 저어라
- 尒 바다여 잔잔하라
- 所 관아를 무대에 설치하라
- 食 밥을 올리라

③ 자의

- 淡 맑다 담
- 海 바다 해
- 國 나라 국
- 乃 노 젓는 소리 애 [보언]
- 樂 즐겁다 락
- 浪 물결 랑
- 樂浪 즐거움이 물결쳤던 곳을 의미 [고유명사법]
- 乃 노 젓는 소리 애 [보언]
- 大津宮 큰 나루터를 의미 [고유명사법]
- 尒 아름다운 모양 이 [청언]
- 天下 천하
- 所 관아 소 [보언]
- 知 알리다
- 지食 밥 사 [보언]

(9) 兼 天皇 之 神 之 御言
① 노랫말: 겸하여 천지천황의 영혼 천황의 말씀을 (알리라).
② 보언

- 之 장례행렬이 나아가라
- 之 장례행렬이 나아가라

③ 자의

- 天皇 천황
- 之 가다 지 [보언]
- 神 귀신 신
- 之 가다 지 [보언]
- 御 임금 어
- 言 말하다 언

(10) 能

① 노랫말: 화목하게 지내라

② 자의: 能 화목하게 지내다 능

(11) 大宮 者 此間 等 雖 聞

① 노랫말: 대궁에 (사람들의) 발자국이 계속 이어지며 (쉴) 새 (없이) 무리들이 아뢰게 하고

② 보언

• 者 배우가 나가라   • 雖 도마뱀붙이가 나가라

③ 자의

• 大宮 대궁   • 者 놈 자 [보언] 배우

• 此 계속 이어지는 발자국 차   • 間 사이 간

• 等 무리 등   • 雖 도마뱀붙이 수 [보언]

• 聞 아뢰다 문

(12) 大殿 者 此間等 雖 云

① 노랫말: 대전에 사람들의 발자국이 계속 이어지며 (쉴) 새 (없이) 사람들이 말씀을 올리게 하였어도

② 보언

• 者 배우가 나가라   • 雖 도마뱀붙이가 나가라

③ 자의

• 大殿 대전   • 者 놈 자. [보언] 배우

• 此 계속 이어지는 발자국 차   • 間 사이 간

• 等 무리 등   • 雖 도마뱀붙이 수 [보언]

• 云 말하다 운

(13) 春 草 之 茂生 有霞立

① 노랫말: 봄날 풀이 무성하게 나 있고

② 보언

- 之 장례행렬이 나아가라
- 有 고기 제수를 올리라
- 霞 맛있는 술을 올리라
- 立 낟알 제수를 바치라

③ 자의

- 春 봄 춘
- 草 풀 초
- 之 가다 지 [보언]
- 茂 무성하다 무
- 生 나다 생
- 有 비싼 고기를 손에 쥔 모습 유 [보언]
- 霞 맛있는 술 하 [보언]
- 立 낟알 립 [보언] 立=粒

(14) 春 日 之 霧 流

① 노랫말: 봄날 해는 안개 속에 떠 있다.

② 보언

- 之 장례행렬이 나아가라
- 流 떠돌라

③ 자의

- 春 봄 춘
- 日 해 일
- 之 가다 지 [보언]
- 霧 안개 무
- 流 떠돌다 류 [보언]

(15) (或云, 霞立 春日 香 霧 流 夏草 香 繁 成奴留)

① 노랫말: 혹은 '봄날의 해는 안개 속에 떠 있고 여름날 풀이 무성하다'라고도 했다.

② 보언

- 霞 맛있는 술을 올리라
- 香 향을 피우라
- 成 길제를 지내라
- 留 머무르라

③ 자의
- 霞 맛있는 술 하 [보언]
- 春 봄 춘
- 香 향 향 [보언]
- 流 떠돌다 류 [보언]
- 草 풀 초
- 繁 무성하다 번
- 奴 사내 종 노 [보언]
- 留 머물다 류 [보온]

- 立 낟알 제수를 바치라
- 流 떠돌라
- 奴 노비가 나가라

- 立 낟알 립 [보언] 立=粒
- 日 해 일
- 霧 안개 무 [보언]
- 夏 여름 하
- 香 향 향 [보언]
- 成 길제 성 [보언]

(16) 百礒城 之 大宮處 見 者 悲 毛

① 노랫말: (부지런히 일하시던) 百礒城 대궁이 있던 곳을 보니 (나그네) 슬프구나

② 보언
- 之 장례행렬이 나아가라
- 毛 수염배우가 나가라
- 者 배우가 나가라

③ 자의
- 百礒城 천지천황이 정무를 보던 대궁의 이름으로 본다. [고유명 사법] 백 개의 바위를 쌓다. 즉 부지런히 일한다는 의미. 36번가 에도 百礒城 大宮이 나온다.
- 之 가다 지 [보언]
- 大宮處 큰 궁이 있던 곳

- 見 보다 견
- 悲 슬프다 비

- 者 놈 자 [보언] 배우
- 毛 털 모 [보언] 수염 배

30번가

1) 해독

樂浪之思賀乃辛碕雖幸有大宮人之船麻知兼津

나라(樂浪)를 생각하면 슬프다.
물가에 천지천황께서 거둥하여 계셨던 대궁
사람들이 배를 타고 가 천지천황의 생전업적을 알린다.
겸하여 나루터에 가 천지천황의 생전업적을 알린다.

[일본식 해독]
잔잔한 물결 시가(志賀) 카라사키(辛崎)는 변함이 없건만 옛날 大宮人들의 배는
오지를 않네

2) 나라(樂浪)를 생각하면 슬프다

천지천황을 기리는 작품이다. 지통천황의 지시에 의해 일련의 작품
들이 만들어진 것으로 보아야 할 것이다. 작자는 시본인마려(柿本人麻
呂)이다. 29번가의 반가(反歌)이다.

해독 근거

(1) 樂浪 之 思 賀乃 辛

① 노랫말: 樂浪을 생각하면 슬프다.

② 보언

- 之 장례행렬이 나아가라
- 賀 위로하라
- 乃 노를 저어라

③ 자의

- 樂 즐기다 락
- 浪 허망하다 랑
- 樂浪 낙랑 [고유명사법] 즐거움이 허망하다.
- 之 가다 지 [보언]
- 思 생각하다 사
- 賀 위로하다 하 [보언]
- 乃 노 젓는 소리 애 [보언]
- 辛 슬프다 신

(2) 碕 雖 幸 有 大宮

원문	碕	雖	幸	有	大	宮
노랫말	碕		幸		大	宮
보언		雖		有		

① 노랫말: 물가에 천지천황께서 거둥하여 계셨던 대궁

② 보언

- 雖 도마뱀붙이가 나가라
- 有 고기를 제수로 올리라

③ 자의

- 碕 굽은 물가 기
- 雖 도마뱀붙이 수 [보언]

- 幸 거둥 행
- 有 값비싼 고기를 손에 쥔 모습 유 [보언]
- 大宮 대궁

(3) 人 之 船 麻 知

① 노랫말: 사람들이 배를 타고 가 (천지천황의 생전업적을) 알린다.

② 보언

- 之 장례행렬이 나아가라
- 麻 삼베 상복을 입은 사람이 나가라

③ 자의

- 人 사람 인
- 之 가다 지 [보언]
- 船 배 선
- 麻 삼으로 지은 상복 마 [보언]
- 知 알리다 지

(4) 兼 津

① 노랫말: 겸하여 나루터에 가 (천지천황의 생전업적을 알린다).

② 자의

- 兼 겸하다 겸
- 津 나루 진

31번가

1) 해독

左散難弥乃志我能一云比良乃]大和太與杼六友昔人二亦母相目八毛一云
將會跡母戸八

곁에 있는 사람을 내치면 병란이 난다는 사실은 여기저기에 기록되어
있다
고집스러울 정도로 화목해야 한다
크게 화합해야 한다
크게 더불어야 한다
여섯 명의 벗이 섞여 있는 데다가 또 둘이 합하게 되면 우두머리가 여
덟이 되는 것이다

2) 곁에 있는 사람을 내치면 병란이 난다

작자는 시본인마려(柿本人麻呂)이다.

홍문천황이 숙부가 되는 대해인황자와 화합하지 못해 '임신의 난'이
일어났다면서, 난을 일으킨 대해인황자를 두둔하고 있다. 패배자는 역
사에서의 명분까지 잃는다는 사실이 분명하게 드러난다.

(1) 左散難弥 乃 志

① 노랫말: 곁에 있는 사람을 내치면 병란이 난다는 (사실은) 두루 기록되어 있다.

② 보언: 乃 노를 저어라

③ 자의

- 左 곁 좌
- 散 내치다 산
- 難 병란 난
- 弥 두루 미
- 志 기록하다 지

(2) 我能

① 노랫말: 고집스럽게 화목해야 한다.

② 자의

- 我 외고집 아
- 能 화목하게 지내다 능

(3) 一云 比 良乃

① 노랫말: 한편 '함께 하여야 함이라'라고도 되어 있다.

② 청언: 良 길하라

③ 보언: 乃 노를 저어라

④ 자의

- 一云 한편~이라고 말한다.
- 比 나란히 하다 비
- 良 길하다 량. 라. [청언]
- 노 젓는 소리 애 [보언]

(4) 大和

① 노랫말: 크게 화합해야 한다.

② 자의

- 大 크다 대
- 和 화하다 화

(5) 太與杼

① 노랫말: 크게 더불어야 한다.

② 보언: 杼 북처럼 왕래하라

③ 자의

- 太 크다 태
- 與 더불다 여
- 杼 북 저 [보언] 베틀에서 날실의 틈으로 왔다 갔다 하면서 씨실을 푸는 기구 저. 베틀의 북처럼 서로 왕래하며 함께 하여야 한다.

(6) 六友昔人二亦母相目八毛

① 노랫말: 여섯 명의 벗이 섞여 있는 데다가 또 사람 둘이 (섞이게 되면) 우두머리가 여덟이 되는 것이다.

② 보언

- 母 어머니뻘의 여자가 나가라
- 相 푸닥거리하라
- 目 우두머리가 나가라
- 毛 수염 배우가 나가라

③ 자의

- 六 여섯 륙
- 友 벗 우
- 昔 섞이다 착
- 人 사람 인
- 二 두 이
- 亦 또 역
- 母 어머니뻘의 여자 모 [보언]
- 相 푸닥거리하다 양 [보언]
- 目 우두머리 목 [보언]

- 八 여덟 팔. 매우 많다로 해독된다. 6+2=8. 6도 2도 많지 않은 수이나 합해져 8이 되면 매우 많은 세력이 된다는 의미로 해독한다.
- 毛 털 모 [보언] 수염 배우

(7) (一云, 將 會跡 母 戶八)

① 노랫말: 한편으로는 '모여들어 뒤따르는 집이 여덟이 된다'라고도 하였다.

② 보언: 母 어머니뻘의 여자 모 [보언]

③ 자의

- 一云 한편~이라고 말한다. [보언]
- 將 장수 장 [보언]   • 會 모이다 회
- 跡 뒤따르다 적   • 母 어머니뻘의 여자 모 [보언]
- 戶 집, 지게 호
- 八 여덟 팔. 장수들이 많아진다는 의미다.

32번가

1) 해독

古人尒和祀有哉樂浪乃故京乎見者悲寸

십 대나 입에서 입으로 전하라, 사람들이 서로 화목하여야 했다
낙랑(樂浪) 옛 도읍을 보고 있자니 조금 서글퍼져라

2) 홍문(弘文)천황은 대해인황자와 화목해야 했다

홍문천황이 화합하지 못해 임신의 난이 일어났다 하고 있다. 임신의 난을 일으킨 명분을 강조하고 있다.

작자도 시본인마려가 아니라 고시고인(高市古人)이다. 명분이 개인이 아니라 조정 차원에서 만들어지고 있는 것이다.

고시고인이 근강 대진궁(近江 大津宮)을 보고 지은 노래다. 어떤 책에는 고시흑인(高市黑人) 작이라고도 한다.

해독 근거

(1) 古 人 介 和 礼 有 哉

원문	古	人	介	和	礼	有	哉
노랫말		人		和			
청언	古		介				
보언					礼	有	哉

① 노랫말: (십 대나 입에서 입으로 전하라), 사람들이 서로 화목하여야 했다.
② 청언
• 古 십 대나 입에서 입으로 전하라 • 介 저승바다여 잔잔하라
③ 보언
• 礼 절하라   • 有 고기 제수를 올리라

- 哉 재앙이다

④ 자의

- 古 십 대나 입에서 입으로 전하다 고. 고 [청언]
- 人 사람 인
- 尒 아름답다 이. 이 [청언]
- 和 화하다 화
- 礼 절하다 레 [보언]
- 有 값비싼 고기를 손에 쥔 모습 유 [보언]
- 哉 재앙 재 [보언]

(2) 樂浪 乃 故京 乎 見 者 悲寸

① 노랫말: 낙랑 옛 도읍을 보자니 조금 서글퍼져라

② 보언

- 乃 노를 저어라
- 乎 탄식하라
- 者 배우가 나가라

③ 자의

- 樂 즐겁다 낙
- 浪 허망하다 랑
- 樂浪 낙랑 [고유명사법] 즐거움이 허망하다.
- 乃 노 젓는 소리 애 [보언]
- 故 옛 고
- 京 도읍 경
- 乎 감탄사 호 [보언]
- 보다 견
- 者 배우 자 [보언]
- 悲 슬프다 비
- 寸 마디 촌 [보언]

33번가

1) 해독

樂浪乃國都美神乃浦佐備而荒有京見者悲毛

낙랑(樂浪)을 기린다
천지천황께서 바닷가로 도읍을 옮기자고 하셨지
거칠어져 있는 옛 도읍을 보니 슬프구나

2) 천지천황이 바닷가로 도읍을 옮기자고 했다

고시고인(高市古人)이 근강 대진궁(近江 大津宮)을 보고 슬퍼하여 지은 노래다. 고시흑인(高市黑人) 작이라고 한다.

해독 근거

(1) 樂浪 乃 國 都 美
① 노랫말: 낙랑을 기린다.
② 보언: 乃 노를 저어라
③ 자의
• 樂浪 낙랑 [고유명사법] 즐거움이 허망하다.
• 乃 노 젓는 소리 애 [보언]   • 國 나라 국

- 都 아아, 감탄사 도 [보언]　　• 美 기리다 미

(2) 神 乃 浦 佐 備 而

① 노랫말: 천지천황께서 바닷가로 (도읍을 옮기자고) 하셨다.

② 보언

- 乃 노를 저어라　　　　• 備 의장을 갖추라
- 而 구레나룻 배우가 나가라

③ 자의

- 神 귀신 신. 천지천황　　• 乃 노 젓는 소리 애 [보언]
- 浦 바닷가 포　　　　　• 佐 다스리다 좌
- 備 의장 비 [보언]　　　• 而 구레나룻 이 [보언]

(3) 荒 有 京 見 者 悲 毛

① 노랫말: 거칠어져 (있는) 옛도읍을 보니 슬프다.

② 보언

- 有 고기 제수를 올리라
- 者 배우가 나가라
- 毛 수염배우가 나가라

③ 자의

- 荒 거칠다 황
- 有 값비싼 고기를 손에 쥔 모습 유 [보언]
- 京 서울 경　　　　　• 見 보다 견
- 者 놈 자 [보언] 배우　　• 悲 슬프다 비
- 毛 털 모 [보언] 수염 배우

천무(天武)천황 눈물향가

34번가

1) 해독

白浪乃濱松之枝乃手向草幾代左二賀年乃經去良武

흰 파도가 치는 물가에 소나무 가지들이 풀숲처럼 우거졌다
그대의 여러 대 후손들이 좌우 길에 넘쳐나게 지나가고 있다

2) 산상억량(山上憶良)의 등장

천무천황에 대한 눈물향가이다.

지통천황이 690년 기이국(紀伊國)에 행차했을 때의 작품이다.

지통천황은 아스카 정어원궁(飛鳥 淨御原宮)에서 출발하여 기이국에 가던 중 천무천황의 능 참배를 하였던 것으로 판단된다.

지통천황 즉위 후 8개월 만이다.

공식적인 작자는 천도(川嶋)황자다. 산상억량(山上憶良, 660-733)이 만

들어 천도황자에게 준 것이다. 산상억량이 향가를 고리로 하여, 천도황자와 관계를 맺고 있었다. 그러나 천도황자는 다음 해인 691년 사망하고 말았다.

[지통천황 紀伊國 행차 전후 연대기]
- 686년 9월 천무천황 사망
- 686년10월 대진(大津)황자 모반 사건 발생
- 689년 4월 초벽황자, 27세로 사망
- 690년 1월 지통천황, 제41대 천황으로 즉위(卽位)
- 690년 9월 지통천황, 기이국(紀伊國) 행차. 천도(川嶋)황자 수행
- 691년 9월 천도(川嶋)황자 사망

천도황자는 천무천황 사후 한 달 만에 발생한 대진(大津)황자의 모반 사건을 지통천황 측에 알린 공을 가지고 있었다. 그의 이날 지통천황 수행은 모반 사건 후 4년이 지난 때이다.

[천도(川嶋)황자 가족관계]

천지천황 ────── 궁인 忍海造色夫古娘
　　　　　　│
　　　3남 천도(川嶋)황자(657~691)

본 작품에서의 망인은 천무천황으로 판단된다. 천무천황은 만엽집에서 자손 많은 천황으로 언급되고 있기 때문이다. 후손들이 길을 양쪽으로 메우고 있다는 내용으로 보아 행차 시 천무천황의 후손들이 대거 수행한 것으로 보인다.

작품의 내용 중 미조법(美藻法)에 의한 망인의 생전공적은 후손 번성

뿐이다. 만엽집 권제1에 정치적으로 고립되었던 효덕(孝德)천황마저도 4편의 눈물향가를 만들어수록한 한 반면, 천무천황에 대해서는 눈물향가의 숫자나 생전공적의 내용으로 보아 인색하게 처리했다. 의도적일 것이다.

작자 산상억량에 대해 만엽집 연구자인 중서진(中西進) 오사카여대 명예교수는 1969년 '억량(憶良) 귀화인론'이라는 제목의 논문을 발표하였다.

논문: 中西進(1969), 憶良帰化人論『國學院雜誌(万葉集特輯)』70(11), 國學院大學出版部, pp.267-282.

왜국 수군의 백촌강(白村江) 패배와 백제 부흥군의 근거지 주류성(周留城) 함락으로 백제가 멸망한 663년은 만엽집의 역사에서 큰 의미를 가진다.

출병을 주도했던 중대형황자(=천지천황)는 큰 정치적 타격을 받게 되었다. 근강(近江)으로 수도를 옮겼고, 나라의 이름까지도 왜국(倭國)에서 일본(日本)으로 바뀌었다. 천지천황 사망 직후 임신의 난이 발발하였고, 천무천황이 승리하였다. 이러한 격동 속에 일본으로 건너와 27년을 보낸 산상억량이 만엽의 지평선 위에 모습을 드러낸 단초가 본 작품이다.

34번가는 1716번가와 동일한 내용으로 만들어져 있다. 따라서 두 작품은 비교법으로 해독하여야 한다.

해독 근거

(1) 白浪 乃 濱松 之 枝 乃手向 草

① 노랫말: 흰 파도가 치는 물가 소나무 가지들이 풀숲처럼 (우거졌다).

② 보언

- 乃 노를 저어라
- 乃 노를 저어라

- 之 장례행렬이 나아가라
- 手向 사람들이 제사를 지내라

③ 자의

- 白 희다 백
- 乃 노 젓는 소리 애 [보언]
- 松 소나무 송
- 之 가다 지 [보언]
- 乃 노 젓는 소리 애 [보언]
- 向 제사를 지내다 향 [보언]

- 浪 물결이 일다 랑
- 濱 물가 빈

- 枝 가지 지. 후손의 은유
- 手 사람 수 [보언]
- 草 풀숲 초

(2) 幾代 左右 二(箇)賀(簿) 年乃 經 (濫) 去 良武

① 노랫말: 여러 대의 (후손들이) 좌우 길에 넘쳐나게 지나가고 있어라

② 청언: 良 길하라

③ 보언

- 二(箇)賀(簿) 이름을 두 개의 하객 장부에 적으라

- 年 오곡을 바치라
- 武 무사가 나가라

- 乃 노를 저어라

* (箇), (簿), (濫) 괄호 속 문자는 1716번가와 비교하여 파악해 낸 생략된 문자들이다.

④ 자의

- 幾代 몇 대의 후손들
- 二 두 이 [보언]
- 二箇賀簿 [다음절 보언] 출생 하객의 이름을 두 개의 장부에 적다
- 年 잘 익은 오곡 년 [보언]
- 去 가다 거
- 武 무사 [보언]
- 左右 좌우
- 賀 하례하다 하 [보언]
- 経 길 경
- 良 길하다 량. 라 [청언]

(3) (一云, 年者 經 介計武)

① 노랫말: 길을 (가라)

② 청언: 介 저승바다여 잔잔하라

③ 보언
- 一云 한편으로 말하다 [다음절 보언]
- 者 배우가 나가라
- 計 1부터 10까지 말로 조문객의 수를 세어보라
- 武 무사가 나가라
- 年 오곡을 바치라

④ 자의
- 一云 한편으로 말하다
- 者 놈 자 [보언] 배우
- 介 아름다운 모양 이. 이. [청언]
- 計 十자에 言자가 결합한 計자는 1에서 10까지를 말(言)로 셈한다
  는 뜻이다 [보언]
- 武 무사 [보언]
- 年 잘 익은 오곡 [보언]
- 経 길 경

초벽(草壁)황자 사망과 향가 폭발

35번가

1) 해독

此也是能倭尒四手者我戀流木路尒有雲名二負勢能山

초벽(草壁)황자 묘를 찾는 사람들의 발자국이 계속 이어져야 함이 옳다
응당 온 나라 사람들이 고집스럽게 황자를 그리워해야 하나니
저승 가는 길에 구름이 끼었구나
황자의 생전공적을 기록한 글을 두 사람이 짊어지고 세능산(勢能山)으로 간다

2) 향가의 시대

689년 초벽황자가 사망하였다.

지통천황과 천무천황 사이의 외아들이자 황위를 계승해야 할 아들이었다.

그동안 비교적 산발적으로 창작되던 향가가 그의 장례절차를 기점

으로 해 대량 창작되었다. 마치 폭발하는 것과 같았다. 그와 관련된 작품으로 권제1에 게재된 것만 해도 28편(35~62번가)에 이른다. 두 사람이 짊어질 정도라고 표현하고 있다. 이것은 어머니 지통천황의 적극적 지원 하에 이루어졌을 것이다. 초벽황자의 사망을 계기로 향가가 일본 사회에 광범위하게 받아들여지게 된 것이다. 바야흐로 향가의 시대가 열렸다.

본 작품은 초벽황자의 아내였던 아폐(阿閇)황녀가 지은 눈물향가로 판단된다. 그녀 나이 28세였다.

세능산(勢能山)이란 저승길에 몰아치고 있는 세바람을 견뎌주는 산이었다.

[아폐(阿閇)황녀의 가족관계]

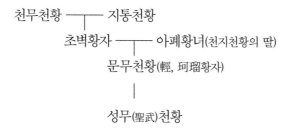

천무천황 ──┬── 지통천황
　　　　　　│
　　초벽황자 ──┬── 아폐황녀(천지천황의 딸)
　　　　文武천황(輕, 珂瑠황자)
　　　　　　│
　　　　성무(聖武)천황

아폐(阿閇)황녀는 천지천황의 딸이다.

황녀는 천무천황 8년(679년) 한 살 어린 조카인 초벽황자와 혼인하여 그의 정비가 되었다. 남편 초벽황자는 황태자가 되었지만 689년 4월 즉위하지 못하고 27세로 요절하였다. 슬하에 가류(珂瑠)황자를 두었고, 가류(珂瑠)황자는 훗날 문무(文武)천황으로 즉위한다.

해독 근거

(1) 此 也 是
① 노랫말: (초벽황자 묘를 찾는 사람들의) 발자국이 계속 이어져야 함이 옳다.
② 보언: 也 주전자의 물로 손을 씻으라
③ 자의
- 此 계속 이어지는 발자국 차
- 也 주전자 이 [보언]
- 是 옳다 시

(2) 能 倭 介 四手 者 我戀 流
① 노랫말: 응당 왜국 천지 사방 사람들이 고집스럽게 (초벽황자를) 그리워해야 한다.
② 청언: 介 저승바다여 잔잔하라
③ 보언
- 者 배우가 나가라
- 流 떠돌라
④ 자의
- 能 응당~해야 한다 능
- 倭 왜나라 왜 [고유명사법] 유순하다의 뜻
- 介 아름다운 모양 이. 이. [청언]
- 四 사방 사
- 手 사람 수
- 者 놈 자 [보언] 배우
- 我 외고집 아
- 戀 그리다 련
- 流 떠돌다 류 [보언]

(3) 木 路 介有 雲

일본 만엽집萬葉集은 향가였다

① 노랫말: (저승 가는) 길에 구름이 끼어 있다.

② 청언: 介 저승바다여 잔잔하라

③ 보언

- 木 관이 나가라
- 有 고기 제수를 올리라

④ 자의

- 木 관 목 [보언]
- 路 길 로
- 介 아름다운 모양 이. 이. [청언]
- 有 값비싼 고기를 손에 쥔 모습 유 [보언]
- 雲 구름 운. 저승바다의 구름

(4) 名二負勢能山

① 노랫말: (초벽황자의 생전) 공적을 기록한 글을 두 사람이 짊어지고 세능산으로 간다.

② 자의

- 名 공적 명. 초벽황자 생전의 공적을 쓴 글
- 二 둘 이
- 負 지다 부
- 二負 일꾼 두 사람이 짊어지고 가다. 1번가의 보언 夫가 동일한 의미로 쓰이고 있다. 1번가 창작시기를 미루어 볼 수 있는 근거가 될 수 있다.
- 勢 기세 세. 바람의 기세
- 能 견디다 내
- 山 산 산
- 勢能山 바람의 사나운 기세를 견뎌내는 산. 저승바다에 사납게 부는 바람의 기세를 견뎌달라는 의미가 본 작품의 창작 의도이다. [고유명사법]

36번가

1) 해독

八隅知之吾大王之所聞食天下尒國者思毛澤二雖有山川之清河內跡御心乎吉野乃國之花散相秋津乃野邊尒宮柱太敷座波百礒城乃大宮人者船並弖旦川渡舟竸夕河渡此川乃絕事奈久此山乃弥高思良珠水激瀧之宮子波見礼跡不飽可聞

온 세상 사람들은 초벽(草壁)황자님 생전의 공적을 알리라
우리 대왕에게 생전공적을 아뢰어라
천하의 모든 나라 사람들이 슬피 울어 눈물이 못으로 두 개나 된다
산천의 맑은 강 안으로 저승 무사의 발자취를 따라 거둥하시는 초벽황자님을 보고 슬퍼하는 마음
길야국에 꽃이 졌다
그대께서는 가을이 깊어진 나루터 거친 변방에까지 나라의 기초를 크게 펼쳤다
부지런히 일하시며 백의성 대궁(百礒城 大宮)에 살던 분께서 타고 있는 배가 떼지어 아침 무렵 강을 건너간다
배들이 다투어 저녁 무렵 강을 건너간다
사람들이 강가에 계속 모여들어 숨이 끊어질 듯 오래도록 운다
사람들이 계속 모여들어 산을 가득 메우고 꽉 차도록 모여들어 높은 소리로 슬퍼함이라
구슬 같은 분께서 물이 격하게 흐르는 여울을 건너간다
대궐에 사시던 분께서 저승바다에 나타나면 생전공적을 물리지 않도

록 아뢰어라

2) 길야(吉野)에 꽃이 졌다

본 작품은 초벽(草璧)황자의 사망년도인 689년 작으로 판단된다. 지통천황 4년이다. 작자는 궁정에서 일하는 가인이다.

천무천황 사망 후 황후 노야찬량(鸕野讚良)은 섭정을 하며 자신의 아들인 초벽황자를 황태자로 삼았으나, 초벽황자는 미처 황위에 오르지 못한 채 27세의 나이로 죽고 말았다. 지통천황의 상심은 이루 말할 수 없이 컸다.

그녀의 비탄이 만엽향가의 역사를 바꾸었다.

해독 근거

(1) 八隅知 之

① 노랫말: 온 세상 사람들은 (초벽황자님 생전의 공적을 초벽황자에게) 알리라

② 보언: 之 장례행렬이 나아가라

③ 자의

- 八 여덟 팔. 많다
- 隅 모퉁이, 구석 우
- 知 알리다 지
- 之 가다 지 [보언]

(2) 吾大王 之所 聞 食

① 노랫말: 우리 대왕에게 (생전공적을) 아뢰어라

② 보언

- 之 장례행렬이 나아가라
- 所 무대에 관아를 설치하라
- 食 밥을 주발에 담아 바치라

③ 자의

- 吾 우리 오
- 大王 천황. 초벽황자
- 之 가다 [보언]
- 所 관아 [보언]
- 聞 아뢰다 문
- 食 밥 사 [보언] 일본서기 권제26 제명천황 658년 5월 조에 제명천황이 지은 손자 건왕(建王) 사망시의 눈물향가 3편을 보면 주발에 흰밥을 담아주고 있다.

(3) 天下 介 國 者 思 毛 澤二

① 노랫말: 천하의 나라 사람들이 슬피 (울어 눈물이) 못으로 두 개나된다.

② 청언: 介 저승바다여 잔잔하라

③ 보언

- 者 배우가 나가라
- 毛 수염 배우가 나가라

④ 자의

- 天下 천하
- 介 아름다운 모양 이. 이. [청언]
- 國 나라 국
- 者 놈 자 [보언] 배우
- 思 슬퍼하다 사
- 毛 털 모 [보언] 수염 배우
- 澤 못 택
- 二 두 이
- 澤二 눈물이 못으로 둘이다.

(4) 雖有 山川 之 淸河內跡御心 乎

① 노랫말: 산천의 맑은 강 안으로 (저승사자를) 뒤따라 가는 초벽황자님을 보고 슬퍼하는 마음

② 보언

- 雖 도마뱀붙이가 나가라
- 有 고기를 제수로 올리라
- 之 장례행렬이 나아가라
- 乎 탄식하라

③ 자의

- 雖 도마뱀붙이 수 [보언]
- 有 값비싼 고기를 손에 쥔 모습 유 [보언]
- 山川 산과 강
- 之 가다 지 [보언]
- 淸 맑다 청
- 河 강 하
- 內 안 내
- 跡 뒤따라가다 적
- 御 거둥하다 어
- 心 마음 심
- 乎 감탄사 호 [보언]

(5) 吉野 乃 國 之 花散 相

① 노랫말: 길야국에 꽃이 졌다.

② 보언

- 乃 노를 저어라
- 之 장례행렬이 나아가라
- 相 푸닥거리를 하라

③ 자의

- 吉 상서롭다 길
- 野 들 야
- 吉野 [고유명사법] 상서로운 들
- 乃 노 젓는 소리 애 [보언]
- 國 나라 국
- 之 가다 지 [보언]
- 花 꽃 화. 초벽황자를 은유한다
- 散 나누어지다 산

• 相 푸닥거리 양 [보언]

(6) 秋津 乃 野邊 介 宮柱太敷 座波

① 노랫말: 가을이 깊어진 나루터 거친 변방에까지 나라의 토대를 넓
게 했다.

② 청언: 介 저승바다여 잔잔하라

③ 보언

• 乃 노를 저어라   • 座 자리를 설치하라

• 波 파도가 치다

④ 자의

• 秋 가을 추. 초벽황자는 689년 4월 13일 사망했다.

• 津 나루 진   • 乃 노 젓는 소리 애 [보언]

• 野 거칠다 야   • 邊 변방 변

• 介 아름다운 모양 이. 이. [청언] • 宮 궁 궁

• 柱 버티다, 괴다 주   • 太 크다 태

• 敷 펴다 부   • 座 자리 좌 [보언]

• 波 파도 파 [보언]

(7) 百礒城 乃 大宮人 者 船並 弖 旦川渡

① 노랫말: 백의성 대궁에 살던 사람이 타고 있는 배가 떼 지어 아침
에 강을 건너간다.

① 보언

• 乃 노를 저어라   • 者 배우가 나가라

• 弖 활 소리를 내라

② 자의

- 百 일백 백 　　　　　　　• 礒 바위 의
- 城 성 성
- 百礒城 [고유명사법] 백 개의 바위로 쌓은 성, 즉 열심히 일하다는 의미. 29번에도 '百礒城 之 大宮處'라는 구절이 나온다. 近江京 성이다. 일본서기를 보면 지통천황이 수시로 吉野에 왕래하고 있다. 吉野는 어떠한 형태로든 아들 초벽황자와 관련이 있을 것이다.
- 乃 노 젓는 소리 애 [보언] 　• 大 크다 대
- 宮 궁 궁 　　　　　　　　• 人 사람 인
- 大宮人 대궁에 살던 사람. 초벽황자
- 者 놈 자 [보언] 배우 　　• 船 배 선
- 並 떼 지어 모이다 병
- 船並旦川渡. 배가 떼 지어 아침에 강을 건너간다. 일본서기 제명천황 658년 5월 조에 齊明천황이 저승길 떠나는 손자 建王에게 누군가와 반드시 함께 가라고 당부한다. 고대인들에게 저승길은 반드시 함께 가야 하는 길이었다.
- ㄹ 음역자 대 [보언] 활 쏘는 소리
- 旦 아침 단 　　　　　　• 川 내 천
- 渡 물을 건너다 도

(8) 舟競夕河渡
① 노랫말: 배들이 다투어 저녁 무렵 강을 건너간다.
② 자의
- 舟 배 주
- 競 다투다 경. 육지에서는 疾로 표기된다. 저승길은 바다든, 육지든 급히 내달리는 것으로 표기되고 있다. 내달리는 이유에 대해서

는 별도의 연구를 기대한다.

- 夕 저녁 석　　　・ 河 강 하　　　・ 渡 물을 건너다 도

(9) 此川 乃 絶 事奈 久

① 노랫말: (사람들이) 강가에 계속 모여들어 숨이 끊어질듯 오래도록 (운다).

② 보언

- 乃 노를 저어라　　　　　・ 事 변고가 나다
- 奈 능금을 올리라

③ 자의

- 此 계속 이어지는 발자국 차　・ 川 내 천
- 此山 39번가의 山川因과 연계하여 해독한다.
- 因 잇닿다 인　　　　　　・ 乃 노 젓는 소리 애 [보언]
- 絶 끊어지다 절　　　　　・ 事 변고 사 [보언]
- 奈 능금나무 나 [보언]　　・ 久 오래다 구

(10) 此山 乃 弥高思 良

① 노랫말: (사람들이) 계속 산에 모여들어 가득 메우고 꽉 차도록 모여들어 높은 소리로 슬퍼함이라

② 청언: 良 길하라

③ 보언: 乃 노를 저어라

④ 자의

- 此山 산에 계속 모여들다. 39번가의 山川因=산과 내에 사람들이 잇닿다.
- 因 잇닿다 인

- 乃 노 젓는 소리 애 [보언]
- 弥 가득 메우다 미
- 高 높다 고. 높은 소리로 해독한다.
- 思 슬퍼하다 사
- 高思 높은 소리로 슬퍼하다. 38번가의 高殿에 해당한다. 高殿은 높은 소리로 신음하다.
- 良 길하다 량. 라. [청언]

(11) 珠水激瀧 之
① 노랫말: 구슬 (같은 분께서) 물이 격하게 흐르는 여울을 (건너간다)
② 보언: 之 장례행렬이 나아가라
③ 자의

- 珠 구슬 주. 초벽황자로 해독한다　　· 水 물 수
- 激 (물결이) 부딪쳐 흐르다 격　　　· 瀧 여울 랑
- 之 가다 지 [보언]

(12) 宮子 波 見 礼 跡不飽 可 聞
① 노랫말: 대궐에 사시던 남자께서 (저승바다에) 나타나면 생전의 발자취를 물리지 않도록 아뢰어라
② 보언

- 波 파도가 친다　　　　　· 礼 절하라
- 可 칸이 나가라
③ 자의

- 宮 대궐 궁　　　　　　· 子 남자 자. 초벽황자
- 波 파도 파 [보언] 介(잔잔하다)의 반대다.

- 見 나타나다 현
- 跡 발자취 적
- 飽 배부르다 포
- 可 오랑캐 임금의 이름 극 [보언] 칸
- 聞 알리다 문

- 礼 절하다 례 [보언]
- 不 아니다 불

37번가

1) 해독

雖見飽奴吉野乃河之常滑乃絶事無久復還見牟

그대여 모습을 나타내 배불리 드시라

길야강에는 항상 물이 흐르네

끊임없이 오래 흐르네

다시 돌아와서 모습을 나타내라

2) 애절함은 강물 되어

　지통천황이 길야궁에 행차했을 때 시본인마(柿本人麿)가 따르며 지은 초벽황자에 대한 눈물향가이다. 시본인마는 지통천황을 곁에서 모시던 만엽가인이다. 지통천황은 초벽황자 사후 길야궁에 계속 행차한다. 길야궁에서 초벽황자에 대한 제의를 치른 것으로 보인다. 아들 잃은 어머니의 눈물이 길야강의 강물처럼 끊임없이 흐르고 있다.

36번가의 반가(反歌)이다.

해독 근거

(1) 雖 見飽 奴

① 노랫말: (그대여 모습을) 나타내, 배불리 드시라

② 보언

• 雖 도마뱀붙이가 나타나라   • 奴 사내종이 나가라

③ 자의

• 雖 도마뱀붙이 수 [보언]   • 見 나타나다 현

• 飽 배부르다 포   • 奴 사내종 노 [보언]

길야궁 유지

(2) 吉野 乃 河 之 常 滑 乃

① 노랫말: 길야강에는 (항상) 물이 흐르네

② 보언

- 乃 노를 저어라
- 之 장례행렬이 나아가라
- 常 천황의 기가 나가라
- 乃 노를 저어라

③ 자의

- 吉 제사 길
- 野 들 야
- 吉野 [고유명사법] 제사를 지내다.
- 乃 노 젓는 소리 애 [보언]
- 河 강 하. 길야궁 앞을 흐르는 강
- 之 가다 지 [보언]
- 常 천황의 기 [보언]
- 滑 물이 흐르다 골
- 乃 노 젓는 소리 애 [보언]

(3) 絶 事 無 久

① 노랫말: 끊임없이 오래 흐르네

② 보언: 事 변고가 나라

③ 자의

- 絶 끊어지다 절
- 事 변고 사
- 無 없다 무
- 久 오래다 구

(4) 復還見 牟

① 노랫말: 다시 돌아와 (모습을) 나타내라

② 보언: 牟 제기를 차리라

③ 자의

- 復 다시 부
- 還 돌아오다 환
- 見 나타나다 현
- 牟 제기 모 [보언]

38번가

1) 해독

安見知之吾大王神長柄神佐備世須登芳野川多芸津河內尒高殿乎高知座
而上立國見乎爲世婆疊有靑垣山山神乃奉御調等春部者花揷頭持秋笠者
黃葉頭刺理逝副川之神母大御食尒仕奉等上瀨尒鵜川乎立下瀨尒小網渡
山川母依弖奉流神乃御大鴨

편안히 저승에 가시는게 보이도록 생전공적을 알리라
우리 대왕의 영혼께서는 오래도록 권력을 가지시리라
초벽황자님의 영혼을 모시라
거친 들을 흐르는 강 나루터에서 안쪽으로 배가 나가니 사람들이 높
은 소리로 신음하고, 높은 소리로 생전공적을 알린다
높은 곳에서 나라(國) 사람들이 떠나가는 그대를 바라 보며 겹쳐 서
있다
푸른 산에서 산으로 많은 사람들이 줄을 서 황자의 영혼을 모시고, 거
둥하심을 살피는 무리들
봄이 되면 떼 지어 꽃을 꽂은 머리를 하고 와 그대를 모시고
가을이 되면 갓 쓴 여인들이 노란 단풍잎을 머리에 꽂으리
그대께서 세상을 떠나 강으로 간다
대왕을 모시는 무리들
윗 여울로 두견새가 날아가다가 강에 서 있으니
아랫 여울에는 작은 그물을 든 사람이 떠내려 오는 개미를 잡아 초벽
황자와 함께 가게 하려고 물을 건너간다

산과 강에 사람들이 모여 그대를 모신다
초벽황자님의 영혼이 거둥해 가신다

2) 저승길 편안히 가시라

초벽황자의 장례 때 만들어진 작품이다.

눈물향가의 창작 목적은 영혼이 저승길을 편안히 갈 수 있도록 하는
데 있다. 이를 직접적으로 밝히는 부분이 첫구절 '편안히 저승에 가시
는 게 보이도록 생전의 공적을 알리라(安見知之)'이다.

36번가의 반가(反歌)에 해당한다.

해독 근거

(1) 安見知 之
① 노랫말: 편안히 (저승에 가시는게) 보이도록 (생전공적을) 알리라
② 보언: 之 장례행렬이 나아가라
③ 자의

• 安 편안하다 안   • 見 보이다 견
• 知 알리다 지. 망인의 생적 공적을 알리다.
• 之 가다 지 [보언]

(2) 吾大王神長柄
① 노랫말: 우리 대왕의 영혼께서는 오래도록 권력을 (가지시리라).

② 자의

- 듐 우리 오
- 神 귀신 신
- 大王 초벽황자
- 長 길다 장
- 柄 권력 병. 일본서기 제명천황 6년(660) 7월 조에 國柄이라고 하여 국가의 정사를 좌지우지하는 권력을 의미하였다.

(3) 神佐 備世須登

① 노랫말: 초벽황자님의 영혼을 모시라

② 보언

- 備 의장을 갖추라
- 世須 삼십 명의 구레나룻 배우가 나가라
- 登 제기에 제수를 차려 올리라

③ 자의

- 神 귀신 신. 초벽황자의 영혼
- 佐 모시다 좌
- 備 의장 비 [보언]
- 世 삼십
- 須 수염 배우 [보언]
- 登 옛날에 쓰던 그릇의 한 가지 등 [보언]

(4) 芳 野川 多芸 津河内 尒 高殿 乎 高知 座而

① 노랫말: 거친 들을 흐르는 강 나루터에서 안쪽으로 (배가 나가니 사람들이) 높은 소리로 신음하고, 높은 소리로 (생전의 공적을) 알린다.

② 청언: 尒 저승바다여 잔잔하라

③ 보언

- 芳 향을 피우라
- 多芸 많은 사람들이 기예를 펼치라
- 乎 탄식하라

- 座 자리를 설치하라
- 而 구레나룻 배우가 나가라

④ 자의
- 芳 香氣 향 [보언]
- 川 내 천
- 芸 技藝 예 [보언]
- 津 나루 진
- 內 안 내
- 介 아름다운 모양 이. 이. [청언]
- 殿 신음하다 전
- 高殿 높은 소리로 신음하다. 36번가의 高思는 높은 소리로 슬퍼하다.
- 乎 감탄사 호 [보언]
- 知 알리다 지
- 而 구레나룻 이 [보언]
- 野 들 야
- 多 많다 다 [보언]
- 多芸 [다음절 보언]
- 河 강 하
- 高 높다 고
- 高 높다 고
- 座 자리 좌 [보언]

(5) 上 立 國見 乎爲世婆 疊有
① 노랫말: 높은 곳에서 나라(國) 사람들이 (떠나가는 그대를) 바라보며 겹쳐 (서 있다).
② 보언
- 立 낟알을 올리라
- 爲 가장하라
- 世婆 삼십 명의 노파가 나가라. 39번가에 나오는 加에 대구
- 有 고기 제수를 올리라
- 乎 탄식하라

③ 자의
- 上 높다 상
- 立 낟알 립 [보언] 立=粒

- 國 나라 국
- 乎 감탄사 호 [보언]
- 世 삼십 [청언]
- 疊 겹치다 첩 [보언]
- 有 값비싼 고기를 손에 쥔 모습 유 [보언]
- 見 보다 견
- 爲 가장하다 위 [보언]
- 婆 할머니 파 [보언]

(6) 靑 垣 山山神 乃 奉御調等

① 노랫말: 푸른 산에서 산으로 (많은 사람들이 줄을 서) 황자의 영혼을 모시고, 거둥하심을 살피는 무리들

② 보언

- 垣 담장처럼 사람들이 늘어서라
- 乃 노를 저어라

③ 자의

- 靑 푸르다 청
- 山 산 산
- 乃 노 젓는 소리 애
- 御 거둥하다 어 [보언]
- 等 무리 등
- 垣 담장 원 [보언]
- 神 귀신 신
- 奉 모시다 봉
- 調 살피다 조 [보언]
- 御調等 거둥하심을 살피는 무리

(7) 春部 者 花揷頭 持

① 노랫말: 봄이 되면 떼 지어 꽃을 꽂은 머리를 하고 와 (그대를) 모시고

② 보언: 者 배우가 나가라

③ 자의

- 春 봄 춘
- 者 놈 자 [보언] 배우
- 部 떼 부
- 花 꽃 화

- 挿 꽂다 삽
- 頭 머리 두
- 持 모시다 지

(8) 秋笠 者 黃葉頭刺理

① 노랫말: 가을이 되면 갓 쓴 여인들이 노란 단풍잎을 머리에 꽂으리

② 보언
- 笠 삿갓 쓴 사람이 나가라
- 者 배우가 나가라

③ 자의
- 秋 가을 추
- 笠 삿갓 립. 여자들로 해독
- 者 놈 자 [보언] 배우
- 黃葉 노란 단풍 잎
- 頭 머리 두
- 刺 꽂다 자 [보언]
- 理 깁다 리

(9) [一云 黃葉加 射之]

① 노랫말: 한편으로는 노란 단풍잎을 몸에 꽂다.

② 보언
- 射 활을 겨누어 쏘라
- 之 장례행렬이 나아가라

③ 자의
- 一云 한편으로 말하다 [보언]
- 黃葉 노란 단풍잎
- 加 몸에 붙이다 가
- 射 활을 쏘다 사 [보언]
- 之 가다 지 [보언]

(10) 逝 副 川 之

① 노랫말: (그대께서) 세상을 떠나 강으로 간다.

② 보언

- 副 황자의 시중을 들라
- 之 열 지어 나아가라

③ 자의

- 逝 세상을 떠나다 서
- 副 옆에서 시중들다 부 [보언]
- 川 내 천
- 之 가다 지 [보언]

(11) 神 母 大御 食尒 仕 奉等

① 노랫말: 돌아가신 대왕을 모시는 무리들

② 청언: 尒 저승바다여 잔잔하라

③ 보언

- 母 어머니뻘의 여자가 나가라
- 食 밥을 담아 올리라
- 仕 모시라

④ 자의

- 神 귀신 신
- 母 어머니뻘의 여자 모 [보언] 지통천황으로 해독
- 大御 대왕
- 食 밥 사 [보언]
- 母食 [다음절 보언] 어머니인 지통천황이 주발에 밥을 담아 올린다. 일본서기 卷第26 齊明천황 658년 5월 條에 할머니인 齊明천황이 지은 손자 建王 사망 시의 눈물향가 3편을 보면 주발에 흰밥을 담아주고 있다.
- 尒 아름다운 모양 이 [청언]
- 仕 섬기다 사 [보언]
- 奉 섬기다 봉

- 等 무리 등

(12) 上瀨 介 鵜川 乎立
① 노랫말: 윗 여울로 두견새가 (날아가다가) 강에 (서 있으니)
② 청언: 介 저승바다여 잔잔하라
③ 보언
- 乎 탄식하라
- 立 낟알을 제수로 바치라
④ 자의
- 上 위 상
- 瀨 여울 뢰
- 介 아름다운 모양 이. 이. [청언]
- 鵜 두견이 제. 망인의 영혼이다.
- 川 내 천
- 乎 감탄사 호 [보언]
- 立 낟알 립 [보언] 立=粒

(13) 下瀨 介 小網渡
① 노랫말: 아랫 여울에는 작은 그물을 든 사람이 (떠내려 오는 개미를 잡아 초벽황자와 함께 가게 하려고) 물을 건너간다.
② 청언: 介 저승바다여 잔잔하라
③ 자의
- 下 아래 하
- 瀨 여울 뢰
- 介 아름다운 모양 이. 이. [청언]
- 小網 작은 그물. 저승길에는 강물에 떠 가는 개미를 그물로 잡아 서라도 함께 가야 한다. 그물로 개미를 잡는다는 개념은 일본서기 卷第26 齊明천황 658년 5월 條에 齊明천황이 지은 손자 建王 사망 시의 눈물향가 3편에 나오는 내용이다.
- 渡 물을 건너다

(14) 山川 母依弖 奉 流

① 노랫말: 산과 강에 (사람들이 모여) 그대를 모신다.

② 보언

- 母 어머니뻘의 여자가 나가라
- 依 병풍을 치라
- 弖 활 소리를 내라
- 流 떠돌라

③ 자의

- 山 산 산
- 川 내 천
- 母 어머니뻘의 여자 모 [보언]
- 依 병풍 의 [보언]
- 弖 음역자 대 [보언]
- 奉 모시다 봉
- 流 떠돌다 류 [보언]

(15) 神 乃 御 大鴨

① 노랫말: 초벽황자의 영혼이 거둥한다.

② 보언: 큰 오리가 날아간다.

③ 자의

- 神 귀신 신
- 乃 노 젓는 소리 애 [보언]
- 御 거둥하다 어
- 大鴨 큰 오리 [다음절 보언] 초벽황자

39번가

1) 해독

山川毛因而奉流神長柄多藝津河內介船出爲加母

산과 천에 잇달아 사람들이 모여들어 그대를 모신다
그대께서는 오래도록 권력을 가지리라
나루에서 강 안쪽으로 배가 나간다

2) 만엽향가의 여황(女皇)

　지통천황의 길야궁 행차 때 만들어진 작품이다. 초벽황자 사망 이후 그와 관련된 눈물향가가 다수 창작된다. 지통천황이 아들을 저승으로 편히 보내주고자 하는 마음이 표현된 작품들이다. 초벽황자를 잃은 어머니의 마음에 기반을 두고 향가가 힘을 받았다. 초벽황자의 사망이 뜻하지 않게 만엽향가가 본격적으로 일본에 자리잡는 계기가 되었다.
　본 작품은 38번가에 대한 반가(反歌)이다.

해독 근거

　(1) 山川 毛 因 而 奉 流
　① 노랫말: 산과 천에 (사람들이) 잇닿아 (그대를) 모신다.

② 보언
- 毛 수염배우가 나가라
- 流 떠돌라

- 而 구레나룻 배우가 나가라

③ 자의
- 山 산
- 毛 털 모 [보언] 수염 배우
- 而 구레나룻 이 [보언]
- 流 떠돌다 류 [보언]

- 川 내
- 因 잇닿다 인
- 奉 받들다 봉

(2) 神長柄 多藝

원문	神	長	柄	多	藝
노랫말	神	長	柄		
보언				多藝	

① 노랫말: 그대께서는 오래도록 권력을 가지리라
② 보언: 多藝 많은 사람들이 나가 기예를 펼치라
③ 자의
- 神 귀신 신. 초벽황자의 영혼
- 柄 권력 병
- 藝 기예 예 [보언]
- 多藝 [다음절 보언] 많은 사람들이 기예를 펼치라

- 長 길다 장
- 多 많다 다 [보언]

(3) 津河內 介 船出 爲加母
① 노랫말: 나루에서 강 안쪽으로 배가 떠나간다.

② 청언: 尒 저승바다여 잔잔하라

③ 보언

- 爲 가장하라
- 加母 어머니뻘 여자들을 더 많이 내보내라

④ 자의

- 津 나루 진
- 內 안 내
- 船 배 선
- 爲 가장하다 위 [보언]
- 母 어머니뻘의 여자 [보언]

- 河 강 하
- 尒 아름다운 모양 이. 이. [청언]
- 出 떠나다 출
- 加 더하다 가 [보언]

- 爲加母 [다음절 보언] 38번가의 爲世婆와 연결지어 해독한다.
  世가 三十으로 해독되는 증거다.

40번가

1) 해독

嗚呼見乃浦尒船乘爲良武憾嬬等之珠裳乃須十二四寶三都良武香

목이 메어 그대를 부르니 그대여 모습을 나타내라
포구에서 저승배를 타는구나
그대가 떠남을 한탄하는 아내들이 구슬을 치마에 싸서 주고
수염난 신하들은 12푼의 돈을 바치더라

아미(鳴呼見) 포구에서 뱃놀이 하고 있을 官女들이요 입은 치맛자락에 물결치고 있을까

2) 구슬과 돈꾸러미

초벽황자를 위한 눈물향가다. 지통천황이 이세국에 갔을 때 시본인 마(柿本人麿)가 만든 작품이다. 천황은 692년 3월 6일 정어원궁(淨御原宮)을 출발하였다가 24일 환궁했다. 동쪽인 이세국에 간 것은 지통천황이 아들 초벽황자의 영혼을 동쪽에 떠오르는 해로 보고 있다는 증좌이다.

특이사항으로 저승에 갈 때 쓰라고 구슬과 돈을 망인에게 주고 있다. 고대 무덤 발굴 시 발굴되는 구슬과 돈들이 어떻게 매장되는지를 확인시켜 주고 있다.

해독 근거

(1) 鳴 呼見 乃
① 노랫말: 목이 메어 (그대를) 부르니 (그대여) 모습을 나타내라
② 보언: 乃 노를 저어라
③ 자의
• 鳴 목메어 울다 오
• 呼 부르다 호. 한국 전통 장례시의 초혼(招魂) 풍습의 원시모습일

수 있다.
- 見 나타나다 현
- 乃 노 젓는 소리 애 [보언]

(2) 浦 尒 船乘 爲良武
① 노랫말: 포구에서 저승배를 탐이라
② 청언
- 尒 저승바다여 잔잔하라
- 良 길하라
③ 보언
- 爲 가장하라
- 武 저승 무사가 나가라
④ 자의
- 浦 바닷가 포. 浦=津임을 알 수 있다.
- 尒 아름다운 모양 이. 이. [청언] · 船 배 선
- 乘 타다 승
- 爲 가장하다 위 [보언]
- 良 길하다 량. 라. [청언] · 武 무사 무 [보언] 저승 무사

(3) 憾嬬等 之 珠裳 乃
① 노랫말: (그대가 떠남을) 한탄하는 처들이 구슬을 치마에 (싸서 주고)
② 보언
- 之 장례행렬이 나아가라
- 乃 노를 저어라
③ 자의
- 女+感 = 한탄하다, 원한을 품다(=憾). 女+感이라는 글자는 康熙字
  典에도 나오지 않는다. '憾=恨 하다 감'이라는 글자일 수도 있다.
- 嬬 첩 유
- 等 무리 등
- 之 가다 지 [보언]
- 珠 구슬 주. 고분 발굴 시 구슬 등이 나온다. 영혼이 저승에 가면

서 쓸 여비로 주었다.

- 裳 치마 상
- 乃 노 젓는 소리 애 [보언]

(4) 須 十二 四寶三 都良武香

① 노랫말: (수염배우는) 12푼의 돈을 (바치더라)

② 노랫말: 良 길하라

③ 보언

- 須 수염배우가 나가라
- 都 탄식하라
- 武 저승 무사가 나가라
- 香 향을 피우라

④ 자의

- 須 수염배우 수 [보언]
- 十二 12
- 四 4
- 寶 전폐(錢幣) 보
- 三 3
- 十二四三 12=4×3. 구구단이 나왔다. 27번가에도 구구단이 나온다. 마찬가지로 12=4×3이다.
- 都 감탄하다 도 [보언]
- 良 길하다 량. 라. [청언]
- 武 무사 무 [보언] 저승 무사
- 香 향 향 [보언]

41번가

1) 해독

釵著手節乃埼尒今日毛可母大宮人之玉藻苅良武

머리에 비녀를 꽂은 사람이 절을 하시네
해안머리에 오늘 대궁에 살던 분께서 가고 계신다
초벽황자님의 생전공적을 꾸미라

2) 떠나는 초벽황자

지통천황이 이세국에 갔을 때 시본인마(柿本人麿)가 만든 작품이다.
지통천황은 692년 3월 6일 정어원궁(淨御原宮)을 출발하여 24일 환궁
했다.

해독 근거

(1) 釵著手節 乃
① 노랫말: (머리에) 비녀를 꽂은 사람이 절을 하네
② 보언: 乃 노를 저어라
③ 자의
• 釵 비녀 차   • 著 (머리에) 쓰다 착
• 手 사람 수. 초벽황자의 처첩   • 節 예절(禮節) 절. 절하다.
• 乃 노 젓는 소리 애 [보언]

(2) 埼 尒 今日 毛可母 大宮人 之
① 노랫말: 해안머리에 오늘 대궁에 사시던 분께서 가고 계신다.
② 청언: 尒 저승바다여 잔잔하라

③ 보언

- 毛 수염 배우가 나가라
- 可 칸이 나가라
- 母 어머니뻘의 여자가 나가라
- 之 장례행렬이 나아가라

④ 자의

- 埼 해안머리 기. 바다 쪽으로 뾰족하게 뻗은 육지
- 介 아름다운 모양 이. 이. [청언]
- 今日 금일
- 毛 털 모 [보언] 수염 배우
- 可 오랑캐 임금의 이름, 군주의 칭호 극. 칸. [보언]
- 母 어머니뻘의 여자 모 [보언]
- 大 크다 대
- 宮 궁 궁
- 人 사람 인
- 大宮人 초벽황자
- 之 가다 지 [보언]

(3) 玉藻 苅良武

① 노랫말: 초벽황자님의 (생전공적을) 꾸미라

② 청언: 良 길하라

③ 보언

- 苅 곡식을 베어 제수로 바치라
- 武 저승 무사가 나가라

④ 자의

- 玉 옥 옥. 초벽황자의 은유
- 藻 꾸미다 조
- 苅 (곡식 따위를) 베다 예 [보언] 곡식을 제수로 바치기 위해 베다.
- 良 길하다 라. 라. [청언]
- 武 무사 무 [보언] 저승 무사

42번가

1) 해독

潮左爲二五十等兒乃嶋邊榜船荷妹乘良六鹿荒嶋廻乎

밀물이 들어온다, 떠나는 그를 도우라
오십 명이나 되는 구십 세 노인이 사는 섬나라 국토의 끝에서 노 젓는
저승배에 어찌된 일인지 젊은 그대가 탔음이라
여섯 마리 사슴이 거친 섬을 헤맨다

2) 여섯 마리 사슴이 거친 섬을 헤맨다

당마려(當麻麿)의 아내가 지은 초벽황자에 대한 눈물향가다.
42, 43번가는 서로 연계되어 있는 작품이다.
본 작품의 배열, 내용에 있어 세 가지 측면에서 망자가 초벽황자임을
알 수 있다.

① 먼저 작품이 초벽황자에 대한 눈물향가들 사이에 놓여 있다.
② 떠나는 이가 요절하였다는 사실이다. 오십 명이나 되는 구십 세
노인이 사는 섬나라 국토의 끝에서 노 젓는 저승배에 어찌된 일인지
젊은 그대가 탔다고 했다. 초벽황자는 27세로 사망했다.
③ 보언 '鹿'이다. 鹿이란 천황가 사람을 말한다. 다만 六鹿이 누구인
지에 대해서는 검토가 필요하다. 여기에는 어머니 지통천황, 아내 아폐

(阿閇)황녀, 아들 경(輕)황자와 딸 둘이 포함되어 있을 것이다.

이 조건을 갖추는 사람은 초벽황자다.

해독 근거

(1) 潮左 爲二

① 노랫말: 밀물이 들어온다, (떠나는) 그를 도우라

② 보언: 爲二 초벽황자와 한 명의 저승사자가 나가라

③ 자의

• 潮 밀물이 들어오다 조   • 左 돕다 좌

• 爲 가장하다 위 [보언]

• 二 둘 이 [보언] 두 사람으로 해독한다.

(2) 五十等 兒 乃 嶋邊榜船 荷妹 乘 良

① 노랫말: 오십 명이나 되는 (구십 세 노인이) 사는 섬나라 국토의 끝에서 노 젓는 저승배에 (어찌된 일인지 젊은) 그대가 탔음이라

② 청언: 良 길하라

③ 보언

• 乃 노를 저어라

• 荷妹 따져묻는 세상 사리 모르는 아내. 세상 사리 모르는 아내가 무대로 나가 저승사자들에게 왜 늙은 사람 놓아두고 젊은 사람을 데려가느냐고 따져 묻다.

④ 자의

• 五十 오십   • 等 무리 등

- 兒 구십 세의 老人 예. 兒=齯
- 乃 노 젓는 소리 애 [보언]
- 榜 노를 젓다 방
- 荷 따져 묻다 하 [보언]
- 荷妹 [다음절 보언] 세상 사리 모르는 아내가 무대로 나가 왜 일찍 데려가느냐고 저승사자에게 따지다.
- 乘 오르다 승

- 乃 노 젓는 소리 애 [보언]
- 嶋 邊 섬 가
- 船 배 선
- 妹 사리에 어둡다 매 妹=昧 해독
- 良 길하다 라. 라. [청언]

(3) 六鹿荒嶋廻 乎

① 노랫말: 여섯 마리 사슴이 거친 섬을 헤맨다.

② 보언: 乎 탄식하라

③ 자의

- 六 여섯 륙
- 六鹿 여섯 마리의 사슴
- 廻 빙빙 돌다 회

- 鹿 사슴, 帝位의 비유 록
- 荒嶋 거친 섬. 일본을 은유한다.
- 乎 감탄사 호 [보언]

43번가

1) 해독

吾勢枯波何所行良武己津物隱乃山乎今日香越等六

우리의 권세이신 분이 시들었다.
초벽황자께서 어디로 가시는가.

나루터의 사람은 산으로 간다.

오늘 산을 넘어간다.

2) 권세이신 분이 시들었다

당마려(當麻麿)의 아내가 지은 작품이다.

초벽황자에 대한 눈물향가로 판단된다.

42, 43번가는 연계된 작품이다. 비교법으로 해독한다.

해독 근거

(1) 吾勢枯 波

① 노랫말: 우리의 권세이신 분이 시들었다.

② 보언: 波 파도가 치다.

③ 자의

- 吾 우리 오
- 勢 권세 세
- 枯 시들다 고
- 波 파도 파 [보언]

(2) 何 所 行 良武己

① 노랫말: (초벽황자께서) 어디로 가심이라

② 청언: 良 길하라

③ 보언

- 所 관아를 설치하라
- 武 저승 무사가 나가라

- 己 절하라

④ 자의

- 何 어디 하
- 所 관아 소 [보언]
- 行 가다 행
- 良 길하다 라. 라. [보언]
- 武 무사 무 [보언] 저승 무사
- 己 몸을 구부리다 기 [보언] 절하다

(3) 津物 隱乃 山乎

① 노랫말: 나루터의 사람은 산으로(간다).

② 청언: 隱 가엾어 해주소서

③ 보언: 乎 탄식하라

④ 자의

- 津 나루 진
- 物 사람 물
- 隱 가엾어하다 은. 은. [청언]
- 乃 노 젓는 소리 애 [보언]
- 山 산 산
- 乎 감탄사 호 [보언]

(4) 今日 香 越 等六

① 노랫말: 오늘 (산을) 넘어간다.

② 보언

- 香 향을 피우라
- 等六 여섯 마리 사슴이 나가라

③ 자의

- 今日 오늘
- 香 향 향 [보언]
- 越 넘어가다 월
- 等 무리 등
- 六 여섯 륙
- 等六 [다음절 보언] 사슴 여섯 마리가 섬을 헤매다. 42번가 六

鹿을 참조

44번가

1) 해독

吾妹子乎去來見乃山乎高三香裳日本能不所見國遠見可聞

우리의 사리에 어두우신 천황께서 아들에게 가려 하신다네
황자를 볼 것이라네, 산 높이서 세 여인이
해가 떠오르는 곳에서는 응당 황자를 보지 못한다네
황자께서는 나라에서 멀리 떨어진 곳에 나타나시더라고 아뢰어야 한
다네

2) 세상 사리를 모르시는 여인

　대신 석상마(石上麿)가 지통천황을 따르며 만든 작품이다.
　작품이 만들어진 배경이 일본서기에 나온다. 지통 6년(691년) 봄 3월
3일 천황이 이세에 행차하고자 하였다. 신하 삼륜고시마(三輪高市麿)가
'농번기를 앞두고 행차해서는 안된다'고 관위를 벗어 조정에 바치고 거
듭 만류하였다. 그러나 천황은 이에 따르지 않고 3월 6일 이세에 행차
하였다.
　지통천황이 농번기임에도 때를 가리지 않고 초벽황자(662~689)를 찾

아다니고 있어 신하들 사이에는 '세상 사리를 모르는 천황님(妹)'이라는 별칭으로 불리고 있었던 것이다. 사망한지 2년밖에 되지 않은 27살 외아들을 찾아다니는 어머니의 마음도 이해되고, 향가까지 지어 잦은 행차를 막으려는 신하들의 근심도 이해가 된다.

초벽의 묘소와 무관한 방향인 이세로 행차하고자 하는데도 작품의 내용은 초벽황자와 관련된 내용이다. 신하들은 이세 행차를 초벽황자와 연계된 행사로 보고 있다. 작품 내용으로 보면 동쪽 이세를 일본(日本)이라 하며 아들을 찾고 있다. 초벽황자를 만엽향가에서는 일쌍(日雙)황자라고도 한다. 해 두 개가 연이어 떠올라지지 않는 황자라는 뜻이다. 본 작품에서 해와 초벽황자를 연계시키고 있다. 동쪽 이세를 日本이라 한 것은 해가 떠오르는 곳이기 때문이다. 지통천황은 떠오르는 해를 초벽황자의 영혼으로 보고 있고, 그를 보기 위해 농번기임에도 불구 멀리 이세까지의 행차를 마다하지 않은 것이다.

작품 내용에 나오는 세 여인(三孃)은 누구일까.
한 명은 지통천황이 분명하다. 다른 한 명은 초벽황자의 정비인 아폐(阿閇)황녀였을 것이다. 필자는 나머지 한 명이 누구인지 판단할 수 없다.
'妹'라는 향가문자가 어떻게 쓰이고 있는지 확인 가능하게 되었다. 향가문자의 의미를 확인하는 사례이기에 그 과정을 소개한다.
'妹'의 사전적 의미는 '(손아래)누이, 소녀, 여자(女子), (사리에) 어둡다(= 昧)'이다.
지금까지의 만엽집 연구자들 다수가 사전적 의미도 아닌 '아내'라는 의미로 쓰고 있다. 단지 짐작에 의해 이렇게 해독하고 있을 것이다.

필자는 44번가 해독에서 일본서기 관련 내용을 확인한 결과 신하 삼륜고시마(三輪高市麿)가 '농번기를 앞두고 행차해서는 안된다'고 강력히 만류하고 있었다. 즉 '妹'는 지통천황이 '사리에 어두운 일을 하신다'고 근심하는 내용인 것이다. 사전적 의미인 '사리에 어둡다(=眛)'로 쓰고 있는 것이다.

다른 작품 사례 검토 결과에서도 모두 동일하게 쓰임이 확인되었다.

그래서 필자는 '妹'라는 향가문자의 의미를 '사리에 어둡다(=眛)'로 확정하였다.

만엽향가 문자 해독 과정의 모범 사례일 것이다. 이 한 글자의 의미 확정으로 만엽향가 상당수의 해독 결과가 달라졌다. 아직 의미가 잘못되고 있는 문자가 무수히 많을 것이다. 따라서 본서 발간 시 채택한 향가문자의 의미 역시 추후 이러한 향가문자가 발견됨으로써 계속 바뀌어 갈 것으로 예상한다. 새로이 발견되는 향가문자의 의미를 유연하게 받아들여야 할 필요성이 여기에 있다.

해독 근거

(1) 吾妹子 乎 去 來

① 노랫말: 우리의 사리에 어두운 (천황께서) 아들에게 가신다네.

② 보언

• 乎 탄식하라　　　　　　　• 來 보리 제수를 올리라

③ 자의

• 吾 나 오

• 妹 사리에 어둡다 매. 妹=眛 해독. 사리에 어두운 천황님. 농번기

에 행차하면 안된다는 신하의 간언에도 따르지 않고 아들을 찾아 이세로 행차한다는 의미를 담았다.

- 子 아들 자 [보언] 초벽황자
- 乎 감탄사 호 [보언]
- 去 가다 거
- 來 보리 래 [보언]

(2) 見 乃 山 乎 高 三 香 裳

① 노랫말: 떠오르는 해를 본다네, 산 높이서 세 여인이

② 보언
- 乃 노를 저어라
- 香 향을 피우라

③ 자의
- 見 보이다 견
- 乃 노 젓는 소리 애 [보언]
- 山 산 산
- 乎 감탄사 호 [보언]
- 高 높다 고. 높은 곳
- 三 셋 삼
- 香 향 향 [보언]
- 裳 치마 상
- 三裳 세 여인으로 해독

(3) 日 本 能 不 所 見

① 노랫말: 해의 본향에서는 응당 황자를 보지 못한다네.

② 보언: 所 관아를 설치하라

③ 자의
- 日 해
- 本 본향 본
- 日本 동쪽 伊勢를 해의 본향이라 하고 있다.
- 能 응당 ~해야 한다 능
- 不 아니다 불
- 所 관아 소 [보언]
- 見 보다 견

(4) 國遠見可聞

① 노랫말: (황자께서는) 나라에서 멀리 떨어진 곳에 나타나시더라고 아뢰어야 한다네.

② 보언: 可 칸이 나가라

③ 자의

- 國 나라 국
- 遠 멀다 원
- 見 나타나다 현
- 可 칸 [보언]
- 聞 아뢰다 문

45번가

1) 해독

八隅知之吾大王高照日之皇子神長柄神佐備世須等太敷爲京乎置而隱口乃泊瀨山者鳥乃朝越座而玉限夕去來者三雪落阿騎乃大野尒旗須爲寸四能乎押靡草枕多日夜取世須古昔念而

온 세상의 사람들은 알리라, 우리 대왕의 생전공적을
높이서 비추는 해이신 황자의 영혼은 오래도록 권력을 가지리
황자께서 도와 주어 사람들을 크게 번무하게 하셨다
도읍에 설치해 둔 나루터에 저승배가 정박했다가 여울을 건너 산으로 간다
거친 산길, 돌밭, 벌채가 금지된 나무 숲 언덕을
새는 아침에 넘어가는데 그대께서는 한탄하며 밤에 넘어가신다

눈 내리는 아기(阿騎)의 큰 들 작은 깃발 네 개가 바람에 화목하다
풀숲에 누워 여러 날 밤을 새며 옛날을 생각한다

2) 경(輕)황자, 초벽황자의 무덤을 찾다

경(輕)황자가 아버지 초벽황자의 무덤을 찾았을 때 시본인마(市本人磨)
가 만든 노래다. 경(輕)황자는 초벽황자의 아들이다. 아버지가 황위에
오르지 못하고 27세로 죽자 경(輕)황자는 할머니 지통·천황의 지극한 보
살핌을 받으며 자랐다.

[경(輕)황자 가계도]

할아버지(천무천황) ──┬── 할머니(지통·천황)
　　　　아버지(초벽황자) ──┬── 어머니(원명천황=아폐황녀)
　　　　　　　경(輕)황자(문무천황)

경(輕)황자는 697년 15세의 나이로 지통·천황에게 양위를 받아 문무
(文武)천황으로 즉위하였으나, 707년 젊은 나이에 병으로 죽고 말았다.

해독 근거

(1) 八隅知 之 吾大王
① 노랫말: 온 세상의 사람들은 알리라, 우리 대왕(의 생전공적)을.
② 보언: 之 장례행렬이 나아가라

③ 자의

- 八 여덟 팔
- 隅 모퉁이 우
- 知 알리다 지
- 之 가다 지 [보언]
- 吾大王 우리 대왕. 초벽황자를 뜻한다.

(2) 高照日 之 皇子神長柄

① 노랫말: 높이서 비추는 해이신 황자의 영혼은 오래도록 권력을 (가지리).

② 보언: 열을 지어 나아가라

③ 자의

- 高 높다 고
- 照 비치다 조
- 日 해 일
- 之 가다 지 [보언]
- 皇子 황자
- 日皇子 日雙황자
- 神 귀신 신. 49번가에 日雙皇子命이 나온다. 命은 '대궐에 앉아 명령을 내리는 사람 명'이다.
- 長 길다 장
- 柄 권력 병

(3) 神佐 備世須 等太敷 爲

① 노랫말: 황자께서 도와 주어 무리들이 크게 번무하였다.

② 보언

- 備 의장을 갖추라
- 世須 삼십 명의 수염배우들이 나가라
- 爲 가장하라

③ 자의

- 神 귀신 신
- 佐 돕다 좌

- 備 의장 비 [보언]
- 須 수염 수 [보언]
- 太 크다 태
- 爲 가장하다 위 [보언]

- 世 삼십
- 等 무리 등. 사람들
- 敷 번무하다 부

(4) 京 乎 置 而 隱 口 乃 泊瀨山 者

① 노랫말: 도읍에 설치해 둔 (나루터) 입구에 (저승배가) 정박했다가 여울을 건너 산으로 간다.

② 청언: 隱 가엾어 해주시라

③ 보언

- 乎 탄식하라
- 乃 노를 저어라

- 而 구레나룻 배우가 나가라
- 者 배우가 나가라

④ 자의

- 京 서울 경
- 置 설치하다 치
- 隱 가엾어 하다 은. 은. [청언]
- 口 어귀, 사람이 드나들게 만든 곳 구
- 乃 노 젓는 소리 애 [보언]
- 瀨 여울 뢰
- 者 놈 자 [보언] 배우

- 乎 감탄사 호 [보언]
- 而 구레나룻 이 [보언]

- 泊 정박하다 박
- 山 산

(5) 眞木立 荒山道 乎 石 根 禁樹 押靡 坂

① 노랫말: 거친 산길, 돌밭, (벌채가) 금지된 나무 숲 언덕을

② 보언

- 眞 정성스러운 마음으로 음식을 바치라
- 木 관이 나가라

- 立 낟알 제수를 바치라 　 • 乎 탄식하라
- 根 뿌리 나물을 올리라 　 • 押靡 관에 누워 있으라

③ 자의

- 眞 정성스러운 마음으로 음식을 바치다 진. 보언
- 木 관 목 [보언] 　 • 立 낟알 립 [보언] 立=粒
- 荒 거칠다 황 　 • 山 산 산
- 道 길 도 　 • 乎 감탄사 호 [보언]
- 石 돌 석 　 • 根 뿌리 근 [보언]
- 禁 금하다 금 　 • 樹 나무 수
- 禁樹 벌채가 금지된 나무 숲으로 해독
- 押 상자 갑. 관으로 해독 [보언] 　 • 靡 쓰러지다 미 [보언]
- 押靡 [다음절 보언] 관에 누워있다.
- 坂 언덕 판

(6) 鳥 乃 朝越 座而 玉 限夕去 來者三

① 노랫말: 새는 아침에 넘어가는데 그대께서는 한탄하며 밤에 넘어가신다.

② 보언

- 乃 노를 저어라 　 • 座 무대에 자리를 설치하라
- 而 구레나룻 배우가 나가라 　 • 來 보리 제수를 올리라
- 者 배우가 나가라 　 • 三 저승사자와 셋이 나가라

③ 자의

- 鳥 새 조 　 • 乃 노 젓는 소리 애 [보언]
- 朝 아침 조 　 • 越 넘다 월
- 座 자리 좌 [보언] 　 • 而 구레나룻 이 [보언]

- 玉 옥 옥
- 限 한하다(恨-: 몹시 억울하거나 원통하여 원망스럽게 생각하다) 한
- 夕 저녁 석
- 去 가다 거
- 來 보리 래 [보언]
- 者 놈 자 [보언] 배우
- 三 셋 [보언]
- 者三 [다음절 보언] 저승사자와 셋이다. 3=1+2

(7) 雪落阿騎 乃 大野 介 旗 須爲 寸四能 乎
① 노랫말: 눈 내리는 阿騎 큰 들에서 작은 깃발 네 개가 화목하구나
② 청언: 介 저승바다여 잔잔하라
③ 보언
- 乃 노를 저어라
- 須 수염배우가 나가라
- 爲 가장하라
- 乎 탄식하라
④ 자의
- 雪 눈 설
- 落 떨어지다 락
- 阿 물가 아
- 騎 말을 타다 기
- 阿騎 아기 [고유명사법] 배가 정박하는 물가에 걸어가도 될 것인데, 말을 타고 급히 가다. 초벽황자가 말 타고 급히 갔다. 27세의 나이로 요절했다.
- 乃 노 젓는 소리 애 [보언]
- 大野 큰 들
- 介 아름다운 모양 이. 이. [청언]
- 旗 깃발 기
- 須 수염 배우 [보언]
- 爲 가장하다 위 [보언]
- 寸 작다 촌
- 四 넉 사 4=초벽황자+저승사자3
- 能 화목하다 능
- 乎 감탄사 호 [보언]

(8) 押靡 草枕多日夜取 世須古 昔念 而

① 노랫말: 풀숲에 누워 여러 날 밤을 새며 옛날을 생각한다.

② 청언: 古 십 대나 입에서 입으로 전하라

③ 보언

- 押靡 관에 누워 있으라
- 世須 삼십 명의 수염배우가 나가라
- 而 구레나룻 배우가 나가라

④ 자의

- 押 상자 갑 [보언] 46번가에서 押=打로도 쓰이고 있음이 확인된 다. 모두 관의 의미로 쓰이고 있다.
- 靡 쓰러지다 미 [보언]
- 押靡 [다음절 보언] 관 안에 누워 있으라
- 草 풀숲 초   • 枕 드러눕다 침
- 草枕 풀숲에 눕다   • 多日夜 여러 날 밤
- 取 취하다 취
- 世須 삼십 명의 수염배우 [다음절 보언]
- 古 십 대나 입에서 입으로 전하다 고. 고. [청언]
- 昔 예 석   • 念 생각하다 념
- 而 구레나룻 이 [보언]

46번가

1) 해독

阿騎乃野尒宿旅人打靡寐毛宿良目八方古部念介

아기(阿騎)의 들에 잠을 자는 나그네들
한 사람(草壁황자)이 잠을 자고 있어라
그대를 팔방으로 찾고 있나니, 사람들이 그대를 잊지 않고 생각하여

2) 서기체 문장의 한계

경(輕)황자가 초벽황자 묘를 참배하고 있다. 45, 46, 47, 48, 49번가들이 작품군을 이루고 있다. 본 작품 해독상 최대의 문제는 '아기(阿騎)'라는 문자다. 해독 내용과 배치순서 등을 볼 때 경(輕)황자가 아버지 묘를 참배하고 있는 것까지는 분명하다.

'아기(阿騎)'가 지명일 경우 해독상으로는 문제가 없다.
'아기(阿騎)'가 지명이 아닐 경우는 일반적 표의문자로 보고 풀면 된다. '阿騎 乃 野 尒 宿旅=예쁘게 치장한 말을 타고 가 거친 들에서 잠을 자는 나그네'로 풀면 된다.
필자는 '아기(阿騎)'가 지명이라는 것에 무게를 둔다. 위치 비정은 필자의 능력 범위 밖이다.

또 하나 목팔방(目八方)이란 구절이 문제가 되고 있다.

사전적으로 目은 1. 눈…11. 우두머리 등의 의미를 가지고 있다.

‘目’을 ‘눈’으로 보아야 하느냐, ‘우두머리’로 보아야 하느냐를 선택해야 할 것이다.

‘目’을 ‘눈’이라는 의미로 볼 경우 ‘눈을 팔방으로 돌려 그대를 찾고 있다’가 가능하다.

‘우두머리’로 보여 ‘우두머리를 팔방으로 찾고 있다’일 것이다.

어느 것이 정확한지는 작품의 내용과 사례 검토를 통해 판단해야 할 것이다. 이는 향가가 채택하고 있는 서기체 표기의 특수성 때문에 발생하는 해독의 한계로 보아야 할 것이다. 서기체 표기란 문장을 구성하는 문자 모두를 꼼꼼히 나열하는 것이 아니라 그 중에서 핵심적 문자 몇 개만으로 문장 전체를 나타내는 표기법이다. 문자 몇 개가 하나의 문장을 대신하기 때문에 다양한 해독이 가능해지는 한계가 있다.

해독 근거

(1) 阿騎 乃 野 介 宿旅

① 노랫말: 아기(阿騎)의 들에 잠을 자는 나그네.

② 청언: 介 저승바다여 잔잔하라

③ 보언: 乃 노를 저어라

④ 자의

• 阿 물가 아. 저승배가 닿는 물가를 의미한다.

• 騎 말을 타다 기

• 阿騎 아기 [고유명사법] 저승배 정박하는 물가로 서둘러 말을 타

고 가 빨리 죽었다는 의미. 초벽황자는 27세로 요절했다.

- 乃 노 젓는 소리 애 [보언]
- 野 들, 거친 들로 해독
- 介 아름다운 모습 이. 이. [청언]
- 宿 (잠을) 자다 숙. 아기들에 초벽황자의 묘가 있다.
- 旅 나그네 려. 경(輕)황자의 일행을 말한다.

(2) 人 打靡寐 毛 宿 良

① 노랫말: 한 사람이 잠을 자고 있어라

② 청언: 良 길하라

③ 보언: 打靡寐 관에 쓰러져 잠을 자라

④ 자의

- 人 사람 인. 초벽황자
- 打 치다 타 [보언] 打=押=상자=관
- 靡 쓰러지다 마 [보언]　　　・寐 (잠을)자다 매 [보언]
- 打靡寐 [다음절 보언] 관에 쓰러져 잠을 자다.
- 毛 털 모 [보언] 수염 배우　　・宿 (잠을)자다 숙
- 寐宿 잠을 자다+잠을 자다. 동일한 의미의 문자가 중복해 쓰이고 있다. 앞의 寐는 보언, 뒤의 宿은 노랫말로 판단된다. 앞 어절 阿騎乃野介宿旅에서 '宿'이 노랫말로 쓰이는 것이 판단의 근거다. 노랫말과 보언이 엉켜 꼬이고 있다.
- 良 길하다 량. 라. [청언]

(3) 目八方 古 部念 介

① 노랫말: (우두머리를 팔방으로 찾고 있다), 사람들이 잊지 않고 생각하여.

② 청언
  • 古 십 대나 입에서 입으로 전하라
  • 介 저승바다여 잔잔하라
③ 보언: 目八方 우두머리를 팔방으로 찾으라
④ 자의
  • 目 우두머리 목 [보언]   • 八方 팔방 [보언]
  • 古 십 대나 입에서 입으로 전하다 고. 고. [청언]
  • 部 떼 부. 여러 사람   • 念 생각하다 념
  • 介 아름다운 모습 이. 이. [청언]

47번가

1) 해독

眞草苅荒野者雖有黃葉過去君之形見跡曾來師

풀이 거친 황야
삼베 상복을 입은 후손이 지나간다
그대를 드러내 보이고, 발자취를 스승으로 삼으리

2) 경(輕)황자, 아버지 묘를 찾다

  45, 46, 47, 48, 49번가가 작품군을 이루고 있다.

경(輕)황자(683~707)가 안기야(安騎野)에 갔을 때 시본인마(柿本人麿)가
만든 노래다.

경(輕)황자는 아버지 초벽황자 사망 당시 여섯 살이었다.

해독 근거

(1) 眞 草 苅 荒野 者雖有

① 노랫말: 풀이 거친 황야

② 보언

• 眞 정성스러운 마음으로 음식을 바치라

• 苅 곡식을 베어 제수로 올리라   • 者 배우가 나가라

• 雖 도마뱀붙이가 나가라   • 有 고기 제수를 올리라

③ 자의

• 眞 정성스러운 마음으로 음식을 바치다 진 [보언]

• 草 거친 풀 초   • 苅 (곡식 따위를) 베다 예 [보언]

• 荒 거칠다 황   • 野 들 야

• 者 놈 자 [보언] 배우   • 雖 도마뱀붙이 수 [보언]

• 有 값비싼 고기를 손에 쥔 모습 유 [보언]

(2) 黃葉過去

① 노랫말: 삼베 상복을 입은 후손이 지나간다.

② 자의

• 黃 노랗다 황. 삼베 상복으로 해독

• 葉 후손 엽. 초벽황자의 아들 경(輕)황자다.

- 黃葉 노란 상복을 입은 후손
- 過 지나다 과
- 去 가다 거

(3) 君 之 形見 跡 曾來 師

① 노랫말: 그대를 드러내 보이고, 발자취를 스승으로 삼으리.

② 보언

- 之 장례행렬이 나아가라
- 曾 시루에 제수를 찌라
- 來 보리 제수를 올리라

③ 자의

- 君 그대 군
- 形 드러내다 형
- 跡 발자취 적
- 來 보리 래 [보언]
- 之 가다 지 [보언]
- 見 보이다 견
- 曾 시루 증 [보언]
- 師 스승으로 삼다 사

48번가

1) 해독

東野炎立所見而反見爲者月西渡

동쪽의 들에 화염이 보이고 또 되풀이하여 보인다
달이 황자를 대신해 서쪽으로 물 건너가시라

2) 청언이 없는 눈물향가

초벽황자를 일쌍(日雙)황자로 보는 개념이 점차 정립되고 있다.

일쌍(日雙)은 '해가 쌍을 지어 뜨고, 또 되풀이하여 뜬다'라는 뜻이다. 초벽황자는 쌍을 지어 질 때가 없이 영원히 하늘에서 비치고 있는 것이다.

본 작품은 문자로서의 청언이 없다. 그러기에 작품의 다른 요소가 청언의 기능을 하는 것으로 보고, 청을 찾는 노력을 기울여야 한다.

시본인마(柿本人麿) 작품이다.

해독 근거

(1) 東野炎 立所 見 而 反見 爲者

① 노랫말: 동쪽의 들에 화염이 보이고 되풀이하여 보인다.

② 보언

- 立 낟알을 제수로 올리라
- 所 관아를 무대에 설치하라
- 而 구레나룻 배우가 나가라
- 爲 가장하라
- 者 배우가 나가라

③ 자의

- 東 동녘 동
- 野 들 야
- 炎 불꽃, 불타다 염. 日雙황자를 의미한다. 두 개의 해가 뜬 다음 또 떠올라 질 때가 없이 해달라. 日雙황자는 초벽황자이다.
- 立 낟알 립 [보언]
- 所 관아 소 [보언]

- 見 나타나다 현
- 反 반복하다 반
- 爲 가장하다 위 [보언]
- 而 구레나룻 이 [보언]
- 見 나타나다 현
- 者 놈 자 [보언] 배우

(2) 月西渡

① 노랫말: 달이 (황자를 대신해) 서쪽으로 물 건너가시라

② 자의

- 月 달 월. 황자 대신 달이 지라
- 西 서녘 서
- 渡 물을 건너다 도

49번가

1) 해독

日雙斯皇子命乃馬副而御獦立事斯時者來向

일쌍(日雙)황자님이시여
저승으로 거둥하시다가
개를 세워놓고 쉬다가 가실 곳 향하시라

2) 일쌍황자님, 쉬다가 가시라

초벽황자의 아들 경(輕)황자가 안기야(安騎野)에 가서 잤을 때 시본인

마(柿本人麿)가 만든 노래다.

일쌍황자는 초벽황자를 말한다. '초벽황자의 영혼이 해가 되어 쌍을 이루어 교대해 떠올라 지지 않는다'는 개념으로 완전히 정리가 되었다.

해독에 있어 마(馬)와 갈(獦)이라는 문자는 경주에서 발굴되어 2019년 공개된 행렬도의 그림과 연관지어 볼 필요가 있다. 행렬도에는 말 탄 무사가 앞뒤에 배치되어 있고, 사슴이 개를 데리고 저승길에 나서고 있다.

해독 근거

(1) 日雙 斯 皇子命 乃

① 노랫말: 日雙황자님이여

② 보언

• 斯 대 바구니에 제수를 올리라   • 乃 노를 저어라

③ 자의

• 日 해

• 雙 짝이 되다 쌍

• 斯 대나무를 잘라 바구니를 만들다 사 [보언]

• 皇子 황자

• 日雙황자 [고유명사법] 해가 쌍으로 떠 영원히 빛나다.

• 命 대궐에 앉아 명령을 내리는 사람 명

• 乃 노 젓는 소리 애 [보언]

(2) 馬副而 御

① 노랫말: (저승으로) 거둥하시다가

② 보언: 馬副而 말을 타고 옆에서 시중을 드는 구레나룻 배우가 (나가라)

③ 자의

- 馬 말 마 [보언]
- 副 옆에서 시중들다 부 [보언] 곁에서 시중드는 사람
- 而 구레나룻 이 [보언]
- 馬副而 [다음절 보언] 말을 타고 옆에서 시중을 드는 구레나룻 배우
- 御 거둥하다 어

(3) 獝 立事斯 時 者來 向

① 노랫말: 개를 세워놓고 쉬시다가 (가실 곳 향하시라).

② 보언

- 立 낟알 제수를 올리라
- 斯 대 바구니에 제수를 올리라
- 來 보리 제수를 올리라
- 事 변고가 나다
- 者 배우가 나가라
- 向 제사를 지내라

③ 자의

- 獝 개 갈
- 立 낟알 립 [보언] 立=粒
- 事 변고 사 [보언]
- 斯 대나무를 잘라 바구니를 만들다 사 [보언]
- 時 쉬다 시
- 者 놈 자 [보언] 배우
- 來 보리 [보언]
- 向 제사를 지내다 향 [보언]

초벽(草壁)황자 사망과 등원경(藤原京)을 건설한 뜻

50번가

1) 해독

八隅知之吾大王高照日之皇子荒妙乃藤原我宇倍亦食國乎賣之賜牟等都
宮者高所知武等神長柄所念奈戶二天地毛緣而有許曾磐走淡海乃國之衣
手能田上山之眞木佐苦檜乃嬬手乎物乃布能八十氏河亦玉藻成浮倍流礼
其乎取登散和久毛御民家忘身毛多奈不知鴨自物水亦浮居而吾作日之御
門亦不知國依巨勢道從我國者尙世亦成牟圖負留神龜毛新代等泉乃河亦
持月流眞木乃都麻手乎百不足五十日太亦作泝須良牟伊蘇波久見者神隨
亦有之

온 나라 사람들은 알리라, 생전의 공적을 우리 대왕님에게
하늘 높이서 비추는 해이신 황자께서는 거친 땅을 말할 수 없이 빼어
나고 훌륭하게 하시네
등나무 덩굴이 자라는 벌판에 고집스럽게 궁을 지어 황자를 모시리
나랏일에 전력을 다해주는 무리들도 새로 지은 궁전이 얼마나 높은지
를 알린다
황자의 영혼은 오래도록 권력을 가져야 한다고 생각한다

황자께서는 집이 둘로서 하늘과 땅에 있다

궁을 건설하는 인부들이 머뭇거리고 종종걸음하며 일을 한다

맑은 바다 나라 관복을 입은 사람들은 응당 밭 위의 산으로 가 나무 베는 일을 돕고 힘써 노송나무를 끌어오라

여자들은 사람들에게 먹고 마실 것을 베풀어 화목하게 하라

수많은 성씨(姓氏)의 사람들은 강에 황자의 생전공적을 꾸며서 띄워 보내 황자를 모셔 원한을 흩어지게 하고 황자와 우리가 서로 화합함이 오래가게 하라

황자를 백성들은 잊고 있는 몸이 되었고, 많은 사람들은 황자의 공적을 알리지 않고 있다

사람들이 물에 띄워 보낸 것들이 물에 떠다니고 있다

내가 이 글을 지음은 일쌍(日雙)황자께서 거둥해 가신다고 문의 신에게 알림이 아니다

나라의 큰 권세께서는 길을 좇아 가셨다

고집스럽게 나라에서 황자의 생전공적을 꾸며 삼십 명이 생전공적을 기록한 책을 짊어지게 했다

영험한 거북이가 새로이 대를 이어갈 것이다, 여러 샘과 강물에 어리어 있는 달처럼

나무 베는 일에도 삼베 입은 사람 백 명으로는 부족하여 오십 명을 더 불렀다

그들은 일쌍(日雙)황자의 궁을 크게 만들고 배를 타고 떠나갔다

그대여 되살아나 오래도록 등원경(藤原京)에 보이시라

황자께오서는 우리의 청을 따르시리라

[일본식 해독]

(야스미시시) 우리들 대왕님 높이 빛나는 해 아들은 (아라타헤노) 후지하라(藤原)의 주변에 거느린 나라 통치를 하시려고 사는 궁전도 높어 지배하려고 신이시면서 생각을 함과 함께 하늘과 땅도 더불어 섬긴 탓에 (이하바시루) 아후미(近江)의 나라의 (코로모데노) 타나카미(田上)의 산의 (마키사쿠) 노송나무를요 (모노노후노) 야소(八十)의 우지(宇治) 강에 물풀인 듯이 띄워보내고 있네 그것 건지려 움직이는 백성도 집 생각 않고 자기 몸도 잊은 채 오리인 듯이 물에 떠 있으면서 내가 만드는 해 아들 궁전에 다른 나라도 온다는 코세(巨勢) 길로 우리나라가 길이 번성할 거란 표시를 가진 상서로운 거북도 나타났다네 이즈미(泉)의 강물에 운반되어진 노송나무 재료를 (모모타라즈) 오십개로 묶어서 올려 보내네 힘쓰는 모습 보면 신인 때문인 듯하네

2) 등원궁(藤原宮) 지은 뜻

50~52번가는 만엽집 권제1의 고봉준령에 해당한다 할 것이다. 험준한 봉우리와 아름다운 준령이 일품이다. 일본의 알프스다. 권제1의 가운데 서서 모든 작품들을 빛내준다. 몇 번을 되풀어도 물리지 않았다.

지통천황은 초벽황자 사망 후 등원(藤原)이라는 곳에 궁을 건설하기로 하였다. 이러한 사례는 문무천황이 사망하자 원명천황이 도읍을 등원경(藤原京)에서 평성경(平城京)으로 옮긴 데에서도 볼 수 있다.

또한 간무(桓武)천황이 784년 정세가 불안하고 역병이 난다는 이유로 평성경(平城京)을 떠나 장강경(長岡京)로 도읍을 옮겼다가, 거기에서도 황태후와 황후 등이 차례로 사망하자 음양사의 말에 따라 794년 현재의 교토인 평안경(平安京)으로 도읍을 다시 옮긴 사례가 있다.

이처럼 도읍 이전과 음양사의 판단 사이에 깊은 관계가 있었다.

본 작품은 등원경(藤原京) 건설 현장에서 일하던 사람이 지은 노래로 알려져 있다. 그러나 이러한 풀이에는 무리가 있다. 지통천황 곁에 있던 가인이 만든 작품이다.

[등원궁(藤原宮) 건설 주요 일정]
689년 4월 13일 초벽황자, 27세의 나이로 사망
690년 1월 1일 지통천황 즉위
690년 10월 20일 고시(高市)황자가 공경백료와 함께 등원궁이 들어설 땅을 살펴보았다.
690년 12월 16일 지통천황이 공경백료와 함께 등원(藤原)에 행차하여 궁터를 보았다.
692년 5월 23일 등원궁지에서 진제(鎭祭)를 지냈다.
692년 6월 30일 지통천황이 등원궁 터를 시찰하였다.
693년 8월 1일 지통천황이 등원궁 터에 행차하였다.
694년 12월 6일 등원궁을 완성하고, 비조 정어원궁(飛鳥 淨御原宮)에서 천도

등원궁 건설의 목적이 나오고 있다.

초벽황자의 권력이 사후에도 지속될 수 있도록 하기 위해서는 황자의 집이 하늘뿐 아니라 땅에도 존재해야 했다. 초벽황자가 땅을 다스리기 위한 집을 마련하기 위해 등원궁을 건설한 것이다.

아들을 떠나보낼 수 없다는 어머니의 절실한 마음이 등원궁을 건설하게 했다.

해독 근거

(1) 八隅 知 之 吾大王
① 노랫말: 온 나라 사람들은 알리라, (생전의 공적을) 우리 대왕님에게
② 보언: 之 장례행렬이 나아가라
③ 자의
- 八 여덟 팔
- 隅 모퉁이 우
- 知 알리다, 드러내다 지
- 之 가다 지 [보언]
- 吾 우리 오
- 大王=日雙황자

(2) 高照日 之 皇子荒妙 乃
① 노랫말: (하늘) 높이서 비추는 해이신 황자께서는 거친 땅을 말할 수 없이 빼어나고 훌륭하게 하시네.
② 보언
- 之 장례행렬이 나아가라
- 乃 노를 저어라
③ 자의
- 高 높다 고. 하늘
- 照 비치다 조
- 日 해 일
- 日皇子=초벽황자. 日雙은 해가 쌍으로 번갈아 떠 영원히 지지 않는다는 의미이다. 草壁은 풀이 벽을 타고 오른다. 즉 벽을 타고 오르는 담쟁이 덩굴이나 등나무 덩굴처럼 길게 살라는 뜻이 담겨 있다. 日雙과 草壁은 '영원하다'라는 개념을 공유하고 있다.
- 之 가다 지 [보언]
- 荒 황야. 일본을 의미
- 妙 말할 수 없이 빼어나고 훌륭하다 묘
- 乃 노 젓는 소리 애 [보언]

(3) 藤原我宇倍 介食

① 노랫말: 등나무 덩굴이 자라는 벌판에 고집스럽게 궁을 지어 (황자를) 모시리.

② 청언: 介 저승바다여 잔잔하라

③ 보언: 食 밥을 주발에 담아 올리라

④ 자의

- 藤 등나무 등
- 原 벌판 원
- 我 외고집 아
- 宇 집 우
- 藤原宇 등나무 덩굴이 자라는 벌판에 지은 집. 藤原宮이된다. [고유명사법] 등나무가 길게 자라는 벌판. 초벽황자의 권력이 오래도록 유지되기를 바라고 있다. 藤原京이라 명명했을 때 초벽황자를 의식했다.
- 倍 모시다 배. 초벽황자를 모신다는 뜻
- 介 아름다운 모양 이. 이. [청언]　　• 食 밥 사 [보언]

(4) 國 乎 賣 之 賜 牟 等 都 宮 者 高 所 知 武 等

① 노랫말: 나라일에 전력을 다해주는 무리들도 (새로 지은) 궁전이 (얼마나 높은지를) 알린다.

② 보언

- 乎 감탄하라
- 之 장례행렬이 나아가라
- 牟 제기를 늘어놓으라
- 都 감탄하라
- 배우가 나가라
- 所 무대에 궁전을 설치하라
- 武等 여러 명의 무사들이 위엄을 보이라

③ 자의

- 國 나라 국
- 乎 감탄사 호 [보언]

- 賣 전력을 다하다 매
- 賜 주다 사
- 等 무리 등
- 宮 궁전 궁. 등원궁
- 高 높다, 뛰어나다 고
- 知 알리다 지
- 等 무리 등 [보언]
- 武等 [다음절 보언] 여러 명의 무사들이 나가라

- 之 가다 지 [보언]
- 牟 제기 모 [보언]
- 都 아아 [보언]
- 者 놈 자 [보언] 배우
- 所 관아 소 [보언] 궁전으로 해독
- 武 무사 무 [보언]

(5) 神長柄 所 念 奈
① 노랫말: 황자의 영혼은 오래도록 권력을 가져야 한다고 생각한다.
② 보언
- 所 무대에 궁을 설치하라
- 奈 능금을 올리라
③ 자의
- 神 귀신 신. 초벽황자의 영혼
- 長 길다 장
- 柄 권력 병
- 長柄, 草壁, 藤原, 日雙이라는 문자들은 '영원하다'라는 뜻을 공유하고 있다.
- 所 관아 소 [보언]
- 念 생각하다 념
- 奈 능금나무 나 [보언]

(6) 戸二天地
① 노랫말: (황자께서는) 집이 둘로서 하늘과 땅에 있다.
② 자의
- 戸 집 호
- 二 둘 이
- 天地 하늘과 땅

(7) 毛緣而有許曾 磐走

① 노랫말: (궁을 건설하는 인부들이) 머뭇거리고 종종걸음하며 (일을 한다)

② 보언

- 毛緣而 털이 빙 둘러 난 구레나룻 배우가 나가라
- 有 고기제를 올리라
- 許 이영차 힘껏 일을 하라
- 曾 시루에 제수를 찌라

③ 자의

- 毛 털 모 [보언] 수염 배우 · 緣 두르다 연 [보언]
- 而 구레나룻 이 [보언]
- 毛緣而 [다음절 보언] 수염이 빙 둘러 난 구레나룻 배우
- 有 값비싼 고기를 손에 쥔 모습 유 [보언]
- 許 이영차 호 [보언] · 曾 시루 증 [보언]
- 磐 머뭇거리다 반 · 走 종종걸음 주

(8) 淡海 乃 國 之 衣手 能田上山 之眞 木佐苦檜 乃

① 노랫말: 맑은 바다나라 관복을 입은 사람들은 응당 밭 위의 산으로 가 나무 베는 일을 돕고 힘써 노송나무를 (끌어오라)

② 보언

- 乃 노를 저어라 · 之 장례행렬이 나아가라
- 之 장례행렬이 나아가라
- 眞 정성스러운 마음으로 음식을 바치라
- 乃 노를 저어라

③ 자의

- 淡 맑다 담 · 海 바다 해

- 乃 노 젓는 소리 애 [보언]　• 國 나라 국
- 淡海國 맑은 바다나라. 일본을 뜻한다.
- 之 가다 지 [보언]
- 衣 옷 의. 관복을 입은 사람들로 해독
- 手 사람 수　　　　• 能 응당~해야 한다 능
- 田 밭 전　　　　　• 上 윗 상
- 山 산 산　　　　　• 之 가다 지 [보언]
- 眞 정성스러운 마음으로 음식을 바치다 진 [보언]
- 木 나무 목. 나무를 베다로 해독
- 佐 돕다 좌　　　　• 苦 애쓰다 고
- 檜 노송 회　　　　• 乃 노 젓는 소리 애 [보언]

(9) 嬬手 乎 物 乃 布能

① 노랫말: 여자들은 사람들에게 먹고 마실 것을 베풀어 화목하게
하라

② 보언
- 乎 감탄하라　　　• 乃 노를 저어라
③ 자의
- 嬬 여자 유　　　　• 手 사람 수
- 乎 감탄사 호 [보언]　• 物 물건 물. 음식
- 乃 노 젓는 소리 애 [보언]　• 布 베풀다 포
- 能 화목하게 지내다 능

(10) 八十氏河 尒 玉藻 成 浮倍 流祀其乎 取 登 散和久

① 노랫말: 팔십의 성씨 사람들은 강에 황자의 (생전공적을) 꾸며서 띄

워 보내 (황자를) 모셔 원한을 흩어지게 하고 (황자와 우리가) 서로 화합함이 오래가게 하라

② 청언: 介 저승바다여 잔잔하라

③ 보언

- 成 길제를 지내라
- 流 떠돌라
- 礼 절하라
- 其 키질하라
- 乎 탄식하라
- 登 제기를 늘어놓으라

④ 자의

- 八十 팔십. 많다
- 氏 성씨 씨
- 八十氏 많은 성씨들로 해독
- 河 강 하
- 介 아름다운 모양 이. 이 [청언]
- 玉 옥 옥
- 藻 꾸미다 조. 생전의 공적을 꾸미다
- 成 길제 제 [보언]
- 浮 뜨다 부
- 倍 모시다 배
- 流 떠돌다 류 [보언]
- 礼 절하다 례 [보언]
- 其 키 기 [보언] 其=箕. 箕는 바람신이다.
- 乎 감탄사 호 [보언]
- 取 집착 취
- 登 옛날에 쓰던 그릇의 한 가지 등 [보언]
- 散 흩어지다 산
- 取散 집착을 흩어지게 하다
- 和 화하다 화
- 久 오래다 구

(11) 毛 御民 家 忘身 毛多 奈 不知 鴨自

① 노랫말: 황자를 백성들은 잊고 있는 몸이 되었고, 많은 사람들은 (황자의 공적을) 알리지 않고 있다.

② 보언

- 毛 수염배우가 나가라
- 毛 수염배우가 나가라
- 鴨自 오리가 슬퍼 눈물 콧물을 흘리라

- 家 마나님 배우가 나가라
- 奈 능금을 제수로 올리라

③ 자의

- 毛 털 모 [보언] 수염 배우
- 家 마나님, 늙은 여자 가 [보언]
- 身 몸 신
- 多 많다 다
- 不 아니다 불
- 鴨 오리 압 [보언] 초벽황자의 영혼
- 自 코 비 [보언] 콧물을 흘리다.

- 御 임금 어. 초벽황자
- 忘 잊다 망
- 毛 수염배우 모 [보언]
- 奈 능금나무 능 [보언]
- 知 알리다 지

(12) 物水 介 浮居 而

① 노랫말: (사람들이) 물에 띄워 보낸 것들이 물에 떠다니고 있다.

② 청언: 介 저승바다여 잔잔하라

③ 보언: 而 구레나룻 배우가 나가라

④ 자의

- 物 사람 물
- 介 아름다운 모양 이. 이 [청언]
- 浮 떠다니다 부
- 而 구레나룻 이 [보언]

- 水 강물 수

- 居 있다 거

(13) 吾作日 之 御門 介 不知

① 노랫말: 내가 (이 글을) 지음은 日雙황자께서 거동해 (가신다고) 문

의 신에게 알림이 아니다.

② 청언: 介 저승바다여 잔잔하라

③ 보언: 之 장례행렬이 나아가라

④ 자의

- 㐌 나 오
- 作 창작하다 작
- 日 해 일. 日雙황자
- 之 가다 지 [보언]
- 御 거둥하다 어
- 門 문의 신 문. 七祀의 하나로 出入을 맡아 본다는 신. 52번가에 나오는 大御門을 말하고 있다.
- 介 아름다운 모양 이. 이 [보언]
- 不知 알리지 않다.

(14) 國 依 巨勢道從

① 노랫말: 나라의 큰 권세께서는 길을 좇아 가신다.

② 보언: 依 병풍을 치라

③ 자의

- 國 나라 국
- 依 병풍 의 [보언]
- 巨 크다 거
- 勢 권세, 기세 세. 초벽황자의 영혼
- 道 길 도
- 從 좇다, 따르다 종

(15) 我國 者 尙 世 介成牟 圖負 留

① 노랫말: 고집스럽게 나라에서 (황자의 생전공적을) 꾸며 삼십 명이 (생전공적을 기록한) 책을 짊어지게 했다.

② 청언: 介 저승바다여 잔잔하라

③ 보언

- 者 배우가 나가라
- 成 길제를 치르라

- 牟 제기를 차리라　　• 留 머무르라

④ 자의

- 我 외고집 아　　　• 國 나라 국
- 者 놈 자 [보언] 배우　• 尙 꾸미다 상
- 牟 제기 모 [보언]　　• 圖 책 도
- 負 지다 부　　　　　• 留 머무르다 류 [보언]

(16) 神龜 毛 新代 等泉 乃 河 尒 持月 流

① 노랫말: 영험한 거북이가 새로이 대를 이어갈 것이다, 여러 샘과 강물에 어리어 있는 달처럼.

② 청언: 尒 저승바다여 잔잔하라

③ 보언

- 毛 수염 배우가 나가라　　• 乃 노를 저어라
- 流 떠돌라

④ 자의

- 神 귀신 신　　　　　　• 龜 거북 구
- 神龜 영험의 거북이　　　• 毛 털 모 [보언] 수염 배우
- 新 새롭다 신　　　　　• 代 계승의 차례 대
- 等 무리 등　　　　　　• 泉 샘 천
- 乃 노 젓는 소리 애 [보언]　• 河 강 하
- 尒 아름다운 모양 이. 이 [보언]　• 持 가지다 지
- 月 달 월　　　　　　　• 流 떠돌다 류 [보언]

(17) 眞 木 乃都 麻手 乎 百不足 五十

① 노랫말: 나무 베는 일에도 삼베 입은 사람 백으로 부족하여 오십

을 (더 불렀다).

② 보언

- 眞 정성스러운 마음으로 음식을 바치라
- 乃 노를 저어라　　　・ 都 탄식하라　　　・ 乎 감탄하라

③ 자의

- 眞 정성스러운 마음으로 음식을 바치다 진 [보언]
- 木 나무 목　　　　　　・ 乃 노 젓는 소리 애 [보언]
- 都 아아(감탄사) 도 [보언]　・ 麻 베옷 마
- 手 사람 수　　　　　　・ 乎 감탄사 호 [보언]
- 百 백 백　　　　　　　・ 不 아니다 불
- 足 넉넉하다 족　　　　・ 五十 오십

(18) 日太 介 作泝 須良牟

① 노랫말: (그들은) 日雙황자의 (궁을) 크게 만들고 배를 타고 감이라

② 청언

- 介 아름다우라　　　　・ 良 길하라

③ 보언

- 須 수염배우가 나가라　　・ 牟 제기를 올리라

④ 자의

- 日 日雙황자　　　　　・ 太 크다 태
- 介 아름다운 모양 이. 이 [청언]　・ 作 일하다 작
- 泝 배를 타고 가다 소. 溯의 속자　・ 須 수염 수 [보언]
- 良 길하다 량. 라 [청언]　　・ 牟 제기 모 [보언]

(19) 伊蘇 波 久見 者

① 노랫말: 그대여 되살아나 오래도록 (藤原宮에) 보이시라

② 보언

- 波 파도가 치라
- 者 배우가 나가라

③ 자의

- 伊 너 이
- 蘇 되살아나다 소
- 波 파도 파 [보언]
- 久 오래다 구
- 見 보이다 견
- 者 놈 자 [보언] 배우

(20) 神隨 尒有之

① 노랫말: 황자께서 (우리의 청을) 따르시리라

② 청언: 尒 아름다우라

③ 보언

- 有 고기제수를 올리라
- 之 장례행렬이 나아가라

④ 자의

- 神 귀신 신. 日雙황자의 영혼
- 隨 따르다 수
- 尒 아름다운 모양 이. 이 [청언]
- 有 값비싼 고기를 손에 쥔 모습 유 [보언]
- 之 가다 지 [보언]

51번가

1) 해독

㛮女乃袖吹反明日香風京都乎遠見無用尒布久

채녀(婇女)의 옷소매에 불기를 반복하였던 명일향(明日香)의 바람
경(京)에서 멀리 보여 소용이 없겠으나
거기서 불고 있기를 오래하라

2) 황자여, 아침 해 되어 영원히 떠오르시라

지귀(志貴)황자 작이다.
지귀황자는 천지천황의 황자로서 49대 광인(光仁)천황의 아버지다.

[지귀(志貴)황자의 가족관계]

천지천황 ──┬── 越道君伊羅都賣娘

        지귀황자(668~716)

        광인(光仁)천황

지통천황은 등원(藤原)에 새로이 궁(지금의 나라현)을 지었다. 694년 건
설공사가 끝나자, 비조 정어원궁(飛鳥 浄御原宮)에서 등원경(藤原京)으로
천도하였다.

본 작품은 등원경으로 옮긴 이후 만들어졌다.

본 작품의 창작의도는 명일향(明日香)이라는 고유명사에 긴밀히 연계
되어 있다. 고유명사법으로 이 구절을 풀면 창작의도는 '일쌍(日雙)황자
께서 아침 해처럼 영원히 다시 떠오르시기를 기원하며 향을 피운다'이
다. 본 작품의 배치 순서도 바로 이 점을 뒷받침한다.

해독 근거

(1) 婇女 乃 袖 吹反 明日香風
① 노랫말: 婇女의 옷소매에 불기를 반복하였던 명일향의 바람
② 보언: 乃 노를 저어라
③ 자의
- 婇 婇女. 천황 측근에 나아가 섬기던 여인들이다. 용모단정한 자로 하였다.
- 乃 노 젓는 소리 애 [보언]   - 袖 옷소매 수
- 吹 불다 취   - 反 반복하다 반
- 明 날새다 명   - 日 해 일
- 香 향 향
- 明日香=飛鳥淨御原宮 [고유명사법] 日雙황자가 날이 새는 것처럼 항상 밝게 비추어 주기를 기원한다.
- 風 바람 풍

(2) 京 都乎 遠見無用 介 布久

원문	京	都	乎	遠	見	無	用	介	布	久
노랫말	京			遠	見	無	用		布	久
청언								介		
보언		都	乎							

① 노랫말: 京에서 멀리 보여 소용이 없겠으나 베풀기를 오래 하라
② 청언: 介 저승바다여 잔잔하라

③ 보언: 乎 탄식하라

④ 자의

- 京 서울 경
- 乎 감탄사 호 [보언]
- 見 보이다 견
- 用 쓰다 용
- 無用 멀리 있어 불어도 소용이 없어졌다는 뜻
- 介 아름다운 모양 이. 이. [청언]
- 久 오래다 구

- 都 감탄사 도 [보언]
- 遠 멀다 원
- 無 없다 무

- 布 베풀다 포
- 布久 오래도록 불어 달라

52번가

1) 해독

八隅知之和期大王高照日之皇子鹿妙乃藤井我原介大御門始賜而埴安乃
堤上介在立之見之賜者日本乃青香具山者日経乃大御門介春山跡之美佐
備立有畝火乃此美豆山者日緯能大御門介弥豆山跡山佐備伊座耳高之青
菅山者背友乃大御門介宣名倍神佐備立有名細吉野乃山者影友乃大御門
従雲居介曽遠久有家留高知也天之御蔭天知也日之御影乃水許曽婆常介
有米御井之清水

온 나라 사람들은 대왕님의 생전공적을 꾸며서 알려 서로 화하라, 대
왕님과
높이서 비추는 해이신 황자님은 거친 땅을 말할 수 없이 빼어나고 홀

륭하게 하시네

등나무 벌판에 대어문(大御門)을 시작으로 하여 등원경(藤原京)을 지으라고 분부되었다

식안제(埴安堤)에 올라가서 보니

해의 본향인 푸른 향구산(香具山)에서 해가 떠오른다

대어문(大御門)에 가 천향구산(天香具山)에 황자의 공적을 꾸며 알리고, 보좌하라

무화산(畝火山)에 계속 다니며 황자의 공적을 꾸며 알리니 천향구산(天香具山)에서 뜬 해는 동서로 다니며 우리와 화하신다네

대어문(大御門)에 사람들이 꽉 차게 나가 천향구산(天香具山)과 무화산(畝火山)에 가 공적을 꾸며 알리고 황자를 보좌하라

그대들은 이성산(耳成山)을 등지고 가깝게 지내 후손을 퍼뜨리라

대어문(大御門)에서 日雙황자를 널리 펴고 공적을 알리고 모시라

황자의 영혼을 보좌하고 업적을 좋게 해 알리라

길야(吉野)의 들에 산 그림자들처럼 가까이 지내라

대어문(大御門)을 남북으로 오가고 있는 구름이 멀리 남쪽에서 오래도록 떠 있으며 위엄을 알림이야

하늘 같으신 황자의 음덕임을 하늘에 알리라

해와 같은 황자의 그림자가 물에 항상 어려 있음이여

황자의 그림자가 정(井)자꼴로 구획지어 건설한 등원경(藤原京)의 맑은 샘물에 어림이여

2) 일쌍(日雙)황자여, 대화삼산(大和三山)이여

아름다운 작품이다.

등원경(藤原京)이 준공되었을 무렵 대화삼산(大和三山)을 초벽황자와 연관지어 만든 작품이다. 향구산(香具山), 무방산(畝傍山), 이성산(耳成山)이 생략형 문자로 언급되고 있다.

특히 초벽황자를 물과 연결시키고 있다. 그 의미가 무엇인지에 대해서는 아직 필자에게는 설명할 수 있는 자료가 없다.

등원경(藤原京)은 당나라 장안을 본따 격자형으로 건설되었다.

해독 근거

(1) 八隈知 之 和 期 大王

① 노랫말: 온 나라 사람들은 (대왕님의 생전공적을 꾸미며) 알려 서로 화하라, 대왕님과

② 보언

• 之 장례행렬이 나아가라   • 期 상복을 입고 나가라

③ 자의

• 八隈 온 세상 사람들로 해독   • 知 알리다 지

• 之 가다 지 [보언]   • 和 서로 응하다 화

• 期 기복(朞服) 기 [보언] 朞年服은 일 년 동안 입는 상복이다. 처용가의 '明期月良'에 동일 사례가 나온다.

• 大王 日雙황자로 해독한다.

(2) 高照日 之 皇子鹿妙 乃

① 노랫말: 높이서 비추는 해이신 황자님은 거친 땅을 말할 수 없이 빼어나고 훌륭하게 하시네.

② 보언
- 之 장례행렬이 나아가라 ・ 乃 노를 저어라

③ 자의
- 高 높다 고 ・ 照 비추다 조 ・ 日 해 일
- 之 가다 지 [보언] ・ 皇子 황자 ・ 日皇子 日雙황자
- 鹿 거칠다 록. 鹿=麤 거칠다 추
- 妙 말할 수 없이 빼어나고 훌륭하다 묘
- 乃 노 젓는 소리 애 [보언]

(3) 藤 井我 原 介 大御門始賜 而

① 노랫말: 등나무 벌판에 大御門을 시작으로 하여 (藤原京을 지으라고) 분부되었다.

② 청언: 介 저승바다여 잔잔하라

③ 보언
- 井我 도시를 우물井자로 고집스럽게 구획지으라
- 而 구레나룻 배우가 나가라

④ 자의
- 藤 등나무 등
- 井 정자꼴 정 [보언] '도시를 우물 정자 꼴로 건축하다'로 해독
- 我 고집스럽다 아 [보언]   ・ 原 벌판 원
- 介 아름다운 모양 이. 이 [청언]
- 大 크다 대. 大王 ・ 御 거둥하다 어 ・ 門 문 문

- 大御門 대어문 [고유명사법] 대왕이 다니시라
- 始 시작하다 시   • 賜 분부하다 사
- 而 구레나룻 이 [보언]

(4) 埴安 乃 堤上 尒在立之 見 之 賜 者

① 노랫말: 埴安堤에 올라가서 보아주니

② 청언: 尒 저승바다여 잔잔하라

③ 보언

- 乃 노를 저어라
- 在 무대에 있는 장소를 설치하라   • 立 낟알 제수를 올리라
- 之 장례행렬이 나아가라   • 者 배우가 나가라

④ 자의

- 埴 진흙 식   • 安 즐기다 안
- 乃 노 젓는 소리 애 [보언]   • 堤 둑 제
- 埴安堤 식안제 [고유명사법] 저승에 가지 말고 비록 진흙일지라도
  이승에서 지내는 것을 즐기라는 의미다. 埴安池는 天香久山 서
  쪽에 있는 못의 이름이다.
- 上 오르다 상   • 尒 아름답다 이. 이 [청언]
- 在 장소(場所) 재 [보언]• 立 낟알 립 [보언] 立=粒
- 之 가다 지 [보언]   • 見 보다 견
- 之 가다 [보언]   • 賜 주다 사
- 者 놈 자 [보언] 배우

(5) 日本 乃 青香具山 者 日経 乃

① 노랫말: 해의 본향인 푸른 향구산에서 해가 떠오른다.

② 보언
• 乃 노를 저어라　　• 者 배우가 나가라　　• 乃 노를 저어라
③ 자의
• 日 해 일　　　　　• 本 본향 본
• 日本 해의 본향. 고유명사가 아니다. 藤原京의 동쪽에 있어 항상 해가 떠오르니 해의 본향이라 한 것이다.
• 乃 노 젓는 소리 애 [보언]
• 青 푸르다 청　　　　　　• 香 향 향 [보언]
• 具 양손에 솥을 받쳐 들고 있는 모습 구 [보언]
• 山 산 산
• 香具山 [고유명사법] 天香具山이다. 향을 피우고 제수를 차리고 하늘에 제사를 지내라
• 者 놈 자 [보언] 배우　　• 日 해 일
• 経 지나가다 경　　　　　• 日経 해가 떠오르다
• 乃 노 젓는 소리 애 [보언]

(6) 大御門 介春 山跡 之 美佐 備立有
① 노랫말: 大御門에 가 (天香具)山에 (황자의) 공적을 꾸며 알리고, 보좌하라
② 청언: 介 저승바다여 잔잔하라
③ 보언
• 春 떨쳐 일어나라　　• 之 장례행렬이 나아가라
• 備 의장을 갖추라　　• 立 낟알을 제수로 바치라
• 有 고기를 제수로 바치라
④ 자의

- 大御門 대어문 [고유명사법] 대왕이 다니시라
- 尒 아름다운 모양 이. 이 [청언]
- 舂 떨쳐 일어나다 준. 舂=蠢 준
- 山 산 산. 香具山을 말한다   • 跡 업적 적
- 之 가다 지 [보언]   • 美 아름답다 미
- 佐 돕다 좌   • 備 의장 비 [보언]
- 立 낟알 립 [보언] 立=粒
- 有 값비싼 고기를 손에 쥔 모습 유 [보언]

(7) 畝火 乃 此 美 豆 山 者 日緯能

① 노랫말: 畝火山에 계속 다니며 (황자의 공적을) 꾸며 (알리니 天香具) 山에서 뜬 해는 동서로 다니며 (우리와) 화하신다네.

② 보언
- 乃 노를 저어라   • 豆 제기를 늘어 놓으라
- 者 배우가 나가라

③ 자의
- 畝 밭두둑 무. 畝傍山의 생략형   • 火 불 화
- 畝火 畝傍山의 다른 이름으로 판단된다. [고유명사법] 밭두둑에 불을 태우며 빌다.
- 乃 노 젓는 소리 애 [보언]   • 此 계속 이어지는 발자국 차
- 美 아름답다 미   • 豆 굽다리 접시 두 [보언]
- 山 산 산   • 者 놈 자 [보언] 배우
- 日 해 일. 日雙황자   • 緯 동서방향 위
- 能 화하다 능

(8) 大御門 尒 弥 豆 山跡山佐 備

① 노랫말: 大御門에 (사람들이) 꽉차게 나가 (天香具)山과 (畝火) 산에
가 공적을 꾸며 (알리고 황자를) 보좌하라

② 청언: 尒 저승바다여 잔잔하라

③ 보언

• 豆 굽다리 제기를 늘어 놓으라　　• 備 의장을 갖추라

④ 자의

• 大御門 대어문 [고유명사법] 대왕이 다니시라

• 尒 아름다운 모양 이. 이 [청언]

• 弥 차다, 가득 메우다 미　　• 豆 굽다리 접시 두 [보언]

• 山 산. 천향구산　　• 跡 업적 적

• 山 산. 畝火山　　• 佐 돕다 좌

• 備 의장 비 [보언]

(9) 伊 座 耳 高之青菅 山 者 背友 乃

① 노랫말: 그대들은 耳成山을 등지고 가깝게 지내 (후손을 퍼뜨리라).

② 보언

• 座 무대에 자리를 설치하라

• 高青菅 봉우리에 푸른 골풀이 자라다

• 之 장례행렬이 나아가라　　• 者 배우가 나가라

• 乃 노를 저어라

③ 자의

• 伊 너 이　　　　　　　• 座 자리 좌 [보언]

• 耳 팔대손자 잉　　　　• 高 높은 곳 고 [보언]

• 之 가다 지 [보언]　　　• 青 푸르다 청 [보언]

- 菅 골풀 관 [보언]
- 高青菅 [다음절 보언] 봉우리의 푸른 골풀
- 山 산 산
- 耳山 耳成山의 생략형. [고유명사법] 아이들이 태어나게 해달라
- 者 놈 자 [보언] 배우　　　• 背 등지다 배
- 友 가까이하다 우　　　• 乃 노 젓는 소리 애 [보언]

(10) 大御門 介 宣名倍

① 노랫말: 大御門에서 (日雙황자를) 널리 펴고, 공적을 알리고, 모시라

② 청언: 介 저승바다여 잔잔하라

③ 자의

- 大御門 대어문 [고유명사법] 대왕이 다니시라
- 介 아름다운 모양 이. 이. [청언]　　　• 宣 널리 펴다 선
- 名 공적 명　　　• 倍 모시다 배

(11) 神佐 備立有 名細

① 노랫말: 황자의 영혼을 보좌하고 업적을 좋게 해 (알리라).

② 보언

- 備 의장을 갖추라　　　• 立 낟알을 제수로 바치라
- 有 고기를 제수로 바치라

③ 자의

- 神 귀신 신　　　• 佐 보좌하다 좌
- 備 의장 비 [보언]　　　• 立 낟알 립 [보언] 立=粒
- 有 값비싼 고기를 손에 쥔 모습 유 [보언]
- 名 업적 명

- 細 좋다 세. 細馬=좋은 말

(12) 吉野 乃 山 者 影友 乃

① 노랫말: 吉野의 산 그림자들처럼 가까이 지내라

② 보언

- 乃 노를 저어라 · 者 배우가 나가라 · 乃 노를 저어라

③ 자의

- 吉 상서롭다 길　　　　　· 野 들 야
- 乃 노 젓는 소리 애 [보언]· 山 산
- 者 배우 [보언]　　　　　· 吉野 [고유명사법] 상서롭게 해 달라
- 影 그림자 영　　　　　· 友 가까이 지내다 우
- 乃 노 젓는 소리 애 [보언]

(13) 大御門從雲 居尒曽 遠久 有家留 高知也

① 노랫말: 大御門을 남북으로 오가고 있는 구름이 (남쪽하늘) 멀리 오래도록 (떠 있으며) 위엄을 알림이야.

② 청언: 尒 저승바다여 잔잔하라

③ 보언

- 居 무대에 황자의 무덤을 설치하라 · 曽 시루에 제수를 찌라
- 有 고기를 제수로 바치라　　· 家 마나님 배우가 나가라
- 留 머무르라　　　　　　　· 也 주전자의 물로 손을 씻으라

④ 자의

- 大御門 대어문 [고유명사법] 대왕이 다니시라
- 從 南北 종　　　　　· 雲 구름 운
- 居 무덤 거 [보언]　　· 尒 아름다운 모양 이. 이. [청언]
- 曽 시루에 제수를 찌라 증 [보언]

- 遠 멀다 원. 日雙황자의 무덤이 남쪽 멀리에 있다.
- 久 오래다 구
- 有 값비싼 고기를 손에 쥔 모습 유 [보언]
- 家 마나님, 늙은 여자 가 [보언]　　　・留 머무르다 류 [보언]
- 高 위엄 고　　・知 알리다 지　　・也 주전자 이 [보언]

(14) 天 之 御蔭天知 也

① 노랫말: 하늘 같으신 황자의 음덕임을 하늘에 알리라

② 보언

- 之 장례행렬이 나아가라　　・也 주전자의 물로 손을 씻으라

③ 자의

- 天 하늘 천　　　　　　　・之 가다 지 [보언]
- 御 임금 어　　　　　　　・蔭 음덕 음
- 天 하늘 천　　　　　　　・知 알리다 지
- 也 주전자 이 [보언]

(15) 日 之 御影 乃 水 許曾婆常介有米

① 노랫말: 해와 같은 황자의 그림자가 물에 (항상 어려있음이여).

② 청언: 介 저승바다여 잔잔하라

③ 보언

- 之 장례행렬이 나아가라　　・乃 노를 저어라
- 許 이영차 힘을 내라　　　　・曾 시루에 제수를 찌라
- 婆 할머니 배우가 나가라　　・常 천자의 기가 나가라
- 有 고기를 제수로 바치라　　・米 쌀을 제수로 올리라

④ 자의

- 日 해
- 御 임금 어
- 影 그림자 영
- 水 물 수
- 曽 시루 증 [보언]
- 常 천자의 기 상 [보언]
- 有 값비싼 고기를 손에 쥔 모습 유 [보언]
- 米 쌀 이 [보언]

- 之 가다 지 [보언]
- 日御 日雙황자
- 乃 노 젓는 소리 애 [보언]
- 許 이영차 호 [보언]
- 婆 할머니 파
- 尒 아름다운 모양 이. 이 [청언]

(16) 御 井之 清水

① 노랫말: 황자의 (그림자가 정자꼴로 구획지어 건설한 藤原宮의) 맑은 샘물에 (어림이여).

② 보언: 之 장례행렬이 나아가라

③ 자의

- 御 임금 어. 황자
- 清 맑다 청

- 井 우물 정
- 水 물 수

- 之 가다 지 [보언]

53번가

1) 해독

藤原之大宮都加倍安礼衝哉處女之友者乏吉呂賀聞

등원대궁(藤原大宮)도 거처하고 윗분 모시기에 편안하다

지름길 찾느라 처녀들은 힘이 빠진다
천도를 하례드리옵나니

2) 새 도읍 등원경

등원경으로 천도한 직후의 작품이다. 정어원궁(淨御原宮)과 마찬가지로 윗분 모시기에는 편하나, 처녀들이 지름길 찾느라 고생하고 있다는 다소 유머스러운 내용이다.

지통천황은 694년 12월 아스카 정어원궁(淨御原宮)을 출발하여 천도에 나섰다.

등원경은 오늘날의 나라현 강원시(橿原市)이다.

지통(持統), 문무(文武), 원명(元明)에 이르는 세 명의 천황이 16년간 머물렀다. 등원경은 평성경(平城京)으로 수도를 옮긴 지 1년 후인 711년에 불탔다.

네 방향의 벽은 각각 세 개의 문을 가지고 있었고 남쪽 벽 주작문이 중심문이었다. 52번가에 나오는 대어문(大御門)이 주작문이었던 것으로 보인다.

작자는 불명이다.

해독 근거

(1) 藤原 之 大宮 都 加倍安 礼
① 노랫말: 등원대궁도 살기에 편안하고 모시기 편안하다.

② 보언

- 之 열 지어 나아가라 · 都 감탄하라 · 礼 절하라

③ 자의

- 藤原 [고유명사법] 등나무 넝쿨처럼 다함이 없다. 본 작품의 창작 의도이다.

- 之 가다 지 [보언]
- 都 감탄하다 도 [보언]
- 倍 모시다 배
- 礼 절하다 례 [보언]

- 大宮 대궁
- 加 거처하다(居處-) 가
- 安 편안하다 안

(2) 衝 哉 處女 之 友 者 乏 吉呂

① 노랫말: 지름길 찾아 다니는 처녀들은 힘이 빠짐이여.

② 보언

- 哉 변고가 나라 · 之 장례행렬이 나아가라 · 者 배우가 나가라

③ 자의

- 衝 지름길을 찾아다니다 충
- 處女 처녀
- 友 동아리 우
- 乏 힘이 없다 핍
- 呂 음률 여 [보언]

- 哉 재앙 재 [보언]
- 之 가다 지 [보언]
- 者 놈 자 [보언] 배우
- 吉 제사 길 [보언]

(3) 賀聞

① 노랫말: (천도를) 하례드리옵나니

② 자의

- 賀 하례하다 하
- 聞 아뢰다 문

문무(文武)천황,
아버지 초벽(草壁)황자 묘 참배

54번가

1) 해독

巨勢山乃列々椿都良々々介見乍思奈許湍乃春野乎

거세산(巨勢山)에 아버지가 계시더라, 계시더라
아버지를 잠깐밖에 볼 수 없었기에 서글퍼라
거세(巨勢)는 가 뵈어야 하는 들이라

2) 처음으로 창작일이 표기된 작품이다

　문무(文武)천황이 할머니 태상천황(지통천황)과 함께 아버지 초벽황자의 무덤을 참배했다. 태상천황이 기이국(紀伊國)에 행차한 701년 9월 18일의 작품이다. 처음으로 창작일이 표기된다. 판문인족(坂門人足)이 문무천황을 형식적 작자로 하여 만든 작품이다.

[문무천황의 가계도]

할아버지(40대 천무천황) ─┬─ 할머니(41대 지통천황)

아버지(초벽황자, 662~689) ─┬─ 어머니(43대 원명천황, 661~721)

42대 문무천황(輕황자, 683~707)

56번가와 일련의 작품으로 되어 있다.

따라서 두 작품을 비교법으로 해독해야 풀린다.

해독 근거

(1) 巨勢山 乃 列々 椿 都良 々々介

① 노랫말: 巨勢山에 아버지가 계시더라, 계시더라

② 청언

• 良 길하라   • 介 저승바다여 잔잔하라

③ 보언

• 乃 노를 저어라   • 列々 열 지어서 참배하라

• 都 탄식하라   • 都 탄식하라

④ 자의

• 巨 크다 거   • 勢 권세 세

• 巨勢 [고유명사법] 큰 권세라는 뜻. 큰 권세가 있는 분이 누워있다. 권세가 있는 분은 초벽황자다.   • 山 산

• 乃 노 젓는 소리 애 [보언]   • 列 나란히 서다 열

• 々=同. 同의 異体字=々. 사례: 時時 → 時々

• 椿 아버지 춘. 椿은 大椿이라는 상상 속의 나무로, 아버지를 은유한다.

• 都 감탄하다 도 [보언]   • 良 길하다 량. 라 [청언]

- 尒 아름다운 모양 이. 이 [청언]   • 尒尒尒 =都良尒

(2) 見乍思 奈
① 노랫말: (아버지를) 잠깐밖에 볼 수 없었기에 서글퍼라
② 보언: 奈 능금을 제수로 올리라
③ 자의
- 見 보이다 견
- 乍 잠깐 사. 文武천황은 어려서 아버지 초벽황자를 사별하였다. 그래서 조금밖에 보지 못했다.
- 思 슬퍼하다 사   • 奈 능금나무 나 [보언]

(3) 許湍乃春 野 乎
① 노랫말: (巨勢는 가 뵈어야 하는) 들이라
② 보언
- 許 노 젓는 소리 애   • 湍 여울 단
- 乃 노를 저어라
- 許湍乃 힘차게 여울을 노 저어 건너라
- 春 떨쳐나가라   • 乎 탄식하라
③ 자의
- 許 이영차 호 [보언]   • 湍 여울 단 [보언]
- 乃 노 젓는 소리 애 [보언]
- 許湍乃 [다음절 보언] 여울을 힘차게 노 저어가다
- 春 떨쳐나가다 준 [보언] 창작시기가 9월이다. 春이 봄으로 해독되지 않는다는 사실을 입증하는 작품이다.
- 野 들 야   • 乎 감탄사 호 [보언]

55번가

1) 해독

朝毛吉木人乏母亦打山行來跡見良武樹人友師母

조정의 사람들이 지쳤으나 또 산으로 간다
아버지의 생전공적을 드러내리라
후손과 사람들이 그대를 스승으로 삼으리

2) 잦은 초벽황자 묘 행차

　태상천황(지통천황)이 기이국(紀伊國)에 행차한 701년 9월의 작품이다. 중도에 초벽황자 묘를 참배했다. 지통천황의 재임기간 중 30여 회의 길야(吉野) 행차가 이루어진다. 4개월에 1회꼴이다. 잦은 길야 행차는 초벽황자의 묘를 참배하기 위해서로 보인다.
　작자는 조수담해(調首淡海)이다.

해독 근거

　(1) 朝 毛 吉 木 人 乏 母 亦 打 山 行 來
　① 노랫말: 조정의 사람들이 지쳐있으나 또 산으로 간다.
　② 보언

- 毛 수염 배우가 나가라
- 木 관이 나가라
- 打 관이 나가라

③ 자의

- 朝 조정 조
- 吉 제사 길 [보언]
- 人 사람 인
- 母 어머니뻘의 여자 모 [보언]
- 打 打=押, 押은 상자 갑 [보언] 관으로 해독한다
- 山 산 산
- 來 보리 래 [보언]

- 吉 제사를 지내라
- 母 어머니뻘의 여자가 나가라
- 來 보리제수를 올리라

- 毛 털 모 [보언] 수염 배우
- 木 관 목 [보언]
- 乏 지치다 핍
- 亦 또 역

- 行 가다 행

(2) 跡見 良

① 노랫말: (아버지의) 생전공적을 드러내리라
② 청언: 良 길하라
③ 자의
- 跡 공적 적 · 見 드러나다 견 · 良 길하다 량. 라 [청언]

(3) 武 樹人友師 母

① 노랫말: 후손과 다른 사람들이 (아버지를) 스승으로 삼으리
② 보언
- 武 무사가 나가라   · 母 어머니뻘의 여자가 나가라
③ 자의
- 武 무사 무 [보언]   · 樹 나무 수. 후손
- 人 사람 인   · 友 동아리 우

- 師 스승으로 삼다 사   • 母 어머니뻘의 여자 모 [보언]

56번가

1) 해독

河上乃列々椿都良々々尒雖見安可受巨勢能春野者

큰 권세를 가지셨던 분이 강 위에 누워 계신다
아버지더라, 아버지더라
비록 잠깐이나마 아버지를 뵈오면 즐거움을 얻으실 것이다
거세(去勢)는 응당 찾아 뵈어야 하는 들

2) 부자유친

　문무천황이 할머니 태상천황(지통천황)과 함께 아버지 무덤을 참배했
을 때의 작품이다.
　판문인족(坂門人足)이 문무천황을 형식적 작자로 하여 만든 작품이다.
54번가와 함께 비교법으로 해독해야만 본 작품 해독이 가능하다.
　현재까지 만엽집 해독이 이루어지지 않아 일본 고대사의 진실된 모
습을 알 수 없었다. 일본의 고대사는 일본서기를 통해 객관적 사실을
알 수 있다. 그러나 만엽집 속에 들어 있는 초벽황자에 대한 눈물향가
를 검토하면 일본서기보다 더 충실한 역사적 사실을 기록하고 있음을

알 수 있다. 필자는 만엽집과 일본서기 중 하나만 선택하라고 한다면 만엽집이 더 소중하다고 할 것이다. 인간의 진실된 이야기가 있기 때문이다.

일본서기는 지통천황이 문무천황에게 양위함으로써 끝을 맺었다. 그러기에 지통천황에 대한 사실은 만엽집이 가장 충실한 사료일 수 있다.

해독 근거

(1) 河上 乃列々

① 노랫말: (큰 권세를 가지셨던 분이) 강 위에 (누워 계신다)

② 보언

• 乃 노를 저어라　　　　　• 列 늘어서라

• 々 늘어서라

③ 자의

• 河 강 하　　　　　　　　• 上 위 상

• 乃 노 젓는 소리 애 [보언]　• 列 늘어서다 열 [보언]

• 々=列 [보언]

(2) 椿 都良々々介

① 노랫말: 아버지더라, 아버지더라

② 청언

• 良 길하라　　　　　　　• 介 저승바다여 잔잔하라

③ 보언: 都 탄식하라

④ 자의

- 椿 아버지 춘
- 良 길하다 량. 라 [청언]
- 々=良 [청언]

- 都 감탄사 도 [보언]
- 々=都 [보언]
- 介 아름다운 모양. 이 [청언]

(3) 雖見安可受

① 노랫말: (비록 잠깐이나마 아버지를) 뵈어 즐거움을 드린다.

② 보언

- 雖 도마뱀붙이가 나가라
- 可 칸이 나가라

③ 자의

- 雖 도마뱀붙이 수 [보언]
- 見 보이다 견
- 安 즐거움에 빠지다 안
- 可 오랑캐 임금의 이름 극 [보언] 칸. 여기서는 초벽황자 역의 배우다.
- 受 받다 수. 受는 授의 의미로도 쓰인다.

(4) 巨勢能春野 者

① 노랫말: 巨勢는 응당 (뵈어야 하는) 들.

② 보언

- 春 떨쳐나가라
- 者 배우가 나가라

③ 자의

- 巨勢 큰 권세. [고유명사법] 초벽황자로 해독한다. 초벽황자릉이 巨勢山 줄기에 묻혀 있다.
- 能 화목하게 지내다 능
- 春 떨쳐 일어나다 준 [보언]
- 野 들 야
- 者 놈 자 [보언] 배우

초벽(草壁)황자, 해로 떠오르다

57번가

1) 해독

引馬野尒仁保布榛原入亂衣尒保波勢多鼻能知師尒

수레를 끄는 말이 들에 가고 있다
천황을 지키는 관리들이 잡목 숲 우거진 들판에 들어가면 어지러운 숲에 옷이 가려지나니
권세 있으시던 분의 생전업적을 응당 알리고, 스승으로 삼으리

2) 삼하국(參河國)에 가서 초벽황자를 찾다

 태상천황(지통천황)이 702년 10월 10일 삼하국(미카와, 參河國)에 행차했을 때의 작품이다.
 지통천황이 아들 초벽황자를 보기 위해 일출이 있는 이세에서 더 동으로 동으로 나가 급기야 삼하국(미카와, 參河國)에 이르고 있다.
 '태상천황(지통천황)을 지키는 신하들이 잡목 숲 (우거진) 들판에 들어

가니 어지러운 (숲에) 옷이 가려진다'는 부분의 뜻은 '숲에 옷이 가려지 듯 초벽황자도 죽고나니 보이지 않는다'는 뜻을 의미하고 있다. 비유법 이 잘 구사되었다.

작자는 장기촌의길마려(長忌寸意吉麻呂)이다.

해독 근거

(1) 引馬野 介
① 노랫말: 수레를 끄는 말이 거친 들에 (가고 있다).
② 청언: 介 저승바다여 잔잔하라
③ 자의
- 引 (수레를) 끌다 인   - 馬 말 마
- 野 들 야   - 介 아름다운 모양 이. 이 [청언]

(2) 仁保布榛原入
① 노랫말: 어진 분을 지키는 관복 입은 사람들이 잡목숲 (우거진) 들 판에 들어가니
② 자의
- 仁 어질다 인. 지통천황으로 해독   - 保 지키다 보
- 布 베 포. 관복 입은 사람으로 해독한다.
- 榛 잡목 숲 진   - 原 들판 원
- 入 들어가다 입

(3) 亂衣 介 保 波

① 노랫말: 어지러운 (잡목 숲에) 옷이 가려지나니

② 청언: 介 저승바다여 잔잔하라

③ 보언: 波 파도가 치라

④ 자의

- 亂 어지럽다 난
- 衣 옷 의
- 介 아름다운 모양 이. 이 [청언]
- 保 지키다 보. 망인을 지키다
- 波 파도 파 [보언]

(4) 勢 多鼻 能知 師 介

① 노랫말: 권세 있으시던 분의 (생전업적을) 응당 알리고, 스승으로 (삼으리).

② 청언: 介 저승바다여 잔잔하라

③ 보언: 多鼻 많은 사람들이 코를 훌쩍이며 운다

④ 자의

- 勢 세력 세. 초벽황자로 해독
- 多 많다 다
- 鼻 코 비 [보언]
- 多鼻 [다음절 보언] 많은 사람들이 콧물을 훌쩍이며 울다
- 能 응당~하다 능　　• 知 알리다 지
- 師 스승으로 삼다 사　• 介 아름다운 모양 이. 이 [청언]

58번가

1) 해독

何所尒可船泊為良武安礼乃埼榜多味行之棚無小舟

언제 배가 정박하였던가
어찌해 해안머리에 노 저어 가고 있는가
누각이 없는 작은 배

2) 작은 배, 노저어 가고 있다

　태상천황(지통천황)이 702년 10월 10일 삼하국(미카와, 參河國)에 행차했을 때의 작품이다. 작자는 고시흑인(高市黒人)이다.

해독 근거

　(1) 何 所尒可 船泊 為良
　① 노랫말: 언제 배가 정박을 하였어라
　② 청언
　· 尒 저승바다여 잔잔하라　· 良 길하라
　③ 보언
　· 所 무대에 관아를 설치하라 · 可 칸이 나가라

- 爲 가장하고 나가라

④ 자의

- 何 언제 하
- 所 관아 소 [보언]
- 介 아름다운 모양 이. 이 [청언]
- 可 오랑캐 임금의 이름, 군주의 칭호 극. 칸 [보언]
- 船 배 선
- 泊 정박하다 박
- 爲 가장하다 위 [보언]
- 良 길하다 량. 라 [청언]

〈小舟, 경주 금령총 출토 배(舟) 모양 토기. 영혼을 저승으로 데려다 주는 배와 뱃사공, 6세기. 경주박물관〉

(2) 武 安 礼 乃 埼 榜 多味 行 之 棚無小舟

① 노랫말: 어찌 해안머리에 노 저어 가는가, 누각이 없는 작은 배.

② 보언

- 武 저승 무사가 나가라
- 礼 절하라
- 乃 노를 저어라
- 多味 많은 사람들이 제수를 차려 올려 맛을 보게 하라

③ 자의

- 武 무사 무 [보언]
- 安 어찌 안
- 礼 절하다 례 [보언]
- 乃 노 젓는 소리 애 [보언]
- 埼 해안머리 기
- 榜 노를 젓다 방

- 多 많다 다 [보언]　　　　• 味 맛보다 미 [보언]
- 多味 [다음절 보언] 많은 사람들이 제수를 차려 올려 맛을 보게
  하다.
- 行 가다 행　　　　• 之 가다 지 [보언]
- 棚 누각(樓閣) 붕　　• 無 없다 무
- 小 작다 소　　　　• 舟 배 주

59번가

1) 해독

流經妻吹風之寒夜尒吾勢能君者獨香宿良武

그대가 저승길을 떠돌며 간다, 바람 불고 추운 밤에
우리의 권세 있으셨던 분께서는 능히 홀로 잘 수 있으리
그대여 홀로 자야 하리

2) 그대여 홀로 자야 하리

　초벽황자에 대한 눈물향가다.
　예사(譽謝)여왕의 작품이다.
　이하 59, 60, 61번가 3작품도 같은 때의 작품이다.

해독 근거

(1) 流 經 妻吹 風 之 寒夜 介
① 노랫말: (그대가) 저승길을 간다, 바람 불고 추운 밤에.
② 청언: 介 저승바다여 잔잔하라
③ 보언
- 流 떠돌라　　　　　- 妻吹 처가 손에 입김을 불라
- 之 장례행렬이 나아가라
④ 자의
- 流 떠돌다 류 [보언]　- 經 길 경
- 妻 아내 처 [보언]
- 妻吹 [다음절 보언] 처가 손에 입김을 불다. 작품 내용으로 보아
  譽謝여왕이 초벽황자의 여인이었을 수도 있다.
- 風 바람이 불다 풍　- 之 가다 지 [보언]
- 寒 춥다 한　　　　- 夜 밤 야
- 介 아름다운 모양 이. 이 [청언]

(2) 吾勢能
① 노랫말: 나의 권세 있는 분께서는 능히 (홀로 잘 수 있으리)
② 자의
- 吾 나 오　　　　　- 勢 권세 세. 초벽황자로 해독
- 能 능(能)히 할 수 있다 능

(3) 君 者 獨 香 宿 良武
① 노랫말: 그대는 홀로 자야 함이라

② 청언: 良 길하라

③ 보언

- 者 배우가 나가라　　• 香 향을 피우라
- 武 저승 무사가 나가라

④ 자의

- 君 그대 군　　　　　• 者 놈 자 [보언] 배우
- 獨 홀로 독　　　　　• 香 향 향 [보언]
- 宿 자다 숙　　　　　• 良 길하다 량. 라 [청언]
- 武 무사 무 [보언]

60번가

1) 해독

暮相而朝面無美隱尒加氣長妹之廬利爲里計武

날이 저무는데 조정에 그분의 얼굴이 없어졌다.
그분의 생전공적을 꾸미는 작품을 추가한다.
초벽황자의 생기를 오래 가게 하여 사리 모르는 여인(지통천황)을 이롭
게 하여 주리

[일본식 해독]
저녁에 만나서 아침엔 부끄러워 숨는 나바리(名張) 며칠이나 아내는 불편한 잠자
겠지

2) 향가로 지통천황을 이롭게 하리

향가는 망자가 저승으로 떠나지 못하게 붙잡는 마력의 힘이 있다.

본 작품의 내용에 '초벽황자의 생기를 오래 가게 하여 사리 모르는 여인(지통천황)을 이롭게 하여 주리'라고 하고 있다. 눈물향가를 불러서 초벽황자의 영혼이 오래도록 이 땅에 머무르게 함으로써 지통천황을 위로하겠다는 작자의 의지가 표현되고 있다.

59, 60, 61번가 모두 초벽황자를 위한 눈물향가다.

같은 때의 작품들로 판단된다.

작자는 장(長)황자(?~715)이다. 초벽황자의 이복동생이다.

해독 근거

(1) 暮 相而 朝面無

① 노랫말: 날이 저무는데 조정에 (초벽황자의) 얼굴이 없어졌다.

② 보언

• 相 푸닥거리하라   • 而 구레나룻 배우가 나가라

③ 자의

• 暮 저물다 모   • 相 푸닥거리하다 양 [보언]

• 而 구레나룻 이 [보언] • 朝 조정 조

• 面 얼굴 면   • 無 없다 무

(2) 美 隱介 加氣長妹 之盧 利 爲里計武

① 노랫말: (그 분의 생전공적을) 꾸미는 (작품을) 추가한다. (초벽황자의) 생기를 오래 가게 하여 세상 이치 모르는 여인(=지통천황)을 이롭게 (하여 주리).

② 청언
- 介 저승바다여 잔잔하라
- 隱 가엾어 하라
- 里 이웃이 되게 해달라

③ 보언
- 之 장례행렬이 나아가라
- 盧 여막을 지으라
- 爲 가장하라
- 計 1에서 10까지 말(言)로 셈하라
- 武 저승 무사가 나가라

④ 자의
- 美 아름답다 미
- 隱 가여워하다 은. 은 [청언]
- 介 아름다운 모양 이. 이 [청언]
- 加 더하다 가
- 氣 기운 기
- 長 길다 장
- 妹 사리에 어둡다 매. 妹=昧 해독. 지통천황
- 之 가다 지 [보언]
- 盧 여막 려 [보언]
- 利 이롭다 리
- 爲 가장하다 위
- 里 이웃 리. 리 [청언]
- 計 1에서 10까지 말(言)로 셈한다 계 [보언] 열까지 저승 무사를 세다.
- 武 무사 무 [보언]

61번가

1) 해독

大夫之得物矢手挿立向射流圓方波見尒淸潔之

대부께서 가신다
저승가는 길 하늘과 땅을 살펴 보니 하늘은 맑고 땅은 깨끗하다

2) 명현(鳴弦) 의식의 뿌리

본 작품 역시 초벽황자를 위한 눈물향가다. 사인낭자(舍人娘子)가 지통천황을 수행하며 지은 작품이다. 59, 60, 61번가 모두 같은 때 만들어진 작품들로 판단된다.

본 작품에 나오는 '之'라는 문자는 '장례행렬이 열 지어 나아간다'는 뜻이다. '之'를 알아야 본 작품에 대한 의미 파악이 가능하다.
문자 '之'가 그림으로 그려져 있는 것이 경주에서 발굴된 행렬도이다.
토기에 그려진 행렬도에는 활 쏘는 사수 두 명이 화살로 사슴을 겨누고 있다.
본 작품에서 행렬도에 해당되는 활 쏘는 사수는 '射(쏘다)'이다.
사기를 쫓기 위해 빈 활을 쏘는 행위다. 활을 쏘는 행위는 고대인들에게는 깊은 의미가 있었을 것이고, 일본에서는 명현(鳴弦)으로 전해져 오는 것으로 보인다.

해독 근거

(1) 大夫 之 得物矢手挿 立向 射 流

① 노랫말: 대부께서 (가신다).

② 보언

- 之 장례행렬이 나아가라
- 得物 활 쏘는 자리를 잡으라
- 矢手挿 화살을 손에 잡아 끼우라
- 立 낟알을 제수로 올리라
- 向 제사를 지내라
- 射 대부를 향해 쏘라
- 流 떠돌라

③ 자의

- 大夫 대부. 초벽황자
- 之 가다 지 [보언]
- 得 얻다 득 [보언]
- 物 활 쏘는 자리 물 [보언]
- 得物 [다음절 보언] '활 쏘는 자리를 얻다'로 해독
- 矢 화살 시 [보언]
- 手 손으로 잡다 수 [보언]
- 挿 끼우다 삽 [보언]
- 立 낟알 립 [보언] 立=粒
- 向 제사를 지내다 향 [보언]
- 射 쏘다 사 [보언]
- 得物 矢手挿 立向 射 활 쏘는 자리를 잡고, 화살을 손으로 잡아 끼워 (대부를) 향해 쏘다. 鳴弦행위다.
- 流 떠돌다 류 [보언]

(2) 圓方 波 見 介 清潔 之

원문	圓	方	波	見	介	清	潔	之
노랫말	圓	方		見		清	潔	
청언					介			
보언			波					之

① 노랫말: 하늘과 땅을 보니 맑고 깨끗하다.

② 청언: 介 저승바다여 잔잔하라

③ 보언

- 波 파도가 치다
- 之 장례행렬이 나아가라

④ 자의

- 圓 둥글다 원. 하늘
- 方 네모 방. 땅
- 圓方 (하늘은) 둥글고 (땅은) 네모나다.
- 波 파도 파 [보언]
- 見 보다 견
- 介 아름다운 모양 이. 이 [청언]
- 淸 맑다 청
- 潔 깨끗하다 결
- 淸潔 저승가는 길 하늘은 맑고, 바다는 파도가 잔잔하다.
- 之 가다 지 [보언]

62번가

1) 해독

在根良對馬乃渡々中介幣取向而早還許年

물을 건너감이라, 대마(對馬)로
물 건너 가는 중에 돈을 벌어 서둘러 돌아오라

2) 만엽향가의 여황, 지통.

만엽집 권제1의 주인공은 단연 초벽황자다. 28편(35~62번가)의 작품들이 그를 위해 만들어졌다. 이렇게 다수의 작품이 만들어진 것은 어머니 지통천황의 영향력과 아들 잃은 어머니의 애절한 마음 아래서 가능했을 것이다. 향가는 지통천황에게 종교에 해당되었다. 그녀는 향가를 통해 사랑하는 아들을 보호할 수 있었고, 상처받은 마음을 위로받을 수 있었다. 지통천황은 향가의 힘을 천황가는 물론 일본 각계에서 믿도록 했고, 적극 수용하도록 했다. 향가는 그녀를 통해 만개하였다. 그래서 필자는 지통천황을 '만엽향가의 여황'이라고 한다.

[702년 전후 주요 연대기]
697년 초벽황자의 아들 경(輕)황자 즉위. 문무천황
702년 6월 삼야(三野)가 당나라로 출발
702년 12월 22일 지통천황, 사망
704년 삼야(三野)가 당나라에서 귀국

삼야(三野)가 702년 6월 당나라로 갔었다. 이때 춘일장수로(春日藏首老)가 만든 작품이다.

필자는 해독 초기 본 작품이 만엽집 권제1에서 천황가와 관련이 없는 최초의 작품이라고 생각했었으나, 잘못된 판단이었다. 본 작품 역시 초벽황자에 대한 눈물가로 보아야 했다.

작자 춘일장수로(春日藏首老)가 당나라로 가는 삼야(三野)에게 물 건너가 오래 있지 말고 '초벽황자에게 줄 노잣돈을 급히 벌어오라'는 취지로 만든 것이었다. 그랬던 것이 마치 예언이나 한 것처럼 지통천황이 사망하게 되어 급거 귀국하게 되었다. 그래서 본 작품을 권제1에 수록하였을 것이다.

　삼야(三野)는 704년 지통천황 사망 이후 귀국하게 된다.

　참고로 삼야(三野)가 당나라에 갔을 무렵 만엽향가의 주요 가인 중 한 사람인 산상억량(山上憶良)도 당나라에 간다.

해독 근거

　(1) 在根良 對馬 乃 渡
　① 노랫말: 대마도에 물을 건너감이라
　② 청언: 良 길하라
　③ 보언
　・ 在 무대에 현재 있는 장소를 설치하라
　・ 根 뿌리 제수를 바치라
　・ 乃 노를 저어라
　④ 자의
　・ 在 장소 재 [보언]　　　・ 根 뿌리 근 [보언]
　・ 良 길하다 량. 라 [청언]　・ 對 마주하다 대
　・ 馬 말 마
　・ 對馬 [고유명사법] 말을 마주하고 있다가 바로 타고 오듯이 곧바로 돌아오라는 뜻
　・ 乃 노 젓는 소리 애 [보언]
　・ 渡 물을 건너다 도

(2) 々中 介 幣取 向而 早還 許年

① 노랫말: 물 건너가는 중에 돈을 취해 서둘러 돌아오라

② 청언: 介 바다여 잔잔하라

③ 보언

- 向 제사를 지내라　　• 而 구레나룻 배우가 나가라
- 許 어영차 힘을 내라　• 年 잘 익은 오곡 제수를 바치라

④ 자의

- 々=渡=물을 건너다　• 中 가운데 중
- 介 아름다운 모양 이. 이 [청언]　　• 幣 화폐, 재물 폐
- 取 가지다 취　　• 向 제사를 지내다 향 [보언]
- 而 구레나룻 이 [보언]　• 早 서두르다 조
- 還 돌아오다 환　　• 許 이영차 호 [보언]
- 年 잘 익은 오곡 년 [보언]

지통(持統)천황 사망, 왜인들은 그대를 기억하리

63번가

1) 해독

去來子等早日本邊大伴乃御津乃濱松待戀奴良武

가는 당신들, 서둘러 일본 바닷가로
천무천황의 큰 반려자이셨던 지통천황께서 거둥하여 나루로 가신다
나는 물가의 소나무에 기대어 그대를 그리워하노라

2) 지통천황 사망

　산상억량(山上憶良, 660~738)이 당나라에 파견되었을 때 지은 작품이다.
　산상억량은 삼야(三野)와 같은 때 당나라에 갔다. 702년 12월 22일 지통천황이 사망하자 함께 당나라에 가 있던 이들 중 몇이 서둘러 귀국하게 되었다.
　산상억량이 지통천황에 대한 눈물향가로 본 작품을 만들어 귀국하는 인편에 들려 보냈을 것이다.

697년 8월 초벽황자의 아들 문무천황(지통천황의 손자) 즉위

702년 6월 삼야, 당나라로 출발

702년 12월 22일 지통천황 사망. 1년여의 기간을 거쳐 천무천황의 능에 합장

704년. 삼야가 당나라에서 귀국

작자 산상억량은 660년생이며 721년에는 성무(聖武)천황의 교육담당과 726년에는 축전수(筑前守, 지금의 후쿠오카현 지방장관)로 부임하였다. 731년 퇴임하고, 738년 사망했다.

해독 근거

(1) 去 來 子等早日本邊

① 노랫말: 가는 당신들, 서둘러 일본 바닷가로

② 보언: 來 보리 제수를 올리라

③ 자의

• 去 가다 거   • 來 보리 래 [보언]

• 子 사람 자   • 等 무리 등

• 早 서두르다 조   • 日 일본

• 本 초목의 줄기 본

• 日本 [고유명사법] 지통천황은 일본의 기둥이라는 의미

• 邊 국경, 가 변

(2) 大伴 乃 御津 乃

① 노랫말: (천무천황의) 큰 반려자께서 거둥하여 나루로 (가신다).

② 보언

- 乃 노를 저어라　　　　　・ 乃 노를 저어라

③ 자의

- 大伴 큰 반려. 지통천황으로 해독　・ 乃 노 젓는 소리 애 [보언]

- 御 거둥하다 어

- 津 나루 진. 저승배가 정박하는 나루

- 乃 노 젓는 소리 애 [보언]

(3) 濱松待戀 奴良武

① 노랫말: (나는) 물가 소나무에 기대어 (그대를) 그리워하노라

② 청언: 良 길하도록 해달라

③ 보언

- 奴 노비가 나가라　　・ 武 저승 무사가 나가라

④ 자의

- 濱 물가 빈　　　　・ 松 소나무 송

- 待 기대다 대　　　・ 戀 그리다 련

- 奴 사내종 노 [보언]　・ 良 길하다 량. 라 [청언]

- 戀奴良=그리워하노라. 산상억량이 한반도 언어를 구사하고 있다
  는 자료

- 武 무사 무 [보언]

64번가

1) 해독

葦邊行鴨之羽我比尓霜零而寒暮夕倭之所念

그대(지통천황)께서 갈대밭 가를 지나간다
오리가 고집스럽게 줄 지어 날아간다
서리 내리는 추운 겨울, 날이 저물어 밤이 되었다
유순한 왜나라의 사람들은 그대를 기억할 것이다

2) 지통천황 눈물향가

지통천황을 위한 눈물향가다.

작자는 지귀(志貴)황자다. 천지천황의 5황자다.

[지귀(志貴)황자의 가족관계]

천지천황 ┬─ 越道君伊羅都賣娘
　　　　│
　　　지귀황자(668~716)
　　　　│
　　　광인천황

해독 근거

(1) 葦邊行
① 노랫말: (그대께서) 갈대가 무성한 변방으로 가신다.
② 자의
• 葦 갈대 위　　• 邊 변방 변　　• 行 가다 행

(2) 鴨 之 羽我比 介
① 노랫말: 오리가 날갯짓을 하며 고집스럽게 나란히 (날아간다).
② 청언: 介 저승바다여 잔잔하라
③ 보언: 之 장례행렬이 나아가라
④ 자의
• 鴨 오리 압. 지통천황의 은유 • 之 가다 지 [보언]
• 羽 깃 우　　　　　　　　• 我 외고집 아
• 比 나란히 하다 비　　　　• 介 아름다운 모양 이. 이 [청언]

(3) 霜零 而 寒暮夕
① 노랫말: 서리 내리는 추운 겨울, 날이 저물어 밤이 되었다
② 보언: 而 구레나룻 배우가 나가라
③ 자의
• 霜 서리 상　　　　　　• 零 떨어지다 령
• 而 구레나룻 이 [보언]　• 寒 춥다 한
• 暮 날이 저물다 모　　　• 夕 저녁 석

(4) 倭 之所 念

① 노랫말: 왜국의 (유순한 사람들은 그대를) 기억할 것이다.

② 보언

- 之 장례행렬이 나아가라   • 所 무대에 관아를 설치하라

③ 자의

- 倭 왜나라 왜. 유순하다 위. [고유명사법] 유순하다는 의미로 해 독한다.

- 之 가다 지 [보언]   • 所 관아 소 [보언]

- 念 기억하다 념

65번가

1) 해독

霰打安良礼松原住吉乃弟日娘與見礼常不飽香聞

싸라기 눈 속에 계시더라도 편안하시리라
그대는 벌판에 계신다
동생과 초벽황자의 여자들과 함께 항상 그대를 뵈리라
아무리 들어도 물리지 않으실 생전의 업적을 그대에게 아뢰리

2) 싸라기 눈 속일지라도 편안하시리라

지통천황은 702년 12월 사망하였고 1년여의 기간을 거쳐 703년 12

월 화장되어 남편 천무천황의 능에 합장되었다.

지통천황에 대한 장(長)황자의 눈물가다. '워낙 힘든 생애를 사시다보니 비록 싸라기 눈 속에 누워 있다 하더라도 편안하실 것이다'라는 뜻의 작품이다. 지통천황은 한겨울인 702년 12월 22일 사망하였다.

[長황자와 지통천황의 가족관계]

- 천무천황의 황후: 지통천황(645~702.12.22)의 아들 초벽황자
- 천무천황의 비: 대강(大江)황녀의 아들 장(長)황자(?~715), 궁삭(弓削) 황자

해독 근거

(1) 霰 打 安 良礼
① 노랫말: 싸라기 눈 (속에 계시더라도) 편안하시리라
② 청언: 良 길하라
③ 보언
- 打 관이 나가라   · 礼 절하라
④ 자의
- 霰 싸라기눈 산
- 打=押 상자(箱子) 갑 [보언] 관으로 해독
- 安 편안하다 안   · 良 길하다 량. 라 [청언]
- 礼 절하다 례 [보언]

(2) 松 原住 吉乃

① 노랫말: (그대는) 벌판에 계신다.

② 보언

- 松 관이 나가라 · 吉 제사를 지내라 · 乃 노를 저어라

③ 자의

- 松 소나무 송 [보언] 木+公. 관 속에 계시는 분
- 原 벌판 원　　　　　· 住 살다, 거주하다(居住-) 주
- 吉 제사 길 [보언]　　· 乃 노 젓는 소리 애 [보언]

(3) 弟日娘 與 見 礼常

① 노랫말: 동생과 日雙황자의 여자들과 함께 (항상 그대를) 뵈리라

② 보언

- 礼 절하라　　　　　· 常 천자의 기가 나가라

③ 자의

- 弟 아우 제. 궁삭(弓削)황자 등 아우 황자들로 해독한다.
- 日 일쌍황자　　　　· 娘 여자 낭
- 日娘 日雙황자의 여자　· 與 동아리 여 [보언]
- 見 보이다 견　　　　· 礼 절하다 레 [보언]
- 常 천자의 기 [보언]

(4) 不飽 香 聞

① 노랫말: (아무리 들어도) 물리지 않으실 (생전의 업적을 그대에게) 아뢸 것이다.

② 보언: 香 향을 피우라

③ 자의

- 不 아니다 불　　　　· 飽 물리다 포

- 香 향 향 [보언]   - 聞 아뢰다 문

66번가

1) 해독

大伴乃高師能濱乃松之根乎枕宿杼家之所偲由

천무천황의 큰 반려이셨던 높으신 스승께서는 저승배가 베틀의 북처럼 들락날락하더라도 배에 타지 않고 응당 바닷가에 편히 드러누워 잠을 주무실 것이다.
생전에 굳센 분이셨다.

2) 큰 반려라고 불렸던 여인

　문무천황이 706년 난파궁(難波宮)에 행차했을 때의 노래라고 한다.
　지통천황께서는 천무천황의 정치적 반려이셨고, 어떤 일에도 눈 하나 깜짝하지 않았던 굳센 분이셨다는 내용이다.
　지통천황은 천무천황의 아내이자 정치적 동지로서 생사와 고락을 같이 하였다. 천무천황이 황자였을 때 천지천황이 후계를 아들 대우(大友)황자에게 넘기려 하자 정치적 위기를 느낀 내해인황자는 길야로 은둔해 위기를 피했다. 그 때 여러 명의 비 중 유일하게 대해인황자와 함께 길야에 따라 갔고, 임신의 난이 발발했을 때 천무천황의 승리에 크

게 조력하였다. 임신의 난에서 천무천황의 공이 50%라면 그녀의 공이 50%라고 한다. 치시동인(置始東人) 작이다.

해독 근거

(1) 大伴 乃 高師能濱 乃松之根乎 枕宿 杼

① 노랫말: 천무천황의 큰 반려분이셨던 높으신 스승께서는 저승배가 베틀의 북처럼 들락날락 하더라도 타지않고 응당 바닷가에 드러누워 잠을 주무실 것이다.

② 보언
- 乃 노를 저어라
- 之 장례행렬이 나아가라
- 乎 탄식하라
- 松 관이 나가라
- 根 뿌리 제수를 올리라
- 杼 북처럼 왔다갔다 하라

③ 자의
- 大伴 큰 반려. 지통천황
- 高 높다 고
- 能 응당 ~해야 한다 능
- 乃 노 젓는 소리 애 [보언]
- 之 가다 지 [보언]
- 乎 감탄사 호 [보언]
- 宿 자다 숙
- 乃 노 젓는 소리 애 [보언]
- 師 스승 사
- 濱 물가 빈
- 松= 木+公 관 속의 사람 [보언]
- 根 뿌리 근 [보언]
- 枕 드러눕다 침
- 杼 북 저 [보언] 저승배가 지통천황을 싣고 가려고 베틀의 북처럼 왔다 갔다 한다.

(2) 家之所 偲 由

① 노랫말: (생전에) 굳센 (분이셨다).

② 보언

- 家 마나님 배우가 나가라   • 之 장례행렬이 나아가라
- 所 관아를 설치하라   • 由 여자가 나가 웃는 모양을 지으라

③ 자의

- 家 마나님, 늙은 여자 가 [보언] 지통천황
- 之 가다 지 [보언]   • 所 관아 소 [보언]
- 偲 굳세다 시
- 由 여자의 웃는 모양 요 [보언] 저승배를 보고도 별것 아닌 것처럼 웃다.

67번가

1) 해독

旅尒之而物戀之伎□ … □鳴毛不所聞有世者孤悲而死萬思孤悲而死萬思

그대께서 여행길을 떠나셨다
사람들이 그대를 그리워 하며 … 우느라 생전공적을 아뢰지 못하고 있다
그대가 떠나가니 외롭고 비통하여 죽을 정도로 일만 명이 슬퍼한다

2) 일만 명이 슬퍼한다

작자는 고안대도(高安大嶋)이다.
지통·천황에 대한 눈물향가다.
결락 문자가 있는 작품이다.

해독 근거

(1) 旅 介之而
① 노랫말: 여행길을 떠나간다.
② 청언: 介 저승바다여 잔잔하라
③ 보언
- 之 장례행렬이 나아가라
- 而 구레나룻 배우가 나가라
④ 자의
- 旅 여행하다 려
- 介 아름다운 모양 이. 이 [청언]
- 之 가다 지 [보언]
- 而 구레나룻 이 [보언]

(2) 物戀 之伎 □ … □ 鳴 毛 不 所 聞 有世者
① 노랫말: 사람들이 (그대를) 그리워하며 … 우느라 아뢰지 못하고
(있다).
② 보언
- 之 장례행렬이 나아가라
- 伎 광대가 나가라
- 毛 수염배우가 나가라
- 所 무대에 관아를 설치하라
- 有 고기 제수를 올리라
- 世者 삼십 명의 배우가 나가라

③ 자의

- 物 사람 물
- 戀 그리다 련
- 之 가다 지 [보언]
- 伎 광대 기 [보언]
- □ … □결락문자. 해독 불가
- 鳴 울다 명
- 毛 털 모 [보언] 수염 배우
- 不 아니다 불
- 所 관아 소 [보언]
- 聞 아뢰다 문
- 有 값비싼 고기를 손에 쥔 모습 유 [보언]
- 世=卋의 本字. 三十
- 者 놈 자 [보언] 배우

(3) 孤悲 而 死萬思

① 노랫말: (그대가 떠나가니) 외롭고 비통하여 죽을 정도로 일만 명이 슬퍼한다.

② 보언: 而 구레나룻 배우가 나가라

③ 자의

- 孤 외롭다 고
- 悲 슬프다 비
- 而 구레나룻 이 [보언]
- 死 죽다 사
- 萬 일만 만
- 思 슬퍼하다 사

68번가

1) 해독

大伴乃美津能濱尒有忘貝家尒有妹乎忘而念哉

천무천황의 큰 반려이셨던 지통천황의 공적을 아름답게 꾸며 알리라
저승의 뱃사공들은 응당 물가에 와서 나루터가 어디에 있는지 잊어버
려야 하고
사리에 어두운 여인께서도 저승배 타는 나루터가 어디에 있는지 응당
잊어 버려야 할 것이다
그러나 우리는 그대를 기억하리라

2) 사리에 어두운 여자라 불러도 좋다

지통천황은 국사(國事)까지 뒤로 밀치고 아들 초벽황자를 찾아 다녔
다. 그래서 신하들은 '사리에 어두운 여자(妹)'라고 별명을 지었다.
천황은 아마도 대답했을 것이다.
너희들이 나를 사리에 어두운 여자라 불러도 좋다. 나만큼 뜨겁게
자식사랑 해본 적 있었던가.
지통천황에 대한 눈물향가다.
신인부왕(身人部王) 작이다.

해독 근거

(1) 大伴 乃 美
① 노랫말: 큰 반려분이신 분의 공적을 아름답게 꾸민다.
② 보언: 乃 노를 저어라
③ 자의: 大伴 대반. 지통천황. 남편 천무천황에게 큰 반려가 되어주

었다는 의미

- 乃 노 젓는 소리 애 [보언] • 美 아름답다, 기리다 미

(2) 津能濱 尒有 忘 貝 家尒有 妺 乎 忘 而

① 노랫말: (저승의 뱃사공들은) 나루터를 응당 물가에 와서 (어디인지) 잊어버려야 하고, 세상 이치에 어두운 여인(지통천황)도 (나루터가 어디에 있는지) 잊어 버려야 할 것이다.

② 청언: 尒 저승바다여 잔잔하라

③ 보언

- 有 고기제수를 올리라 • 貝 돈을 바치라
- 有 고기제수를 올리라 • 乎 탄식하라
- 而 구레나룻 배우가 나가라

④ 자의

- 津 나루터 진   • 能 응당~하다 능
- 濱 물가 빈   • 尒 아름다운 모양 이. 이 [청언]
- 有 값비싼 고기를 손에 쥔 모습 유 [보언]
- 忘 기억하지 못하다 망   • 貝 돈 패 [보언] 저승가는 노잣돈
- 家 집 가 [보언]   • 尒 아름다운 모양 이. 이 [청언]
- 有 값비싼 고기를 손에 쥔 모습 유 [보언]
- 妺 사리에 어둡다 매. 妺=昧 해독   • 乎 감탄사 호 [보언]
- 忘 기억하지 못하다 망. 세상 이치에 어두운 여인은 나루터가 어디에 잊는지 잊어버리다.
- 而 구레나룻 이 [보언]

(3) 念 哉

① 노랫말: (그러나 우리는 그대를) 기억하리

② 보언: 哉 재앙이 일어나다

③ 자의

- 念 기억하다 념. 저승의 뱃사공들은 그대를 잊어야 하나, 우리는 그대를 잊으면 안된다.
- 哉 재앙 재 [보언]

69번가

1) 해독

草枕客去君跡知麻世波岸之埴布介仁寶播散麻思呼

풀숲에 드러누워 자러 나그네가 간다
그대에게 생전공적을 알리리
삼베 상복 입은 사람 삼십 명은 언덕에 진흙을 뿌리고, 어진 분(지통천황)에게 돈을 흩뿌린다
삼베 상복 입은 사람들이 슬퍼하며 그대를 부른다

2) 무덤에 진흙과 돈을 흩뿌린다

지통천황에 대한 눈물향가다. 진흙과 돈을 뿌렸다는 내용이 나온다. 1235년에 능묘가 도굴 당했다. 도굴 당시 작성된 아부기내산릉기(阿

不幾乃山陵記)에 석실의 모습이 기록되어 있다.

청강낭자(清江娘子)가 장(長)황자에게 바친 작품이다.
장(長)황자는 이 눈물향가를 받아 지통·천황에게 바쳤을 것이다. 장
(長)황자는 천무천황의 황자이다.

해독 근거

(1) 草枕客去 君跡知

원문	草	枕	客	去	君	跡	知
노랫말	草	枕	客	去	君	跡	知

① 노랫말: 풀숲에 드러누워 자러 나그네가 간다. 그대의 생전공적을
알린다.
② 자의
• 草 풀숲 초   • 枕 드러눕다 침
• 客 나그네 객. 長황자 • 去 가다 거
• 君 그대 군   • 跡 공적 적
• 知 알리다 지

(2) 麻世 波 岸 之 埴布 介 仁寶播散
① 노랫말: 삼베 상복 입은 사람 삼십 명이 언덕에 진흙을 뿌리고, 어
진 분에게 돈을 흩뿌린다.

② 청언: 介 저승바다여 잔잔하라

③ 보언

- 波 파도가 치다   • 之 장례행렬이 나아가라

④ 자의

- 麻 베옷, 삼으로 지은 상복 마   • 世 삼십 세
- 波 파도 파 [보언]   • 岸 언덕 안
- 之 가다 지 [보언]
- 埴 진흙 식. 한국 전통 풍습으로 서낭당에 황토를 이겨 늘어 놓는 풍습이 있다.
- 布 펴다 포   • 介 아름다운 모양 이. 이 [청언]
- 仁 어진 이. 지통천황   • 寶 전폐(錢幣) 보
- 播 퍼뜨리다 파 [보언]   • 散 흩다 산

(3) 麻思呼

① 노랫말: 삼베 상복 입은 사람이 슬퍼하며 (그대를) 부른다.

② 자의

- 麻 베옷, 삼으로 지은 상복 마   • 思 슬퍼하다 사
- 呼 부르다 호

70번가

1) 해독

倭介者鳴而歟来良武呼兒鳥象乃中山呼曽越奈流

유순한 왜인들이 울고 있어라

90세 노인도 울면서 그대를 부르네

새의 모습이 그렁거리는 눈물 가운데 산을 넘어가네

그대를 부르네

그대가 산을 넘어가네

[일본식 해독]

야마토(大和)에는 울며 가 있는 걸까 뻐꾸기 새는 키사(象) 나카야마(中山)를 울

면서 넘어가네

2) 그렁거리는 눈물 가운데 날아가는 새가 보이네

제사(題詞)에 따르면 태상천황(지통천황)이 길야궁(吉野宮)에 행차했을

때의 작품이며, 작자는 고시흑인(高市黒人)이라고 한다.

내용이나 배열순서로 보아 지통천황에 대한 눈물향가다. 제사(題詞)

를 100% 신뢰할 수 없다는 근거가 된다. 작품의 배열 순서, 내용과 제

사가 서로 충돌할 때는 당연히 배열 순서나 내용을 우선시해야 할 것

이다. 향가의 의미는 물론 창작 배경까지 꿰뚫고 있는 사람이 만엽집

권제1을 배열한 것이 확실하기 때문이다.

해독 근거

(1) 倭 尒者 鳴 而歟来良武

① 노랫말: 倭人들의 울음이여라

② 청언

- 介 저승바다여 잔잔하라
- 敭 편안히 가시라
- 良 길하라

③ 보언

- 者 배우가 나가라
- 而 구레나룻 배우가 나가라
- 来 보리 제수를 올리라
- 武 저승 무사가 나가라

④ 자의

- 倭 유순하다 위 [고유명사법] 유순한 백성들이라는 뜻
- 介 아름다운 모양 이. 이 [청언]
- 者 놈 자 [보언] 배우
- 鳴 울다 명
- 而 구레나룻 이 [보언]
- 敭 편안한 기운 여. 여 [청언]
- 来 보리 래 [보언]
- 良 길하다 량. 라 [청언]
- 武 무사 무 [보언]

(2) 呼 兒

① 노랫말: (구십 세 늙은이도 울면서 그대를) 부르네.

② 보언: 兒 구십 세 늙은이가 망인을 부르라

③ 자의

- 呼 부르다 호
- 兒 구십 세 늙은이 예 [보언] 兒=齯

(3) 鳥象 乃 中山

① 노랫말: 새의 모습이 (눈물) 가운데 산을 넘어가네.

② 보언: 乃 노를 저어라

③ 자의

- 鳥 새 조　　　　　　　　· 象 모양 상
- 鳥象 지통천황의 영혼　· 乃 노 젓는 소리 애
- 中 가운데 중. 그렁거리는 눈물 가운데로 해독
- 山 산

(4) 呼 曽
① 노랫말: (그대를) 부르네.
② 보언: 曽 시루에 제수를 찌라
③ 자의
- 呼 부르다 호　　　　　　· 曽 시루 증 [보언]

(5) 越 奈流
① 노랫말: (그대가 산을) 넘어가네.
② 보언
- 奈 능금을 올리라　· 流 떠돌라
③ 자의
- 越 넘다 월　　　　　· 奈 능금나무 나 [보언]
- 流 떠돌다 류 [보언]

71번가

1) 해독

倭戀寐之不所宿尒情無此渚埼未尒多津鳴倍思哉

유순한 왜인들이 그대를 그리워 하며 적적해 한다오
정든 이가 없어졌네
계속해 사람들의 발자국이 저승배가 닿는 물가로 이어진다
그러나 해안머리에는 아직 파도가 잔잔해지지 않고 있다오
많은 사람들이 나루터에서 울며 그대를 모신다네
모두가 슬퍼하네

2) 난파(難波)의 파도는 잔잔해지지 않고 있다

　문무천황이 난파궁(難波宮, 지금의 오사카)에 행차했을 때의 노래다.
　할머니 지통천황에 대한 눈물향가다. 인판부을마(忍坂部乙麿)의 작품
이다.

해독 근거

　(1) 倭戀寐 之
　① 노랫말: 왜인들이 (그대를) 그리워 하며 적적해 한다
　② 보언: 之 장례행렬이 나아가라
　③ 자의
　• 倭 유순하다 위 [고유명사법]　　• 戀 그리워하다
　• 寐 (아무 소리 없이) 적적하다 매　• 之 가다 지 [보언]

(2) 不 所 宿 介

① 노랫말: (모두가) 잠을 이루지 못한다.

② 청언: 介 저승바다여 잔잔하라

③ 보언: 所 무대에 관아를 설치하라

④ 자의

- 不 아니다 불
- 所 관아 소 [보언]
- 宿 자다 숙
- 介 아름다운 모양 이. 이 [청언]

(3) 情無

① 노랫말: 정든 이가 없어졌다.

② 자의

- 情 정 정
- 無 없다 무

(4) 此渚

① 노랫말: 계속해 사람들의 발자국이 물가로 이어지네.

② 자의

- 此 계속 이어지는 발자국
- 渚 물가 저. 저승배가 오는 곳

(5) 埼未 介

① 노랫말: 해안머리에는 아직 (파도가 잔잔해지지) 않았다네.

② 청언: 介 저승바다여 잔잔하라

③ 자의

- 埼 해안머리 기
- 未 아직 ~하지 못하다 미
- 介 아름다운 모양 이. 이 [청언]

(6) 多津鳴倍

① 노랫말: 많은 사람들이 나루터에서 울며 (그대를) 모신다네.

② 자의

- 多 많다 다
- 津 나루 진
- 鳴 울다 명
- 倍 모시다 배. 陪(陪)의 고자(古字)

(7) 思 哉

① 노랫말: (모두가) 슬퍼하네.

② 보언: 哉 재앙이 나다

③ 자의

- 思 슬퍼하다 사
- 哉 재앙 재 [보언]

72번가

1) 해독

玉藻苅奧敝波不榜敷妙乃枕之邊忘可祢津藻

그대의 생전공적을 꾸며 알리리

나라 깊숙한 안쪽에 거주하시는 분께서 돌아가셨다네

초목을 번무케 함이 말할 수 없이 빼어나고 훌륭하셨다네

잠이 드셨네

그대께서는 물가로 가는 길을 기억하지 못해 나루터에 가지 못해야

한다

그대의 생전공적을 꾸며 알리리

2) 우리를 떠나지 말아 주시라

태상천황(지통천황)이 길야궁(吉野宮)에 행차했을 때의 작품이며, 작자
는 고시흑인(高市黑人)이라 해왔다. 그러나 해독 결과와 배열 순서로 판
단해보면 지통천황에 대한 눈물향가로 보아야 할 것이다. '길야궁에 행
차했다'라는 구절은 '길야에 묘를 썼다'는 뜻으로 풀이할 수도 있다.

원문 첫글자 '옥(玉)'은 천황을 은유하는 문자이자, 떠나가는 망인이
다. 또한 원문 속 '오폐(奧敝)'는 '나라 깊숙한 안쪽에 거주하시는 분께서
돌아가셨다'로 해독된다. '오(奧)'는 여자가 거처하는 곳이다. 따라서 본
작품은 여자천황에 대한 눈물가로 판단해야 할 것이다.

또한 작품의 배치 순서로 보면 당시 사망한 여자천황은 지통천황이
다. 지통천황은 702년 12월 22일에 사망했다. 등원우합(藤原宇合)의 작
품이다.

해독 근거

(1) 玉藻 苅
① 노랫말: 그대의 (생전공적을) 꾸민다.
② 보언: 苅 곡식을 베어 제수로 올리라
③ 자의
• 玉 옥 옥. 지통천황으로 해독한다   • 藻 꾸미다 조

- 苅 풀이나 곡식 따위를 베다 예 [보언]

(2) 奧敝 波不榜

① 노랫말: 나라의 깊숙한 안쪽에 거주하시는 분께서 돌아가셨다.

② 보언: 波不榜 파도가 치니 노를 젓지 말라=배가 떠나지 말라

③ 자의

- 奧 나라의 안 오
- 敝 황폐하다 폐
- 波 파도 파 [보언]
- 不 아니다 불 [보언]
- 榜 노를 젓다 방 [보언]
- 波不榜 [다음절 보언] 파도가 치니 노를 저어 떠나지 말라

(3) 敷妙 乃

① 노랫말: (草木을) 번무케 함이 말할 수 없이 빼어나고 훌륭하셨다.

② 보언: 乃 노를 저어라

③ 자의

- 敷 草木이 번무하다 부
- 妙 말할 수 없이 빼어나고 훌륭하다 묘
- 乃 노 젓는 소리 애 [보언]

(4) 枕 之

① 노랫말: 잠이 드셨다.

② 보언: 之 장례 행렬이 나아가라

③ 자의

- 枕 자다 침
- 之 가다 지 [보언]

(5) 邊忘 可祢 津

① 노랫말: (그대께서는) 물가로 가는 길을 기억하지 못해 나루터에 (가지 못해야 한다).

② 보언

- 可 칸이 나가라　　　• 祢 신주가 나가라

③ 자의

- 邊 가 변　　　　　• 忘 기억하지 못하다 망
- 可 오랑캐 임금의 이름, 군주의 칭호 극. 칸 [보언]
- 祢 신주 네 [보언]
- 可祢 [다음절 보언] 천황의 신주
- 津 나루터 진

(6) 藻

① 노랫말: (생전의 업적을) 꾸며서 (그대에게 알리리)

② 자의: 藻 꾸미다 조.

73번가

1) 해독

吾妹子乎早見濱風倭有吾松椿不吹有勿勤

우리의 사리를 모르는 여자분께서 아들에게 가려고 새벽에 나가시는 게 보인다, 물가에 바람이 불고 있는데도

왜국의 유순한 백성들이 울고 있다

아버지와 어머니가 묘에 계시니 나는 아무리 추워도 손에 입김을 불지 않으리

　지통천황이여, 서두르지 마시라

2) 사리에 어두운 여자분께서 새벽에 나가신다

　지통천황에 대한 눈물향가다. 지통천황은 702. 12. 22. 사망했으며, 천무천황과 함께 나라 명일향촌(明日香村)의 야구왕묘(野口王墓)에 합장되었다.

　작자는 장(長)황자이다.

[지통천황과 長황자의 가족관계]

　천무천황 ━━┳━━ 大江황녀

　　　　長황자(?~715)

해독 근거

　(1) 吾妹子 乎 早見 濱風

　① 노랫말: 우리의 사리를 모르는 여자분께서 아들에게 (가려고) 새벽에 (나가시는 게) 보인다, 물가에 바람이 불고 있는데도.

　② 보언: 乎 탄식하라

　③ 자의

　　· 吾 나 오

- 妹 사리에 어둡다 매. 妹=昧 해독. 지통천황. 죽은 아들에 빠져 국사를 소홀히 하기에 붙은 별명이다.
- 子 아들 자 [보언] 초벽황자　• 乎 감탄사 호 [보언]
- 早 새벽 조　• 見 보이다 견
- 濱 물가 빈　• 風 바람 풍

(2) 倭 有

① 노랫말: 倭國의 (유순한) 백성들이 울고 있다.

② 보언: 有 고기 제수를 올리라

③ 자의

- 倭 유순하다 위 [고유명사법] 유순한 사람들이라는 의미
- 有 값비싼 고기를 손에 쥔 모습 유 [보언]

(3) 吾 松椿 不吹 有

① 노랫말: (아버지 어머니가 합장되어 묘에 계시니) 나는 (아무리 추워도 손에) 입김을 불지 않으리.

② 보언

- 松椿 지통천황과 천무천황을 합장하라
- 有 고기 제수를 올리라

③ 자의

- 吾 나 오. 長황자
- 松=木+公 [보언] 관에 든 사람. 지통천황
- 椿 아버지 춘. 천무천황. 작자 長황자는 천무천황의 아들이다.
- 松椿 [보언] 지통천황과 천무천황이 동시 언급되는 것으로 보아 합장릉을 만든 것으로 해독한다.

- 不 아니다 불   • 吹 입김을 불다 취
- 不吹 [다음절 보언] 손에 입김을 불지 아니하다. 지통 천무 두 분
  께서 묘에 계시니 날씨가 아무리 춥더라도, 손에 입김을 불지 않
  겠다로 해독한다.
- 有 값비싼 고기를 손에 쥔 모습 유 [보언]

(4) 勿勤

원문	勿	勤
노랫말	勿	勤

① 노랫말: (지통·천황이여) 서두르지 마시라
② 자의
- 勿 말다 물   • 勤 부지런하다 근

74번가

1) 해독

見吉野乃山下風之寒久尒爲當也今夜毛我獨宿牟

그대를 뵌다, 길야산 아래서
바람이 차고 오래 부는 때를 맞아서도
오늘 밤 그대를 생각하며 고집스럽게 나 홀로 자나니

2) 길야궁(吉野宮) 추운 밤

문무천황이 길야궁(吉野宮)에 행차했을 때의 작품이다. 문무천황이 할머니 지통천황을 그리워하며 사용한 눈물향가로 판단된다.

일본서기는 지통천황이 문무천황에게 양위함으로써 끝이 난다. 만엽집은 원명(元明)천황의 평성경(平城京) 천도로 끝이 난다. 한 시대의 종료 시점을 서로 달리 보고 있다.

해독 근거

기이국 길야궁 유지

(1) 見吉野 乃 山下
① 노랫말: 그대를 뵌다, 吉野山 아래에서.
② 보언: 乃 노를 저어라
③ 자의

- 見 보이다 견
- 乃 노 젓는 소리 애 [보언]
- 下 아래 하
- 吉野 [고유명사법] 길하라는 의미
- 山 산 산

(2) 風 之 寒 久 尒 爲 當 也
① 노랫말: 바람이 불고 추위가 오래 (계속되는 때를) 맞았어도
② 청언: 尒 저승바다여 잔잔하라
③ 보언
- 之 장례행렬이 나아가라
- 也 주전자 물로 손을 씻으라
- 爲 가장하라
④ 자의
- 風 바람 풍
- 寒 차다 한
- 尒 아름다운 모양 이. 이 [청언]
- 當 때를 만나다 당
- 之 가다 지 [보언]
- 久 오래다 구
- 爲 가장하다 위 [보언]
- 也 주전자 이 [보언]

(3) 今夜 毛 我獨宿 牟
① 노랫말: 오늘 밤 고집스럽게 홀로 자나니.
② 보언
- 毛 수염배우가 나가라
- 牟 제기에 제수를 바치라
③ 자의
- 今夜 오늘 밤
- 我 외고집 아
- 宿 자다 숙
- 毛 털 모 [보언] 수염 배우
- 獨 홀로 독
- 牟 제기 모 [보언]

75번가

1) 해독

宇治間山朝風寒之旅尒師手衣應借妹毛有勿久介

등원경(藤原京) 건물 사이로 산에서 불어오는 새벽 바람이 차다
추운 날 나그네에게 많은 사람들이 옷을 응당 빌려준다고 하더라도
세상 사리 모르는 여인이시여, 남이 옷 준다고 오래 여행하지 말고 곧
돌아오셔야 하리

2) 세상사리 모르는 여인이시여, 남이 옷 준다고 오래 여행하지 마시라

 권제1 편집자에게 본 작품은 각별했을 것이다. 본 작품으로 만엽집 권제1에 실려 있는 지통천황에 대한 눈물향가 모두를 끝내야 하기 때문이다.
 편집자가 마지막 작자로 선발한 대상은 장옥왕(長屋王)이었다. 그는 혈통으로 보아 지통천황의 손녀사위였다. 지통천황이 무척 사랑했기에 마지막 작품의 작자로 선발되었을 것이다. 편집자는 지통천황이 손녀사위의 노래를 들으며 파란만장했던 일생을 마감하고 떠나도록 배려했을 것이다.

[장옥왕(長屋王, 676~729) 가계도]

천무천황
|

고시(高市)황자 ─┬─ 어명부(御名部)황녀 초벽황자 ─┬─ 元明천황
　　　長屋王　　　　　─　　　　　　吉備內親王

해독 근거

(1) 宇治間山朝風寒 之

① 노랫말: 나라의 도읍 (건물) 사이로 산에서 (불어오는) 새벽 바람이 차다.

② 보언: 之 열을 지어 나아가라

③ 자의

- 宇 天下 우　　　　　　• 治 都邑 치
- 宇治=藤原京　　　　　• 間 사이 간
- 朝 새벽 조　　　　　　• 風 바람 풍
- 寒 차다 한　　　　　　• 之 가다 지 [보언]

(2) 旅 介 師手 衣應借

① 노랫말: 나그네에게 많은 사람들이 옷을 응당 빌려준다고 하더라도

② 청언: 介 저승바다여 잔잔하라

③ 자의

- 旅 나그네 여　　　　　• 介 아름다운 모양 이. 이 [청언]

- 師 많다 사
- 衣 옷 의
- 借 빌려주다 차
- 手 사람 수
- 應 응당 ~하여야 한다 응

(3) 妹 毛 有 勿 久 尒

원문	妹	毛	有	勿	久	尒
노랫말	妹			勿	久	
청언						尒
보언		毛	有			

① 노랫말: (세상의) 사리를 모르는 분이시어, (남이 옷 준다고) 오래 여행하지 말고 (곧 돌아오시라).

② 청언: 尒 저승바다여 잔잔하라

③ 보언

- 毛 수염배우가 나가라
- 有 고기제수를 올리라

④ 자의

- 妹 사리에 어둡다 매. 妹=昧 해독. 지통천황
- 毛 털 모 [보언] 수염 배우
- 有 값비싼 고기를 손에 쥔 모습 유 [보언]
- 勿 말다 물
- 久 오래다 구
- 勿久 오래 여행하지 말고 금방 돌아오시라는 뜻
- 尒 아름다운 모양 이. 이 [청언]

문무(文武)천황 사망,
활 쏘는 소리가 어찌해 이익이 되겠는가

76번가

1) 해독

大夫之鞆乃音為奈利物部乃大臣楯立良思母

대부(문무천황)께 활 쏘는 소리가 어찌해 이익이 되겠느냐
사람들과 대신은 방패 되어 서 있거라
슬프구나

2) 활 쏘는 소리가 어찌 이익이 되겠느냐

문무천황이 사망하자, 어머니 원명(元明)천황이 708년 만든 작품이다.
일반적으로 망자에게 활을 쏘는 행위는 떠나가는 이에게는 '이익(利)
이 된다'고 인식하고 있었다. 그러나 원명(元明)은 아들 문무천황의 죽
음에 있어서는 '그게 무슨 이익(利)이 되겠느냐'라고 오열하고 있다.
76, 77번가는 문무천황의 사망을 놓고 원명(元明)과 동복언니 어명부
(御名部)황녀가 주고받으며 만든 작품이다.

해독 근거

(1) 大夫 之 鞆 乃 音 爲 奈 利
① 노랫말: 대부에게 활 쏘는 활팔찌 소리가 (어찌) 이익이 되리.
② 청언: 利 이롭게 해달라
③ 보언

- 之 열 지어 나아가라
- 乃 노를 저어라
- 爲 가장하라
- 奈 능금을 올리라

④ 자의

- 大夫 대부. 文武천황
- 之 가다 지 [보언]
- 鞆 활팔찌 병. 활을 쏠 때 소매를 걷어매기 위한 끈. 망인을 향해 활을 쏘는 행위를 은유
- 乃 노 젓는 소리 애 [보언]
- 音 소리 음. 망인을 향해 활소리를 내고 있다는 사실이 입증되는 문자이다.
- 鞆音 활 쏘는 소리. 현대의 鳴弦과 연결될 수 있다.
- 爲 가장하다 위 [보언]
- 奈 능금나무 나 [보언]
- 利 유익하다 이. 이 [청언]

(2) 物部 乃 大臣楯 立良
① 노랫말: 사람들과 대신은 방패 되어 서 있거라
② 청언: 良 길하라
③ 보언

- 乃 노를 저어라
- 立 낟알을 올리라

④ 자의

- 物 사람 물
- 部 떼 부
- 物部 사람들
- 乃 노 젓는 소리 애 [보언]
- 大臣 대신
- 楯 방패 순
- 立 낟알 립 [보언] 立=粒
- 良 길하다 량. [청언]

(3) 思 母

① 노랫말: 슬프구나.

② 보언: 母 어머니뻘의 여자가 나가라

③ 자의

- 思 슬퍼하다 사
- 母 어머니뻘의 여자 [보언]

77번가

1) 해독

吾大王物莫御念須賣神乃嗣而賜流吾莫勿久尒

나의 대왕(文武천황)이시여
사람들이 대왕을 기억하리라
전력을 기울여 그대의 후사가 황위를 빨리 이어받을 수 있도록 은혜를
베풀어 주시라
나에게 수(首)황자가 황위를 이어받게 해달라고 오래도록 빌게 하지말라

2) 오래 빌게 하지 말라

이 작품은 문무천황에 대한 눈물향가이다.

문무천황은 초벽황자와 아폐(阿閇)황녀 사이의 아들이다. 지통천황으로부터 황위를 물려받았으나 707년 24살의 나이로 사망했다.

작자는 어명부(御名部)황녀이다. 어명부(御名部)황녀가 원명(元明)천황의 76번가에 화답한 노래다. 어명부(御名部)황녀는 원명(元明)천황의 동복 언니이다.

[어명부(御名部)황녀의 주요 가족관계]

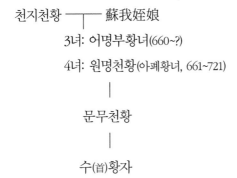

천지천황 ──┬── 蘇我姪娘

　　　　3녀: 어명부황녀(660~?)

　　　　4녀: 원명천황(아폐황녀, 661~721)

　　　　　　　│

　　　　문무천황

　　　　　　│

　　　　수(首)황자

해독 근거

(1) 吾大王

① 노랫말: 나의 대왕이시여.

② 자의

- 吾 나 오 　　　　　 • 大王 대왕

(2) 物 莫 御 念

① 노랫말: 사람들이 대왕을 기억하리라

② 보언: 莫 나물을 제수로 올리라

③ 자의

- 物 사람 물 　　　　 • 莫 나물 모 [보언]
- 御 임금 어 　　　　 • 念 기억하다 넘

(3) 須 賣 神 乃 嗣 而 賜 流

① 노랫말: (모름지기) 전력을 기울여 그대의 후사(首皇子)에게 (은혜를) 베풀어 주시라

② 보언

- 須 수염배우가 나가라 　　 • 乃 노를 저어라
- 而 구레나룻 배우가 나가라 • 流 떠돌라

③ 자의

- 須 수염 수 [보언] 須=鬚 • 賣 전력을 기울이다 매
- 神 귀신 신. 文武천황
- 乃 노 젓는 소리 애 [보언]
- 嗣 대를 잇는 자식 사. 文武천황의 아들 首皇子이다.
- 而 구레나룻 이 [보언] 　　 • 賜 은혜를 베풀다 사
- 流 떠돌다 류 [보언]

(4) 吾 莫 勿 久 尒

① 노랫말: 나에게 (首)황자가 빨리 황위를 이어받게 해달라고) 오래

도록 (빌게 하지) 말라

② 청언: 介 저승바다여 잔잔하라

③ 보언: 莫 나물을 제수로 올리라

④ 자의

- 吾 나 오
- 莫 나물 모
- 勿 아니다 물
- 久 오래다 구
- 介 아름다운 모양 이. 이 [청언]

원명(元明)천황,
평성경(平城京) 천도

78번가

1) 해독

飛鳥明日香能里乎置而伊奈婆君之當者不所見香聞安良武

날아가는 새나 명일향(明日香)과 이웃으로 지냈으리
지통천황께서 폐기하셨지
그대(飛鳥 淨御原宮)에게 천황(지통천황)이 벌을 주어 보이지 않도록 하라
고 하였었지
보고해 오기를 등원경(藤原宮)은 아무런 탈 없이 평안히 지내도록 조치
하였다 함이라

2) 원명(元明)천황은 등원경(藤原京)이 탈 없이 지내도록 조치하였다

　작자는 원명(元明)천황이다.
　710년 등원경으로부터 평성경(平城京)으로 천도할 때 원명(元明)천황이

가마를 장옥야(長屋野)에 멈추게 하고 멀리 옛도읍(飛鳥 淨御原宮)을 바라보며 지은 노래로 알려져 있다.

정어원궁(淨御原宮)은 천무천황과 지통천황이 '임신의 난'을 일으켜 권력을 잡은 후, 근강궁(近江宮)에서 천도해 왔던 궁이다. 672년 정어원궁(淨御原宮)을 축조하였고, 694년 지통천황이 등원경(藤原京)으로 천도함으로써 폐지되었다.

본 작품은 문무천황과 관련이 있는 것으로 보인다.

문무천황은 할머니(지통천황)와 어머니(元明천황)의 지극한 돌봄에도 불구하고 707년 사망하고 말았다. 그의 사후 3년만에 등원경(藤原京)에서 평성경(平城京)으로 재천도가 이루어진다.

본 작품의 내용에 지통천황이 등원경(藤原京)으로 천도하면서 취했던 조치내용이 언급되어 있다. 지통천황이 벌을 내리는 차원에서 아스카 정어원궁(飛鳥淨御原宮)을 폐기(置)하고 등원경(藤原京)으로 천도하였다는 것이었다. 벌을 내린 사유는 아마도 외아들 초벽황자의 사망에 대한 문책이었을 것으로 보인다. 마찬가지로 등원경에서 평성경으로 천도한 이면에는 아들 문무천황을 잃은 원명천황의 마음이 크게 작용하였을 것이다.

원명(元明)천황은 천도해가며 등원경(藤原京)을 관리하기 위한 책임자로 좌대신인 석상마려(石上麻呂)를 임명했다. 좌대신은 신하로서는 최고의 지위이므로 등원경(藤原京) 관리에 최선의 조치를 했다고는 볼 수 있다.

그러나 이러한 조치에도 불구하고 등원경(藤原京)은 그 다음 해인 711年 불에 타고 말았다(扶桑略記).

해독 근거

(1) 飛鳥明日香能 里乎

① 노랫말: (그 동안) 날아가는 새나 명일향과 이웃으로 지냈으리.

② 청언: 里 이웃이 되게하라

③ 보언: 乎 탄식하라

④ 자의

- 飛鳥 고유명사법이 아니다. 날아가는 새로 해독한다.
- 明日香 [고유명사법] 밝은 내일이 되도록 향을 피운다는 뜻
- 能 화목하게 지내다 능
- 里 이웃 리. 리. [청언]
- 乎 감탄사 호 [보언]

(2) 置 而

① 노랫말: (너를) 폐기하였었지.

② 보언: 구레나룻 배우가 나가라

③ 자의

- 置 폐기하다(廢棄-) 치
- 而 구레나룻 이 [보언]

(3) 伊 奈婆 君 之 當 者 不 所 見 香

① 노랫말: 그대에게 임금(지통천황)이 벌을 주어 보이지 않도록 하였다.

② 보언

- 奈 능금을 올리라
- 婆 할머니 배우(지통천황)가 나가라
- 之 장례행렬이 나아가라
- 者 배우가 나가라
- 所 관아를 설치하라
- 香 향을 피우라

③ 자의

- 伊 너 이. 飛鳥 淨御原宮
- 婆 할머니 파 [보언] 지통천황
- 之 가다 지 [보언]
- 者 놈 자 [보언] 배우
- 所 관아 소 [보언]
- 香 향 향 [보언]

- 奈 능금나무 나 [보언]
- 君 임금 군. 지통천황
- 當 벌주다 당
- 不 아니다 불
- 不見 보이지 않다

(4) 聞安 良武

① 노랫말: (아래에서) 보고해 오기를 아무런 탈 없이 평안히 지내도록 하였다 함이라

② 청언: 良 길하라

③ 보언: 武 저승 무사가 나가라

④ 자의

- 聞 알리다 문
- 安 아무런 탈 없이 평안히 지내다 안
- 良 길하다 량. 라 [청언]   • 武 무사 무 [보언] 저승 무사

(5) (一云 君之當乎 不見 介香毛 安 良毛)

① 노랫말: 한편으로는 말해진다. 임금이 벌을 주어 보이지 않게 하였다. 편안히 지내도록 조치하였다 함이라

② 청언

- 介 저승바다여 잔잔하라   • 良 길하라

③ 보언

- 之 장례행렬이 나아가라   • 乎 탄식하라

- 香 향을 피우라
④ 자의
- 一云 한편으로 말하다 [보언]
- 之 가다 지 [보언]
- 乎 감탄사 호 [보언]
- 尒 아름다운 모양 이. 이 [청언]
- 毛 털 모 [보언] 수염 배우
- 良 길하다 량. 라 [청언]

- 毛 수염배우가 나가라
- 君 임금 군
- 當 벌주다 당
- 不見 보이지 않다
- 香 향 향 [보언]
- 安 편안하다 안
- 毛 털 모 [보언] 수염 배우

79번가

1) 해독

天皇乃御命畏美柔備尒之家乎擇隱國乃泊瀨乃川尒舼浮而吾行河乃川隈
之八十阿不落萬段顧為乍玉桙乃道行晚青丹吉楢乃京師乃佐保川尒伊去
至 而我宿有衣乃上從朝月夜淸尒見者栲乃穗尒夜之霜落 磐床等川之氷凝
冷夜乎息言無久通乍作家尒千代二手來座多公与吾毛通武

지통천황님을 경외하고 생전의 공적을 아름답게 꾸며 알리라
부드러우셨지, 죄수의 유죄와 무죄를 판가름하심은
나라의 박뢰천(泊瀨川)에 작은 배가 떠다닌다
나는 작은 배를 타고 간다
강과 내의 물굽이를 따라가면 팔십 채의 집들이 지어지고 있다
만 개의 층계를 잠시 돌아본다

흰 쌀밥을 싸들고 길을 가다보면 해가 저문다

박뢰천(泊瀨川)과 좌보천(佐保川)이 합류하는 지점으로 가 거기에서 그대들이 좌보천(佐保川)을 거슬러 올라가면 푸르고 붉게 화톳불이 피워진 도읍에 이르게 된다

고집스럽게 배 위에서 자고 있으면 배가 나루에 닿고 관복을 입은 사람들이 평성경(平城京)으로 올라갈 것이니 그들을 따라가라

새벽달이 깊은 밤에 맑게 보인다

붉은 깃발에 밤이 늦어 가면 서리가 내린다

너럭바위들이 있는 강에 얼음이 어는 추운 밤

쉬어 가라는 말을 할 틈도 없이 등원경(藤原京)과 평성경(平城京) 사이를 오래도록 왕래하고 잠깐 사이에 다녀야 한다

천 번을 교대하여 왕래하리라, 두 사람이

많은 귀인들과 우리는 등원경(藤原京)과 평성경(平城京) 사이를 사이를 끊임없이 왕래할 것이다

2) 등원경(藤原京)과 평성경(平城京)을 왕래하라

평성경을 가려면 등원경에서 박뢰천으로 나와 배를 타고 내려가다 보면 좌보천에 이른다. 합류지점에서 좌보천을 거슬러 올라가 평성경에 이른다.

박뢰천은 지금의 나라현 사꾸라이시(桜井市) 동부의 초뢰천(初瀨川) 계곡의 총칭으로 보인다.

'천도를 했지만 두 곳은 매우 가까운 곳이고, 또한 등원경이 폐기 처분되지 않도록 하였고, 관리들이 교대하여 왕래토록 하고 있다'는 내용

을 작품에서 강조하고 있다. 이는 등원경을 만든 지통천황의 노여움을 사지 않도록 하기 위한 조치로 보인다. 그러나 이러한 세심한 배려에도 불구하고 등원경은 천도 다음 해인 711년 불에 타고 말았다(扶桑略記).

작자는 불명이다.

해독 근거

(1) 天皇 乃 御命畏美

① 노랫말: (지통)천황님을 경외하고 (생전의 공적을) 아름답게 (꾸며 알리라).

② 보언: 乃 노를 저어라

③ 자의

- 天皇=지통천황
- 御 임금 어
- 御命 지통천황
- 美 아름답다 미

- 乃 노 젓는 소리 애 [보언]
- 命 대궐에 앉아 명령을 내리는 사람 명
- 畏 경외하다 외

(2) 柔 備介之家乎 擇 隱

① 노랫말: 부드러우셨지, 죄수의 유죄와 무죄를 판가름하심은

② 청언

- 介 아름다우라
- 隱 가엾어 해주소서.

③ 보언

- 備 의장을 갖추라
- 家 마나님 배우가 나가라

- 之 장례행렬이 나아가라
- 乎 감탄하라

④ 자의
- 柔 부드럽다 유
- 介 아름다운 모양 이. 이 [청언]
- 家 마나님, 늙은 여자 가 [보언]
- 擇 구별하다 택. 죄수가 죄를 지었는지 여부를 판가름한다는 뜻
- 隱 가엾어하다 은. 은 [청언]
- '부드러우셨지, 죄수의 유죄와 무죄를 판가름하심은'=지통천황을 아름답게 꾸민 것이다.

- 備 의장 비 [보언]
- 之 가다 지 [보언]
- 乎 감탄사 호 [보언]

(3) 國乃泊瀨乃川尒觚浮而
① 노랫말: 나라(國)의 泊瀨川에 작은 배가 떠다닌다.
② 청언: 尒 파도가 잔잔해달라
③ 보언
- 乃 노를 저어라
- 而 구레나룻 배우가 나가라
④ 자의
- 國 나라 국
- 乃 노 젓는 소리 애 [보언]
- 泊 정박하다 박
- 瀨 급류 뢰
- 泊瀨 [고유명사법] 급류이니 배가 정박하여 떠나지 않게 해달라
- 乃 노 젓는 소리 애 [청언]
- 川 내 천
- 尒 아름다운 모양 이. 이 [청언]
- 觚 작은 배 공. 藤原京과 平城京 사이의 교통편이다
- 浮 떠서 움직이다 부
- 而 구레나룻 이 [청언]

(4) 吾行
① 노랫말: 우리는 (작은 배를 타고) 간다.

② 자의

- 吾 우리 오　　　　- 行 가다 행

(5) 河 乃 川隈 之 八十阿不落

① 노랫말: 강과 내의 물굽이를 따라가면 팔십 채의 집들이 지어지
고 있다.

② 보언

- 乃 노를 저어라　　- 之 열지어 나아가라

③ 자의

- 河 강 하　　　　　- 乃 노 젓는 소리 애 [청언]
- 川 내 천　　　　　- 隈 물굽이 외
- 之 가다 지 [보언]　- 八十 팔십. '많은'으로 해독한다
- 阿 집 아　　　　　- 不 아니다 불
- 落 준공하다(竣工-) 락
- 不落＝藤原宮과 平城京 사이에 집이 많이 지어지고 있다.

(6) 萬段顧 爲 乍

① 노랫말: 만 개의 층계를 잠시 돌아본다.

② 보언: 爲 가장하라

③ 자의

- 萬 일만 만　　　　- 段 층계 단
- 顧 돌아보다 고　　- 爲 가장하다 위 [보언]
- 乍 잠시 사

(7) 玉桙 乃 道行晚

① 노랫말: 흰 쌀밥을 싸들고 길을 가다보면 해가 저문다.

② 보언: 乃 노를 저어라

③ 자의

- 玉 옥 옥
- 桙 사발 우
- 玉桙 하얀 사발. 흰 쌀밥으로 해독한다.
- 乃 노 젓는 소리 애 [보언]
- 道 길 도
- 行 가다 행
- 晚 (해가) 저물다 만

(8) 靑丹 吉 櫨 乃 京師 乃 佐保川 尒 伊去至 而

① 노랫말: 붉고 푸르게 화톳불이 (피워진) 도읍에, 佐保川에서 그대들이 (천을 거슬러) 가면 이르게 된다.

② 청언: 尒 파도가 잔잔해 달라

③ 보언

- 吉 제사를 지내다 길
- 乃 노를 저어라
- 而 구레나룻배우가 나가라

④ 자의

- 靑丹 푸르고 붉다
- 吉 제사 길 [보언]
- 櫨 화톳불을 피우다 유
- 乃 노 젓는 소리 애 [보언]
- 京師 도읍
- 佐 돕다 좌
- 保 지키다 보
- 佐保 [고유명사법] 돕고 지켜주소서
- 川 내 천
- 尒 아름다운 모양 이. 이 [청언]
- 伊 너 이
- 去 가다 거
- 至 이르다 지. 평성경에 이르다
- 而 구레나룻 이 [보언]

(9) 我宿 有 衣 乃 上 從

① 노랫말: 고집스럽게 (배 위에서) 자고 있으면 (배가 나루에 닿고) 옷을 입은 사람들이 (平城京으로) 올라갈 것이니 (그들을) 따라가라

② 보언

- 有 고기 제수를 올리라
- 乃 노를 저어라

③ 자의

- 我 외고집 아
- 宿 자다 숙
- 有 값비싼 고기를 손에 쥔 모습 유 [보언]
- 衣 옷 의. 관복으로 해독한다
- 乃 노 젓는 소리 애 [보언]
- 上 윗 상
- 從 따르다 종

(10) 朝月夜清 介 見 者

① 노랫말: 새벽달이 깊은 밤에 맑게 보인다.

② 청언: 介 파도가 잔잔해달라

③ 보언: 者 배우가 나가라

④ 자의

- 朝月 새벽달
- 夜 밤 야
- 清 맑다 청
- 介 아름다운 모양 이. 이 [청언]
- 見 보이다 견
- 者 놈 자 [보언] 배우

(11) 栲 乃 穗 介 夜 之 霜落

① 노랫말: 붉은 깃발에 밤이 늦어 가면 서리가 내린다.

② 청언: 介 아름다우라

③ 보언

- 乃 노를 저어라
- 之 열을 지어 나아가라

④ 자의

- 栲 옻나무 고
- 乃 노 젓는 소리 애 [보언]
- 穗 이삭 수
- 栲穗 옻으로 물들인 깃발로 해독. 천무천황의 색이 붉은 색이다.
- 尒 아름다운 모양 이. 이 [청언]
- 夜 밤 야
- 之 가다 지 [보언]
- 霜 서리 상
- 落 떨어지다 락

(12) 磐床等川 之 氷凝冷夜 乎

① 노랫말: 너럭바위 상들이 있는 강에 얼음이 어는 추운 밤

② 보언

- 之 열 지어 나아가라
- 乎 탄식하라

③ 자의

- 磐 너럭바위 반
- 床 평상 상
- 磐床 너럭바위로 해독
- 等 무리 등
- 川 내 천
- 之 가다 지 [보언]
- 氷 얼음 빙
- 凝 얼다 응
- 冷 차다 냉
- 夜 밤 야
- 乎 감탄사 호 [보언]

(13) 息言無 久通乍作 家 尒

① 노랫말: 쉬어 가라는 말을 할 틈도 없이 (藤原과 寧樂 사이를) 오래도록 왕래하고 잠깐 사이에 다녀야 한다.

② 청언: 尒 파도가 잔잔해 달라

③ 보언: 家 마나님 배우가 나가라

④ 자의

- 息 쉬다 식
- 言 말하다 언
- 無 없다 무
- 久 오래다 구
- 通 내왕하다 통. 80번가의 通과 비교하여 해독한다. 藤原과 平城 사이를 왕래한다.
- 乍 잠깐 사
- 作 만들다 작
- 家 마나님, 늙은 여자 가 [보언]
- 尒 아름다운 모양 이. 이 [청언]

(14) 千代二手 來座

① 노랫말: 천 번을 교대하여 왕래하리라, 두 사람이

② 보언

- 來 보리 제수를 바치라
- 座 무대에 자리를 설치하라

③ 자의

- 千 일천 천
- 代 번갈아 들다 대
- 千代 80번가 萬代와 비교 해독한다.
- 二手 두 사람
- 來 보리 래 [보언]
- 座 자리 좌 [보언]

(15) 多公与吾 毛通 武

① 노랫말: 많은 귀인과 더불어 우리는 (藤原과 平城 사이를 끊임없이) 왕래할 것이다.

② 보언

- 毛 수염배우가 나가라
- 武 무사가 나가라

③ 자의
- 多 많다 다
- 公 귀인(貴人) 공. 80번가의 將과 비교하여 해독한다.
- 与 더불다 여
- 吾 우리 오   • 毛 털 모 [보언] 수염 배우
- 通 왕래하다 통. 80번가의 通과 비교하여 해독한다.
- 武 무사 무 [보언]

80번가

1) 해독

靑丹吉寧樂乃家尒者萬代尒吾母將通忘跡念勿

푸르고 붉게 화톳불이 켜진 영락(寧樂=平城京)에 만 번을 교대하면서
왕래하리라
우리는 왕래하는 수고로움을 잊어버리고 공적만을 생각하면서 분주하
게 왕래하리라

[일본식 해독]
(아오니요시) 나라(奈良)의 궁전에는 언제까지나 나도 자주 다니죠 잊는다 생각마
세요

2) 정통성을 잇다

해독 결과에 따르면 등원경과 평성경을 왕래하는 임무를 맡은 두 사람이 있었다. 한 명은 남자(將)였고, 한 명은 여자(母)였다. 왕래하는 임무를 마치고 나면 상을 받기로 하였던 것 같다. 그들은 왕래의 수고로움을 잊고 오로지 공적만을 생각하겠다고 다짐하는 내용이다.

이들에게 왕래하는 임무가 주어진 것은 등원경과 평성경 사이 사람 왕래가 끊어지게 되면 다른 곳으로 천도한 것으로 보여, 지통천황과의 단절을 부른다고 생각했기 때문에 이를 막기 위한 조치였을 것이다.

강조하고 있는 내용은 다음과 같다.

① 등원경을 폐기하지 않도록 하였다.

② 등원경과 평성경 사이는 멀지 않은 하루거리다. 새벽에 출발하면 밤늦게 도착한다.

③ 등원경과 평성경 사이 집들이 연이어 있다. 중간 곳곳에 팔십 채의 집들이 지어지고 있다. 많은 사람들과 배들이 연이어 왕래하고 있다.

79, 80번가는 등원경과 평성경이 단절되지 않고 있다는 점을 강조한 작품이다. 등원경으로 상징되는 지통천황의 정통성을 이어가겠다는 취지로 보아야 할 것이다.

작자 미상이다.

79번가의 반가(反歌)이다. 따라서 두 작품은 비교법으로 해독한다.

해독 근거

(1) 靑丹 吉 寧樂 乃家尒者 萬代 尒

① 노랫말: 푸르고 붉게 (화톳불이) 피워진 나라(寧樂)에 만 번을 교대로 (왕래하리라).

② 청언: 尒 물결이 잔잔하라

③ 보언

- 吉 제사를 지내라
- 乃 노를 저어라
- 家 마나님 배우가 나가라
- 者 배우가 나가라

④ 자의

- 靑丹 푸르고 붉다
- 吉 제사 길 [보언]
- 寧樂 영락 [고유명사법] 편안하고 즐거우라
- 乃 노 젓는 소리 애 [보언]
- 家 마나님, 늙은 여자 가 [보언]
- 尒 아름다운 모양 이. 이 [청언]
- 者 놈 자 [보언] 배우
- 家者 뱃사공들
- 萬 일만 만
- 代 교대하다 대
- 尒 아름다운 모양 이. 이 [청언]

(2) 吾 母將 通忘跡念勿

① 노랫말: 우리는 (平城京과 藤原宮을) 왕래하는
(고통을) 잊어버리고 업적만을 생각하며 분주하게 (왕래하리라).

② 보언

- 母 어머니 뻘의 여자가 나가라
- 將 장수가 나가라

③ 자의

- 吾 우리 오
- 將 장수 장 [보언]
- 母將 [다음절 보언] 여자와 남자가 교대 왕래의 임무를 받았다.
- 通 통하다, 왕래하다 통
- 跡 업적 적
- 勿 분주(奔走)한 모양 몰

- 母 어머니뻘의 여자 [보언]

- 忘 잊다 망
- 念 생각하다 념

등원경(藤原京),
귀신처럼 대단했던 그대의 기세

81번가

1) 해독

山邊乃御井乎見我弓利神風乃伊勢處女等相見鶴鴨

산 넘어 끝에, 지통천황께서 우물 정(井)자 꼴로 구획하여 지으신 등원
경(藤原京)이 떠나가는 게 보인다
고집스레 지금까지의 공적을 알려 그대를 이롭게 하리
귀신의 바람처럼 대단했던 그대의 기세를 이세신궁의 처녀들이 드러
낸다

2) 우물 정(井)자 꼴로 구획하여 지은 등원경

80번가까지는 지통천황을 붙잡고, 그녀의 정통을 이어나가고자 하
는 작품들이 배열되어 있었다. 그러나 본 작품 81번가부터는 이러한
기조가 확연히 바뀌고 있다. 지금까지 쌓아 올린 작품의 지층구조에
강렬한 단층선이 나타나고 있다. 무언가 중요한 사건이 있었고, 그러한

상황이 반영된 작품들로 보아야 할 것이다.

본 작품은 등원경에 대한 눈물향가다.

81, 82, 83번가는 712년 4월 장전왕(長田王, ?~737)이 지은 작품이다. 이유는 불명이지만 장전왕(長田王, ?~737)이 이세신궁의 재궁(齋宮)에게 가서 등원경과 지통천황을 떠나보내도록 하고 있다.

[712년 전후 주요 연대기]

707년 문무천황(원명천황의 아들), 24세로 사망

707년 수(首)황자(문무천황의 아들)가 나이가 어려 할머니 아폐(阿閇)황녀가 즉위(元明천황).

710년 등원경에서 평성경으로 천도.

711년 등원경, 불타다.

712년 장전왕(長田王)이 본 작품을 창작.

해독 근거

(1) 山邊 乃 御井 乎 見

① 노랫말: 산 넘어 나라의 끝에, 지통천황께서 우물井자꼴로 구획하여 지으신 (藤原京이 떠나가는게) 보인다.

② 보언

• 乃 노를 저어라　　• 乎 탄식하라

③ 자의

• 山 산　　　　　　• 邊 가장자리 변

• 乃 노 젓는 소리 애 [보언]

- 御 임금 어. 지통천황으로 해독한다.
- 井 정자꼴 정　　　• 乎 감탄사 호 [보언]
- 見 보다 견

(2) 我 弖 利

① 노랫말: 고집스레 (지금까지의 공적을 알려 그대를) 이롭게 하리

② 청언: 利 이롭게 해주소서.

③ 보언: 弖 활을 거누어 쏘라

④ 자의

- 我 외고집 아　　　• 弖 음역자 대 [보언]
- 利 이롭게 하다 리. 리 [청언]

(3) 神風 乃 伊勢 處女等 相 見 鶴鴨

원문	神	風	乃	伊	勢	處	女	等	相	見	鶴	鴨
노랫말	神	風		伊	勢	處	女	等		見		
보언			乃						相		鶴	鴨

① 노랫말: 귀신의 바람처럼 (대단했던 그대의 기세를) 伊勢신궁의 처녀들이 드러낸다.

② 보언

- 乃 노를 저어라　　　• 相 푸닥거리하라
- 鶴鴨 학과 오리가 나가라

③ 자의

- 神風 귀신과 같은 바람　　　• 乃 노 젓는 소리 애 [보언]

- 神風伊勢 [고유명사법] 귀신과 같이 대단했던 藤原京의 기세를 의미
- 處 미혼으로 친정에 머물다 처   • 女 여자 여
- 處女=齋宮. 이세신궁에 머물고 있던 황녀
- 等 무리   • 相 푸닥거리하다 양 [보언]
- 見 보다   • 鶴 두루미 학 [보언]
- 鴨 오리압 [보언]

82번가

1) 해독

浦佐夫流情佐麻祢之久堅乃天之四具礼能流相見者

포구에서 등원경이 저승배 타는 것을 도우라
정들었던 옛 도읍이 저승배 타는 것을 도우라
그대에 대한 사랑은 오래도록 굳세어 변함없을 것이다
하늘에 가시면 온 나라에서 절하고 있는 우리를 응당 보시리

2) 등원경에 대한 환송가

불에 타버린 등원경을 환송하고 있다. 사람이 죽은 것에 비유하고 있다. 등원경을 붙잡고자 하는 강력한 의지가 노랫말에도, 보언에도 보이

지 않는다. 710년 평성경으로 천도를 하고 난 후 관리에 세심한 주의
를 기울였음에도 불구하고 711년 등원경이 불에 타고 말았다. 712년
4월 장전왕(長田王)을 이세의 재궁(齋宮)에게 보냈을 때 장전왕이 지은 작
품이다.

해독 근거

(1) 浦佐 夫流
① 노랫말: 포구에서 (藤原京이) 저승배 타는 것을 도우라
② 보언

- 夫 일꾼들이 나가라　　　　· 流 떠돌라

③ 자의

- 浦 바닷가 포　　　　· 佐 돕다 좌
- 夫 일꾼 부 [보언]　　　　· 流 떠돌다 류 [보언]

(2) 情佐 麻祢之
① 노랫말: 정들었던 도읍이 (저승배 타는 것을) 도우라
② 보언

- 麻 삼베 상복입은 이가 나가라　　· 祢 神主를 들고 나가라
- 之 장례행렬이 나아가라

③ 자의

- 情 정 정. 정들었던 옛 도읍=藤原京
- 佐 돕다 좌
- 麻 삼베로 지은 상복 마 [보언]

- 祢 신주(神主: 죽은 사람의 위패) 녜 [보언]
- 之 가다 [보언]

(3) 久堅 乃

① 노랫말: (그대에 대한 사랑은) 오래도록 굳세어 (변함없으리).

② 보언: 乃 노를 저어라

③ 자의

- 久 오래다 구   · 堅 굳세다 견
- 乃 노 젓는 소리 애 [보언]

(4) 天 之 四 具 祢 能 流 相 見 者

① 노랫말: 하늘에 (가시면) 온나라에서 (절하고 있는 우리를) 응당 보시리.

② 보언

- 之 장례행렬이 나아가라
- 具 양손에 솥을 받쳐 들고 있는 모습 구   · 祢 절하라
- 流 떠돌라   · 相 푸닥거리하라
- 者 배우가 나가라

③ 자의

- 天 하늘 천   · 之 가다 지 [보언]
- 四 사방. 온 나라
- 具 양손에 솥을 받쳐 들고 있는 모습 구 [보언]
- 祢 절하다 례 [보언]   · 能 응당~하다 능
- 流 떠돌다 류 [보언]   · 相 푸닥거리하다 양 [보언]
- 見 보다 견   · 者 놈 자 [보언] 배우

안녕, 지통천황

83번가

1) 해독

海底奧津白浪立田山何時鹿越奈武妹之當見武

바다 밑 물굽이 치는 나루에 하얀 파도가 일어선다
밭 위의 산을 어느 때 사슴이 넘어갈 것인가
사리에 어두운 분께서 곧 나타나시려 한다

2) 안녕, 지통천황

 지통천황을 보내는 작품이다.
 환송의 역을 맡은 사람은 장전왕(長田王)이었다. 712년 이세신궁에 가서 만든 작품이다.
 장전왕(長田王)은 원문 속에 지통천황을 사리에 어둡다고 했다. 여기서는 자신의 때가 이미 지났음을 모르고 있다는 의미였다. 83번가는 지통천황을 붙잡는 작품이 아니다. 이제 때가 지났으니 비록 저승바다에 흰 파도가 일었더라도 안녕히 가시라고 환송하고 있다.

만엽집 권제1은 모두 84편의 작품으로 구성되어 있다.

편집자가 권제1에 대한 마무리 작업에 나서고 있다. 등원경을 떠나보낸 다음, 지통천황을 환송하고 있다.

지통천황으로 상징되는 한 시대를 마무리하고 있는 것이다.

권제1을 전체적으로 바라보면, 작품 84편 중 그녀와 직접적으로 관련된 작품들은 53편에 이르고 있었다. 만엽집 권제1의 63%에 달한다.

이 정도라면 편집자 의도는 분명히 조감된다. 지통천황을 중심으로 해 권제1을 만든 것이다. 이제 편집자의 뜻에 따라 우리도 만엽향가의 여황을 보내드려야 한다. 부디 사랑했던 아들 초벽황자를 만나 고통이 없을 저승에서 천년가족 이루고 행복하시라 말해야 한다.

지통천황이 떠나갔다.

편집자가 또 무엇을 준비하여 놓았을지 만엽기행을 계속해야 한다.

우리는 권제1의 마지막 작품 84번가로 발걸음을 옮겨야 한다.

편집자의 안내를 따라가 보자.

해독 근거

(1) 海底奧津白浪 立
① 노랫말: 바다 밑 물굽이 치는 나루에 하얀 파도가 (일어선다).
② 보언: 立 낟알을 제수로 올리라
③ 자의

- 海 바다 해
- 奧 물굽이 욱
- 白 희다 백
- 立 낟알 립 [보언]

- 底 밑 저
- 津 나루터 진
- 浪 파도 랑

(2) 田山何時鹿越 奈武
① 노랫말: 밭 (위의) 산을 어느 때 사슴이 넘어갈 것인가.
② 보언
- 奈 능금을 과일로 올리라
- 武 저승 무사가 나가라
③ 자의
- 田 밭 전
- 何 어느 하
- 鹿 사슴 록. 지통천황
- 奈 능금나무 나 [보언]

- 山 산
- 時 때 시
- 越 넘다 월
- 武 무사 무 [보언]

(3) 妹 之 當 見 武
① 노랫말: 사리에 어두운 분께서 곧 나타나시려 한다.
② 보언
- 之 장례행렬이 나아가라
- 武 저승 무사가 나가라
③ 자의
- 妹 사리에 어둡다 매. 妹=昧 해독. 지통천황
- 之 가다 지 [보언]
- 見 나타나다 현

- 當 곧 ~하려 하다 당
- 武 무사 무 [보언]

고야(高野)의 시대

84번가

1) 해독

秋去者今毛見如妻戀介鹿將鳴山介高野原之宇倍

가을이 가니 지금에야 나타남이여?
그대를 그리워했다
사슴이 장차 울게 될 산 고야원(高野原)의 집에 그대를 모시리

[일본식 해독]
가을이 되면 지금 보시는 듯이 아내 그리는 사슴 우는 산이네 타카노(高野) 들
판의 위는

  * 지금까지의 예에서 보듯이 신라향가 창작법과 일본식 해독법에 따
른 풀이 결과는 화성인과 지구인만큼 다르다. 어느 해독이 합리적일지
전문가 아닌 일반 해독자들께서도 판단해 주시면 좋겠다.

2) 에필로그, 고야신립(高野新笠)의 등장

84번가는 만엽집 권제1의 epilogue이다. 지통천황이 가고, 고야신립(高野新笠)이라는 이름이 등장한다.

평성경으로 수도를 이전한 후 장(長)황자가 지귀(志貴)황자와 함께 연회를 가졌을 때 장황자가 만든 것으로 알려진다.

작자 장황자는 천무천황과 대강(大江)황녀 사이의 황자이다.

[장(長)황자의 가족관계]

천무천황 ────── 대강(大江)황녀
         │
       장황자(?~715, 84번가 작자)

지귀황자는 천지천황의 아들이다.

훗날 지귀황자의 아들 백벽왕(白壁王, 709~782)이 제49대 광인(光仁)천황으로 즉위한다. 광인천황은 즉위 이전 백제 유민의 딸 고야신립(高野新笠)을 맞아들였다. 그녀는 백제 무령왕의 후손이다.

광인천황과 고야신립 사이에 태어난 아들이 훗날의 제50대 환무(桓武)천황이다. 환무천황은 교토(京都)로 천도해, 교토시대를 연 천황이다. 교토의 신으로 모셔지고 있다.

광인천황에 의해 천지천황 계열의 황통이 부활하는 시대전환이 이루어졌다.

[광인(光仁)천황의 가족관계]

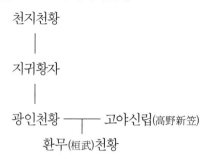

천지천황
|
지귀황자
|
광인천황 ——— 고야신립(高野新笠)
　환무(桓武)천황

그녀에 대해 언급이 있어 온다.

한일 월드컵 개최를 몇 달 앞둔 2001년 12월 23일 일본의 천황이 기자회견에서 말하였다.

"나 자신으로는 환무천황의 생모가 백제 무령왕의 자손이라고 속일본기에 기록되어 있어 한국과의 인연을 느끼고 있다."

일본의 저명한 수필가 오카베이츠코(岡部伊都子, 1923-2008)도 『여인의 경(京)』(일본 도쿄 후지와라 서점 출판, 2005)에서 그녀를 언급했다.

'교토는 도래인들의 힘에 의해 건설됐다고 해도 과언이 아니다. 일본 문화의 기초는 모두 이들에 의해 구축되었다. 도래문화가 화려하게 꽃 핀 헤이안(平安) 시대는 백제 출신 어머니를 둔 환무천황 때부터 비롯되었다. 환무천황의 어머니 고야신립은 백제 왕족으로 제49대 광인천황의 황후가 되었다. 틀림없이 희고 고운 한국여인의 피부를 가진 꽤 아름다운 미녀였을 것이다.'

일본의 천황과 저명한 여류 수필가가 언급한 환무천황의 생모가 바로 고야신립(高野新笠)이다. 그녀는 백제인의 딸이었다.

그러한 그녀가 갑자기 만엽집 권제1의 마지막 작품에 등장하고 있다.

무슨 일인가.

또 하나의 미스터리가 나타났다.

해독 근거

(1) 秋去 者 今 毛 見如

① 노랫말: 가을이 가니 지금에야 나타남이여?

② 청언: 如 맞서라

③ 보언

• 者 배우가 나가라　　• 毛 수염배우가 나가라

④ 자의

• 秋 가을 추. 秋官의 은유. 秋官은 중국 周代의 六官의 하나로서 刑律을 관장하였다. 持通천황을 암시하고 있다.

• 去 가다 거　　　　• 者 놈 자 [보언] 배우

• 今 이제 금　　　　• 毛 털 모 [보언] 수염 배우

• 見 나타나다 현　　• 如 맞서다 여. 여 [청언]

(2) 妻 戀 介

① 노랫말: (그대를) 그리워했다.

② 청언: 介 아름다우라

③ 보언: 妻 처가 나가라

④ 자의

• 妻 아내 처 [보언] 59번가에 妻가 보언으로 쓰이고 있다.

• 戀 그리워하다 련　　• 介 아름다운 모양 이. 이 [청언]

(3) 鹿 將 鳴山 介 高野原 之 宇倍

원문	鹿	將	鳴	山	介	高	野	原	之	宇	倍
노랫말	鹿		鳴	山		高	野	原		宇	倍
청언					介						
보언		將							之		

① 노랫말: 사슴이 (장차) 울 산 高野原의 집에 (그대를) 모시리.

② 청언: 介 아름다우라

③ 보언

- 將 장수가 나가라
- 之 열 지어 나아가라

④ 자의

- 鹿 사슴 록. 제위의 비유. 천황으로 해독
- 將 장수 장 [보언]
- 鳴 울다 명
- 山 산 산
- 介 아름다운 모양 이. 이 [청언]
- 高野 [고유명사법] 지귀황자의 며느리 高野新笠의 이름을 의미
- 原 벌판 원
- 之 가다 지 [보언]
- 宇 집 우
- 倍 모시다 배

84번가의 비밀

– 만엽집 권제1 최대의 미스터리

84번가는 주의 깊은 접근이 필요한 작품이었다.

권제1의 마지막 작품으로서 책의 결어에 해당하는 작품이기 때문이다.

그러나 84번가는 고대문자 해독가를 당황하게 했다.

얼핏 보아 작품의 내용이 일부 황자들 간에 오갔던 이사 간 새 집 이야기로 보였기 때문이다.

지금까지로 미루어보면, 권제1 편집자는 만엽향가 해독능력을 갖추었음은 물론 만들어진 배경까지도 깊숙이 알고 있는 인물이었다. 그러한 편집자이기에 마지막 작품이라는 사실을 고려해 권제1의 목적을 선명히 드러내는 작품을 골랐어야 했다.

그것이 아니었기에 당황했던 것이다.

필자는 작품의 원문과 역사적 사실들을 뜯어내 다시 맞추어 보았다.

그 결과 다음과 같은 점들이 추출되었다.

제사(題詞)는 본 작품을 평성경 천도 후 장황자가 지귀황자와 연회하였을 때의 작품이라 하고 있다. 그렇다면 본 작품은 평성경 천도(710)와 장황자(?~715)의 생몰연대로 보아 710년에서 715년 사이의 작품이어야 한다.

84번가에는 세 사람의 이름이 등장하고 있었다. 장황자와 지귀황자, 고야(高野)라는 이름이다.

등장 인물 장황자는 천무천황의 아들이다.

또 다른 인물 지귀는 천지천황의 아들이다.

이때 지귀황자에게는 아들로 백벽왕(白壁王, 709~782)이 있었으나 아직 어린아이에 불과했다.

백벽왕은 먼 훗날인 770년 제49대 광인(光仁)천황으로 즉위한다. 이는 천무천황이 일으킨 '임신의 난'으로 끊겼던 천지천황 계열의 황통 부활을 의미한다.

광인천황은 즉위 전 백제 무령왕의 후손 고야신립(高野新笠)을 비로 맞았다. 여기에서 '高野'라는 이름이 등장한다. 한편 효겸(孝謙, 718-770) 천황이 고야(高野)천황이라고도 불리나(속일본기) 84번가와의 의미상 연결점은 찾기 어려웠다.

[지귀황자의 주요 가족관계]

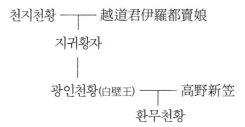

원문 속 '추거(秋去)'에서의 '추(秋)'는 추관(秋官)의 은유로 판단되어야 한다. 신라향가 제망매가에서도 추관(秋官)의 은유로 사용된 사례가 있다. 추관(秋官)은 중국 주나라의 관직으로서 형률을 관장하는 직위다. 이 당시 죄인의 처벌 권한자는 지통천황이었다. 지통천황은 천지천황의 딸이면서도, 남편 대해인황자와 힘을 합쳐 임신의 난을 일으켜 천지천황계의 황통을 끊고 천무천황계 황통을 창설한 여인이다. 또 언니의 아들인 대진(大津)황자를 모반죄로 처형하도록 하였다. 최고 권력자인 그녀를 추관이라고 불러도 지나침이 없다. 그러기에 '추관이 갔다(秋去)'를 '지통천황이 사망했다'로 해독할 수 있다. 공교롭게도 바로 앞 83번 가는 지통천황을 환송하는 눈물향가였다.

원문 속 '장록명(將鹿鳴)'이라는 문자는 '장차 사슴이 울다'로 해독된다. '鹿'은 제왕을 비유하는 말이다. '장차 천황이 나오다'로 해독된다.

원문 속 '高野'라는 이름에서 가슴을 때리는 무거운 울림을 받는다. '고야(高野)'는 지귀황자의 며느리 이름 '고야신립(高野新笠)'의 생략형으로 볼 수 있다. '이성산(耳成山)'을 '이(耳, 52번가 등)'로 표기하고, '중대형(中大兄)'을 '대형(大兄, 9번가)'으로 표기하는 등 생략형으로 쓰는 사례는 너무도 많아 열거가 어렵다. '고야(高野)'가 '고야신립(高野新笠)'이라는 여인의 이름을 의미한다면 본 작품의 의미는 '새 집 이야기'를 한 것이 아니라 '황통 이야기'를 한 것이 된다.

이렇다면 믿고 싶지 않을 만큼의 대형 사건이다.

지귀황자는 천지천황의 아들이다. 지귀황자의 아버지 천지천황은 663년 백제 지원을 위해 대규모 병력파견을 주도했으나 백제의 백촌강(白村江) 전투에서 패배하였다.

광인천황(770~781)은 지귀황자의 아들이기에 천지천황 직계이다. 손자이다. 광인천황은 고야신립과의 사이에 환무(桓武)천황을 낳게 된다. 고야신립은 백제 무령왕의 후손 '화을계(和乙継)'의 딸이다. 백제와 연계된다. 환무천황은 부계로는 천지천황 계열이고 모계로는 백제계이다.

원문 속의 '장록명 고야원(將鹿鳴 高野原)'은 '고야신립(高野新笠)에게서 장차 천황들이 나오다'라는 말이 될 수 있다.

그러나 이 사실은 장황자와 지귀황자가 사망하고 난 뒤에야 현실화된다. 그런데 고야(高野)라는 이름이 84번가에 들어 있다. 이를 우연으로 보아야 할까? 먼 훗날 있게 될 일이기에 우연이라고 해야 마땅하다. 우연이 맞다면 84번가는 권제1에 도무지 어울리지 않는 새 집 이야기에 불과하다. 이것 역시 있을 수 없는 작품의 배열이다.

그러나 만일 '고야(高野)'가 '고야신립(高野新笠)'을 의미한다면 권제1의 최종작에 어울린다.

모든 사실들이 신라향가 창작법으로 만엽집을 해독하기 전까지는 상상하지도 못했던 한 지점을 가리키고 있다. 최종작의 성격이 심상치 않다는 것이다.

필자는 여러 가지 근거들을 바탕으로 추측한다.

만엽집 권제1 최초 편집자는 평성경 천도 이후에 1~80번가까지의 작품을 모아 권제1을 만들었을 것이다.

그랬던 것을 광인천황 즉위 이후 누군가가 고도의 통치적 목적을 가지고 권제1의 편집 체제를 흔들면서 뒤에 4개의 작품(81, 82, 83, 84번가)을 덧붙여 놓았다면 고야신립(高野新笠)의 이름이 권제1에 충분히 나올 수도 있다.

필자는 80번가까지 편집한 집단과 뒤에 네 개의 작품을 추가한 세력이 별도로 존재했다고 판단한다.

그들 두 세력은 만엽집 권제1에 대한 생각이 달랐을 것이다. 80번가까지로 권제1을 만든 집단은 최초로 대왕이라 칭했던 웅략천황으로부터 지통천황까지의 정통성을 중시했다. 그랬기에 평성경으로 천도를 하면서, 천도사업의 핵심과제를 지통천황의 정통성을 이어가는 데 두었다. 80번까지의 권제1은 천도를 단행했던 원명천황을 중심으로 한 세력이었을 것이다. 그러한 목적으로 만든 작품이 79, 80번가다.

그러나 뒤에 등장하는 세력은 일본을 신장개업하려 했던 것으로 보인다. 그들은 지통천황을 환송해버리고, 고야신립(高野新笠)을 맞이해야 할 필요가 있던 사람들이었다.

원래 향가는 각 개의 작품이 소원을 이루어주는 힘을 가진 노래이다.

앞의 세력은 한 개여도 되는 향가를 애를 써 80개나 모았다. 80은 꼭 80이라는 숫자가 아니다. '매우 많다'를 의미하는 숫자다. 많은 향가를 묶어 더욱 강한 힘을 갖도록 노래집을 만들었다.

84개의 작품으로 향가집을 만들면 오히려 80이라는 숫자가 가진 무한 확장성의 의미를 깨뜨린다. 그냥 84일 뿐이다. 그럼에도 불구하고 80에 4를 일부러 얹은 것이다. 이러한 부자연스러움은 일부러 하지 않으면 있을 수 없다.

앞의 집단은 '80'으로 상징되는 '무한대 숫자'의 향가 꾸러미로 무엇인가 그들의 소원을 이루고자 했다. 권제1은 청을 이루어주는 손오공의 여의봉이 되어 주었을 것이다. 그들의 청은 웅략으로부터 지통천황까지 내려오는 정통성의 수호였을 것이다.

그러나 훗날 나온 세력은 어떤 과정인지는 불분명하지만 앞의 집단이 비장하고 있던 권제1을 인계받게 되었다. 그것을 검토하고 난 다음 숫자의 파격에도 불구하고 4편을 추가하기로 하였다. 만엽집 권제1을 자신들의 무기로 만들기 위해서였다. 84번가는 황위를 새로 되찾은 천지천황계 후손들의 이야기와 관련이 있을 수 있다. 그래야 이야기의 아귀가 맞는다.

만엽집 권제1의 시작과 끝 작품도 의미심장하다. 1번가는 초대 대왕의 작품이었다. 80번가는 지통의 정통성을 이어 나가고자 했다. 앞의 집단에게는 초대로부터 지통까지의 정통성을 이어감이 목적이었으니, 당연히 80번가로 끝맺음해야 했다. 그러나 권제1은 여기에서 끝날 운명이 아니었다.

뒤이어 다른 세력이 나타나 네 개의 작품을 추가하게 된 것이다. 이들은 지통천황으로 상징되는 한 시대를 마무리하고, 또 다른 화(和)를 이루어 나가고자 하였다. 새로운 화(和)의 대상에는 고야(高野)와 백제유민들이 포함되어 있었고, 이후 실제로 그녀의 아들 환무천황 대에 이르면 백제유민들의 고위직 진출이 대거 이루어졌다. 필자는 네 개의 작품을 추가한 세력은 환무천황(재위 781~806)을 중심으로 한 세력으로 판단한다. 그렇게 함으로써 천지천황의 후손인 광인천황, 환무천황과 백제유민들은 힘의 노래인 향가의 힘을 빌어 663년 백제 백촌강으로부터 닥쳐와 100년이 넘도록 일본을 뿌리째 흔들고 있던 역사의 세찬 격랑을 가라앉히고자 했다. 그들이 헤이안(平安) 시대를 열었다. 4작품을 추가하며 담은 청이 이루어진 것이다. 이것은 필자의 추측일 뿐이다. 그러나 단순한 추측이 아니다. 만엽집 제1권을 해독하다보면 들여다보이는 추측이다.

왜 81, 82, 83, 84번가를 추가하였는가.
실로 만엽집 권제1 최대의 미스터리라 하지 않을 수 없다.
필자는 섣불리 결론을 내리지 않을 것이다.

하지만 이것만은 확실히 말할 수 있다.

만엽집에 수록되어 있던 작품들은 신라향가 창작법을 설계도로 하여 만들어진 향가였다.

향가는 힘의 노래였다.

그들은 향가를 여러 개 묶으면 향가가 가진 힘은 더욱 강력해진다고 믿었다.

권제1은 고대 천황가의 후손들이 합창하고 군무하던 거대한 힘의 노래였다.

힘의 노래가 울려 퍼지자 그들의 꿈이 이루어졌다.

이것이 권제1 속에 감추어져 있던 천 년의 비밀이었다.

나머지 만엽집 속에는 어떠한 역사와 꿈이 감추어져 있을 것인가.

.

3장

일본서기 속의 향가

향가는 만엽집의 두루마리뿐만 아니라 일본서기 속에도 있었다. 일본서기의 향가들은 또 다른 의미를 갖고 있다. 일본서기의 서사적 기록들은 이면의 실상을 정확히 모르는 제3자가 써놓은 것인데 반해, 일본서기 속 향가는 사건의 주인공 자신이 직접 써놓은 이야기라는 점이다. 주인공의 속마음이 진솔하게 표현되고 있기에 더없이 소중하다. 일본서기 향가는 주인공 자신을 위한 역사적 서사들이었다. 신라향가 창작법은 일본의 역사까지도 재해독하게 하였다.

신라향가 창작법으로 다음의 일본서기 향가 9편을 해독하고자 한다.

효덕천황 고립가(孤立歌)
제명천황 비곡가(悲哭歌) 1, 2, 3
제명천황 비읍가(悲泣歌) 1, 2, 3
제명천황 동요(童謠)
중대형황자 매화가(梅花歌)

효덕천황 고립가(孤立歌)

1) 해독

舸娜紀都該阿我柯賦古磨播比枳涅世儒阿我柯賦古磨乎比騰瀰都羅武箇

큰 배에서 실 한 올만큼씩만 세금을 거두어들이자고 하였어도 모두가
중대형황자에게 알랑거리며 고집스럽게 온갖 세금을 잔뜩 부과하였고
삼나무(麻)를 돌로 두드려 몹쓸 것은 버리고 좋은 것에서만 실을 뽑자
고 하였어도 아첨꾼들이 중대형황자에게 알랑거리며 아무것도 자라지
않는 갯땅에까지 기어이 세금을 부과하였고
삼나무(麻)를 돌로 두드리는 일처럼 나와 함께 여러 사람이 무리 지어
달리며 일하자고 하였어도 세차게 흐르는 물에서 (나 혼자 그물질하고 있
더라)

[일본식 해독]
도망 못 가게 머리에 나무를 붙인 내가 기르던 말은 어찌 되었나. 마구간에서 꺼
내지도 않고 소중히 기르던 말을 어찌하여 타인이 보았을까.

2) 배경 기록

일본서기 효덕천황 백치 4년 기록에 본 향가가 있다.

효덕천황이 645년 12월 도읍을 난파(難波, 지금의 오사카)로 옮겼다. 653년 중대형황자가 효덕천황에게 비조(飛鳥)로의 천도를 청하였으나 천황이 허락하지 않았다.

중대형황자는 황조모존(皇祖母尊, 皇極천황, 寶황녀)과 간인황후(間人皇后) 등을 거느리고 비조(飛鳥)로 가 머물렀다. 이때 공경대부와 백관들도 모두 따라 갔다.

정치적으로 고립된 효덕천황은 원망하면서 아내 간인황후에게 노래를 보냈다. 본 작품이 그것이다.

그는 654년 11월 사망하였다. 일본서기 관련 기록은 다음과 같다.

白雉 4年

是歲, 太子奏請曰, 欲冀遷于倭京. 天皇不許焉. 皇太子乃奉皇祖母尊間人皇后, 幷率皇弟等, 往居于倭飛鳥河邊行宮. 于時, 公卿大夫百官人等, 皆隨而遷. 由是, 天皇恨欲捨於國位, 令造宮於山碕. 乃送歌於間人皇后曰, 舸娜紀都該阿我柯賦古磨播比枳涅世儒阿我柯賦古磨乎比騰瀰都羅武箇.

효덕천황의 노래에 대한 지금까지의 풀이는 상황의 이해에 별다른 도움을 주지 못한다.

그러나 향가창작법에 의한 해독결과는 효덕천황이 국사를 의욕적으로 추진하고자 하였음에도 신하들이 중대형황자 편을 들 뿐 자신의 말을 전혀 듣지 않았다고 황후에게 하소연하는 내용이다. 당시의 실권이 중대형황자에게 있었음을 의미한다. 효덕 재위 시 추진되었던 각종 개혁정책(大化改新)의 이면을 보여준다 할 것이다.

효덕천황이 남긴 이 작품은 노래로 기록된 역사라고 하여도 부족함이 없다.

해독 근거

(1) 舸 娜 紀 都 該 阿 我 柯 賦古

① 노랫말: 큰 배에서 실 한 오라기만큼 씩만 세금으로 거두어들이자고 하였어도 모두가 (중대형황자)에게 알랑거리며 고집스럽게 온갖 세금을 부과하였고

② 보언

• 娜 천천히 휘청거리며 (여유있게) 노를 저어라

• 都 탄식하라   • 柯 주발에 담으라

③ 청언: 古 십 대나 입에서 입으로 전하게 해주소서

④ 자의

• 舸 큰 배 가

• 娜 휘청휘청하다, 천천히 흔들리는 모양 나 [보언] 노를 젓는 모습

• 紀 실타래에서 실 한오라기를 뽑아내다 기

• 都 감탄사 도   • 該 모두 해

• 阿 편들다, 알랑거리다 아   • 我 외고집 아

• 柯 주발(周鉢: 놋쇠로 만든 밥그릇) 가 [보언]

• 賦 온갖 세금을 부과하다 부

• 古 십대나 입에서 입으로 전하다 고 [청언]

(2) 磨播比 枳 涅 世儒 阿 我 柯 賦古

① 노랫말: 마를 돌로 두드려 (몹쓸 것은) 버리고 (좋은 것으로만) 골라 (실을) 뽑자고 하였어도 (아무것도 자라지 않는) 갯땅에 까지 (중대형황자에게) 알랑거리며 고집스럽게 아무 데나 세금을 부과하였고

② 청언: 古 십대나 입에서 입으로 전하게 해주소서

③ 보언

- 世儒 삼십명의 아첨꾼이 나가라
- 枳 탱자나무로 울타리를 치라
- 柯 주발에 밥을 담아 올리라

④ 자의

- 磨 마를 물에 불려 돌로 두드리다 마. 磨=麻+石
- 播 버리다 파　　　　　　· 比 고르다, 가려뽑다 비
- 枳 탱자나무 지 [보언]
- 涅 개흙(갯바닥이나 늪 바닥에 있는 거무스름하고 미끈미끈한 고운 흙) 널
- 世 삼십 세 [보언]　　　　· 儒 억지로 웃는 모양 유 [보언]
- 世儒 [다음절 보언] 삼십 명의 아첨꾼으로 해독
- 阿 편들다, 알랑거리다 아　· 我 외고집 아
- 柯 주발(周鉢: 놋쇠로 만든 밥그릇) 가 [보언]
- 賦 온갖 세금을 부과하다 부
- 古 십 대나 입에서 입으로 전하다 고 [청언]

(3) 磨 乎 比騰瀰 都羅武箇

① 노랫말: 삼나무를 돌로 두드리는 일처럼 여럿이 무리 지어 달리려 하였어도 세차게 흐르는 물에서 (나 혼자 그물질하였더라).

② 보언

- 乎 탄식하라　　　　・都 탄식하라 도
- 羅武箇 그물질하는 무사 한 명이 나가라

③ 자의

- 磨 마를 물에 불려 돌로 두드리다 마. 磨=麻+石
- 乎 감탄사 호 [보언]　　・比 무리, 동아리 비
- 騰 힘차게 달리다 등　　・瀰 세차게 흐르다 미
- 都 아아(감탄사) 도 [보언]　・羅 그물 라 [보언]
- 武 무사(武士) 무 [보언]　・箇 낱 개 [보언]
- 羅武箇 [다음절 보언] 그물질 하는 무사 한 명

제명천황 비곡가(悲哭歌) 1

1) 해독

伊磨紀那屢乎武例我禹杯爾俱謨娜尼母旨屢俱之多多婆那爾柯那瞪柯武

너에게 삼나무(麻)를 돌로 두드려 얻어낸 실 중 한 오라기를 주겠다
전례에 따라 기어이 왜인들의 발걸음을 멈추게 하여 주막에서 배불리
먹이라
함께 가야 할 것이다, 의논하여.
그들을 주막집에 멈추게 해 배불리 먹이라
나의 뜻을 여러 번 되풀이하노니, 저승길을 함께 가도록 하라
많고 많은 사람들에게 밥을 주발에 담아 먹이라
흰 밥을 주발에 담아 먹이라

[일본식 해독]
금성(今城)의 작은 언덕 위에 구름만이라도 뚜렷이 끼었다면 어찌 이렇게까지 한
탄하겠는가

일본 만엽집萬葉集은 향가였다

2) 배경기록

일본서기 제명(齊明)천황 때의 기록이다.

658년 5월 제명천황의 손자 건왕(建王)이 여덟 살의 나이로 죽었다. 금성곡(今城谷)위에 빈궁을 세워 안치하였다. 건왕은 중대형황자의 아들이다.

제명천황은 본래 황손의 온순한 성품을 중히 여겼다. 슬픔을 이기지 못하고 곡(悲哭)을 하였다.

군신에게 "내가 죽은 뒤에 반드시 짐의 능에 합장하라."고 명하였다.

그리고 노래 3수를 읊었다. 비곡가(悲哭歌) 1, 2, 3이 그것이다.

해독 근거

(1) 伊磨紀 那屢乎武

① 노랫말: 너에게 마를 돌로 두드려 얻은 실 중 한 오라기를 주겠다.

② 보언

• 那屢 배우들은 '어찌하리요'를 반복하라

• 乎 탄식하라　　　　• 武 저승 무사가 나가라

③ 자의

• 伊 너 이

• 磨 마를 돌로 두드려 실을 얻다 마. 磨=麻+石

• 紀 실타래에서 한 오라기를 뽑다 기

• 那 어찌하리요 나 [보언]

• 屢 여러번 되풀이하다 루 [보언]

- 乎 감탄사 호 [보언]   - 武 무사 무 [보언]

(2) 例我 禹杯爾

① 노랫말: 전례에 따라 기어이 (저승길 가는 왜인들의 발걸음을 멈추게 하고 주막에서 배불리 먹이라).

② 청언: 爾 저승바다여 잔잔하라

③ 보언

- 禹 특이한 걸음걸이 법으로 걸으라
- 杯 술을 따라 올리라

④ 자의

- 例 전례(前例)를 따르다 예   - 我 외고집 아. 기어이로 해독
- 禹 중국 하나라의 왕 우(禹)의 걸음걸이라는 뜻으로 해독한다 [보언] 귀인이 외출할 때 음양가가 주술문을 외며 춤을 추며 갈지자 등으로 특이하게 걷는 걸음걸이법으로 여러 가지 종류가 있다. 천황, 장군 등 귀족의 외출에 있어서 활발히 이루어졌고, 나쁜 방향을 밟아 부수는 의미도 있다. 사기(邪気)를 물리치고, 정기(正気)를 불러오고, 행복을 열기 위한 것이라고 한다. 반폐(反閇)라고도 한다. 고대 일본 장례식의 풍습으로 관이 나갈 때 앞에서 행하는 걸음걸이기도 하다. 관련 내용이 만엽집 890번가에 나온다.
- 杯 잔 배 [보언]   - 爾 아름다운 모양 이 [청언]

(3) 俱謨

① 노랫말: 함께 가야 한다, 의논하여

② 자의

- 俱 함께 구   - 謨 의논하다 모

(4) 娜 尼 母 旨屢俱 之

① 노랫말: (주막집에) 멈추게 해 (배불리 먹이라). 뜻을 여러 번 되풀이하노니, 함께 가도록 하라

② 보언

- 娜 천천히 노를 저어라　　　• 母 나이많은 여자가 나가라
- 之 장례행렬이 나아가라

③ 자의

- 娜 휘청휘청하다, 천천히 흔들리는 모양 나 [보언] 천천히 노를 젓다.
- 尼 정지시키다 닐. 주막집에 멈추어 밥을 먹다로 해독한다.
- 母 할머니, 나이많은 여자 [보언] 제명천황을 의미
- 旨 뜻 지　　　　　　　　　• 屢 여러 번 되풀이하다 루
- 俱 함께 구　　　　　　　　• 之 가다 지 [보언]

(5) 多多 婆那爾 柯 那

① 노랫말: 많고 많은 사람들에게 (밥을) 주발에 (담아 먹이라).

② 청언: 爾 저승바다여 잔잔하라

③ 보언

- 婆 할머니가 나가라　　• 那 '어찌하리요'라고 외치라
- 那 '어찌하리요'라고 외치라

④ 자의

- 多 많다 다　　　　　　• 多 많다 다
- 婆 할머니 파　　　　　• 爾 아름다운 모양 이. 이 [청언]
- 柯 주발(周鉢: 놋쇠로 만든 밥그릇) 가
- 那 어찌하리요 나

(6) 皚柯 武

① 노랫말: 흰 밥을 주발에 (담아 먹이라)

② 보언: 저승 무사가 나가라

③ 자의

- 那 어찌하리요 나
- 皚 희다 애. 흰밥으로 해독
- 柯 주발(周鉢: 놋쇠로 만든 밥그릇) 가
- 武 무사 무

제명천황 비곡가(悲哭歌) 2

1) 해독

伊喩之之乎都那遇舸播杯能倭柯矩娑能倭柯倶阿利岐騰阿我謨婆儺倶爾

너에게 이르나니
저승가는 길 가다가 우연히 큰 배를 보게 되면 그 사실을 퍼뜨려야
하리
왜인을 만나면 주발을 꺼내 밥을 나누어 주어 함께 물가로 가야 하리
산길을 뛰어가야 하리
저승배 닿는 물가로 가는 길 의논하여 반드시 다른 사람들과 함께 가
야 하리

[일본식 해독]
화살 맞은 사슴과 멧돼지를 쫓아가다 맞닥뜨린 냇가의 어린 풀처럼 가냘프다고
는 생각지 않았는데

2) 배경 기록

일본서기 658년 기록이다. 손자 건왕 사망 시 제명천황이 지은 작품 중 두번째다.

해독 근거

(1) 伊喩 之之乎都
① 노랫말: 너에게 이르다.
② 보언
- 之 장례행렬이 나아가라
- 之 장례행렬이 나아가라
- 乎 탄식하라
- 都 탄식하라

③ 자의
- 伊 너 이
- 喩 깨우쳐 주다, 가르쳐 주다, 이르다 유
- 之 가다 지 [보언]
- 之 가다 지 [보언]
- 乎 감탄사 호 [보언]
- 都 아아 감탄사 도 [보언]

(2) 那 遇舸播 杯
① 노랫말: 우연히 큰 배를 (보게 되면 이 사실을) 전파하라.
② 보언
- 那 어찌하리요
- 杯 술을 따라 올리라

③ 자의
- 那 어찌하리요 나 [보언]
- 遇 우연히(偶然-) 우
- 舸 큰 배 가. 저승배로 해독
- 播 퍼뜨리다 파
- 杯 잔(盞) 배 [보언]

(3) 能倭柯 矩娑 能俱阿利 岐騰

① 노랫말: 응당 왜인을 만나면 주발을 꺼내 (밥을 나누어 주어) 응당 함께 물가로 (가야) 하리. 산 길을 뛰어가야 하리.

② 청언: 利 이익이 되게 해주소서.

③ 보언: 矩娑 옷자락을 휘날리며, 몸을 곱자처럼 꺾어 노를 저어라

④ 자의

- 能 응당 ~해야 한다 능   • 倭 왜나라 왜
- 柯 주발(周鉢: 놋쇠로 만든 밥그릇) 가
- 矩 곱자(ㄱ) 구 [보언]   • 娑 옷자락이 날리다 사 [보언]
- 矩娑 [다음절 보언] 옷자락이 날리게 몸을 ㄱ자로 꺾으며 노를 젓다.
- 能 응당 ~해야 한다 능   • 俱 함께 구
- 阿 물가 아   • 利 이롭다 이
- 岐 산이름 기   • 騰 뛰다, 질주하다(疾走 -) 등

(4) 阿我謨 婆儺 俱 爾.

① 노랫말: 물가로 가는 길 고집스럽게 의논하여 (다른 사람들과) 함께 가야 하리.

② 청언: 爾 저승바다여 잔잔하라

③ 보언: 婆儺 할머니가 푸닥거리를 하라

④ 자의

- 阿 물가 아   • 我 외고집 아   • 謨 꾀하다 모
- 婆 할머니 파 [보언]
- 儺 푸닥거리, 역귀(疫鬼)를 쫓는 행사 나 [보언]
- 婆儺 [다음절 보언] 할머니가 푸닥거리를 하다.
- 俱 함께 구   • 爾 아름다운 모양 이. 이 [청언]

제명천황 비곡가(悲哭歌) 3

1) 해독

阿須箇我播瀰儺蟻羅毗都都喩矩瀰都能阿比娜謨儺倶母於母保喩屢柯母

물가로 가다가 저승배를 보게 되면 반드시 전파하라
세차게 흐르는 강에 빠진 개미를 그물질하여 건져내서라도 함께 가라
이르나니, 저승가는 배 닿는 물가로 함께 가야하리
응당 물가로 가는 길 함께 가야 하리
의논하여 사람들과 함께 가 몸을 보전해야 하리
너에게 이르기를 되풀이하나니
주발에 밥을 담아주니 사람들에게 먹여 함께 가야 하리

[일본식 해독]
아스카가와(飛鳥川)의 물보라를 일으키며 흘러가는 물과 같이 끊임없이 생각나는구나.

2) 배경사항

제명천황 작이다.

해독 근거

(1) 阿 須箇 我播
① 노랫말: 물가로 가다가 (저승배를 보게 되면) 반드시 전파하라
② 보언: 須箇 수염배우 혼자 나가라
③ 자의
- 阿 물가 아
- 須 수염 수 [보언]
- 箇 낱 개
- 我 외고집 아
- 播 퍼뜨리다 파

(2) 瀰 儺 蟻羅毗 都都
① 노랫말: 세차게 흐르는 강에 빠진 개미를 그물질하여 건져내서라
도 (함께 가라.)
② 보언
- 儺 푸닥거리하라
- 都 탄식하라
- 都 탄식하라
③ 자의
- 瀰 세차게 흐르다, 물이 꽉 찬 모양 미
- 儺 푸닥거리, 역귀(疫鬼)를 쫓는 행사 나 [보언]
- 蟻 개미 의
- 羅 그물질하다 라
- 毗 돕다 비
- 都 감탄사 도 [보언]

- 都 감탄사 도 [보언]

(3) 喩 矩 瀰 都

① 노랫말: 이르나니, (저승 가는 배 닿는) 물가로 (함께 가야 하리).

② 보언: 矩 사공이 몸을 'ㄱ'자로 몸을 꺾으며 노를 저어라

- 都 감탄하라

③ 자의

- 喩 이르다 유
- 瀰 세차게 흐르다 미
- 矩 곱자(ㄱ) 구 [보언]
- 都 감탄사 도 [보언]

(4) 能阿比 娜

① 노랫말: 응당 물가로 가는 길을 함께 (가야 하리).

② 보언: 娜 사공이 휘청거리며 노를 저어라

③ 자의

- 能 응당~하다
- 比 나란히 하다 비
- 阿 물가 아
- 娜 사공이 휘청거리다 나

(5) 謨 儺 俱 母於母 保

① 노랫말: 의논하여 (사람들과) 함께 가 몸을 보전해야 하리.

② 보언

- 儺 푸닥거리하라
- 於 탄식하라
- 母 어머니뻘의 배우가 나가라
- 母 어머니뻘의 배우가 나가라

③ 자의

- 謨 의논하다 모
- 儺 푸닥거리, 역귀(疫鬼)를 쫓는 행사 나 [보언]

- 俱 함께, 동반하다 구　　　• 母 어머니뻘의 여자 모 [보언]
- 於 탄식하다, 오오 감탄사 오　• 母 할머니가 나가라 모 [보언]
- 保 보존하다 보

(6) 喩屢柯 母

① 노랫말: (너에게) 이르기를 되풀이하나니. 주발에 (밥을 담아주어 사람들에게 먹여 함께 가야 하리).

② 보언: 母 어머니뻘의 배우가 나가라

③ 자의

- 喩 이르다 유　　　　• 屢 여러번 되풀이하다 루
- 柯 주발(周鉢: 놋쇠로 만든 밥그릇) 가
- 母 어머니뻘의 배우가 나가라 모 [보언]

제명천황 비읍가(悲泣歌) 1

1) 해독

耶麻古曳底于瀰倭柂留騰母於母之樓枳伊麻紀能禹知播倭須羅庾麻旨珥

신발을 끌며 산 아래 저승배 닿는 물가로 왜인들이 달려가고 있다
망루에 올라 물가를 찾고 있는 자는 물가를 발견하게 되면 너에게 응
당 요지를 알리고 퍼뜨려야 할 것이다
모든 왜인들에게 나의 이 뜻을 알리고 전파하라

[일본식 해독]
산 넘고 바다 건너며 즐거운 여행을 하건만, 금성에서의 일은 잊을 수 없구나.

2) 배경기록

日本書紀 卷第26 齊明天皇
冬十月 幸紀溫湯 天皇憶皇孫建王 愴爾悲泣 乃口號曰
耶麻古曳底于瀰倭柂留騰母於母之樓枳伊麻紀 能禹知播倭須羅
庾麻旨珥 [其一]

瀰儺度能于之裒能矩娜利于娜俱娜梨于之廬母 俱例尼飫岐底舸
庾舸武 [其二]

于都俱之枳阿餓倭柯枳古弘庾岐底舸庾舸武 [其三]

제명천황 4년(658) 겨울 10월 15일

제명천황이 기온탕(紀溫湯)에 행차하였다. 천황이 황손 건왕을 생각하
여 마음 아파하고 슬피 울며(悲泣) 노래를 지어 불렀다.

이때 지은 세 개 중 첫 번째 작품이다.

해독 근거

(1) 耶麻古 曳 底 于 瀰 倭 柂留 騰 母於母 之

① 노랫말: 신발을 끌고 가다가 산 아래 (저승배 닿는) 물가로 왜인들
이 달려가고 있다.

② 보언

- 耶 저승에 가지 못한 귀신이 나가라
- 麻 삼베 상복 입고 나가라
- 古 십 대나 입에서 입으로 전하라   • 柂留 키를 잡고 있다
- 母 어머니뻘의 여자가 나가라   • 於 탄식하라
- 母 어머니뻘의 여자가 나가라   • 之 장례행렬이 나아가라

③ 자의

- 耶 사특하다(邪慝-: 요사스럽고 간특하다) 사
- 麻 베옷, 삼으로 지은 상복 마
- 古 십 대나 입에서 입으로 전하다 고

- 曳 끌다 예   • 底 밑 저
- 于 감탄사 우 [보언]
- 瀰 물이 넓다, 세차게 흐르다, 물이 꽉 차다 미
- 倭 왜나라 왜
- 柁 키(배의 방향을 조종하는 장치) 타 [보언]
- 留 머무르다, 억류하다 류 [보언]
- 騰 뛰다, 질주하다(疾走--), 힘차게 달리다 등
- 母 어머니뻘의 여자, 할머니 모 [보언]
- 於 탄식하다 오 [보언]
- 母 어머니뻘의 여자, 할머니 모 [보언]
- 之 가다 지 [보언]

(2) 樓 枳 伊 麻 紀 能 禹 知 播

① 노랫말: 망루에 올라 (큰 물을 찾고 있는 자는 이를 발견하게 되면) 너에게 응당 (요지를) 알리고 퍼뜨려야 할 것이다.

② 보언

- 탱자나무를 두르다
- 베옷 입은 자는 요약해서 보고하라
- 특이한 발걸음을 하라

③ 자의

- 樓 망루(望樓: 적이나 주위의 동정을 살피기 위하여 높이 지은 다락집) 루
- 枳 탱자나무 지 [보언]   • 伊 너 이
- 麻 베옷 마 [보언]
- 紀 여러 개의 실 가닥에서 하나를 뽑아내다 기 [보언]
- 能 응당~하다 능

- 禹 중국 하나라의 왕 우(禹)의 걸음걸이라는 뜻으로 해독한다. 귀인이 외출할 때 음양가가 주술문을 외며 춤을 추며 갈지 자 등으로 특이하게 걷는 걸음걸이법으로 여러가지 종류가 있다. 천황, 장군 등 귀족의 외출에 있어서 이루어졌고, 나쁜 방향을 밟아 부수는 의미도 있다. 사기(邪気)를 물리치고, 정기(正気)를 불러오고, 행복을 열기 위한 것이라고 한다. 反閇라고도 한다. 고대 일본 장례식의 풍속이었다. 관련 내용이 만엽집 890번가에 나온다.
- 知 알리다 지　　　　• 播 퍼뜨리다 파

(3) 倭 須羅庾麻 旨 珥
① 노랫말: 왜인들에게 나의 이 뜻을 (알리고 전파하라)
② 보언
- 須羅麻 수염 나고 비단옷 입은 사람과 베옷 입은 사람들이 나가라
- 庾 노적가리같이 큰 저승배가 나가라　　　• 珥 귀고리를 달라
③ 자의
- 倭 왜나라 왜　　　　• 須 수염 수 [보언]
- 羅 비단 라 [보언]
- 庾 노적가리(露積-: 쌓아 둔 곡식의 더미) 유 [보언] 저승배가 와 노적가리같이 정박해 있다.
- 須羅 [다음절 보언] 수염 난 비단 옷 입은 사람
- 庾麻 [다음절 보언] 노적가리같이 큰 저승배 노 젓는 베옷 입은 사람
- 旨 뜻, 성지(聖旨: 임금의 뜻) 지. 제명천황의 뜻으로 해독
- 珥 귀고리 이 [보언] 귀를 강조한다. 즉 잘 알아들으라는 뜻

제명천황 비읍가(悲泣歌) 2

1) 해독

漓儺度能于之哀能矩娜利于娜俱娜梨于之廬母俱例尼飫岐底舸庾舸武

물은 사람이 건너기 어려울 만큼 응당 세차게 흐르지
많은 사람들과 응당 함께 가야 하리. 함께 가야지
주막에 이르면 함께 가는 사람들을 전례에 따라 발걸음 멈추게 하고
배불리 먹이라
산 아래 저승배, 저승배가 있나니

[일본식 해독]
항구의 거센 파도 헤치며, 바다를 건너 가건만 우울한 마음으로 (건왕을) 남기고
가네.

2) 배경 기록

제명천황이 658년 10월 기온탕(紀溫湯)을 방문했을 때의 두 번째 작
품이다.

(1) 灖 儺度 能 于之

① 노랫말: 물은 (사람이 건너기 어려울 만큼) 응당 (세차게 흐르지).

② 보언

- 儺度 푸닥거리하는 승려
- 于 탄식하라
- 之 장례행렬이 나아가라

③ 자의

- 灖 물이 넓다, 세차게 흐르다, 물이 깊다, 아득하다, 물이 꽉 찬 모양 미
- 儺 푸닥거리 나. 儺=人+難 [보언]
- 度 건너다, 승려(僧侶)가 되다 도 [보언]
- 儺度=人難度=사람이 건너기 어렵다
- 儺度 [다음절 보언] 승려가 푸닥거리를 하라
- 能 응당~하다 능
- 于 감탄사 우 [보언]
- 之 가다 지 [보언]

(2) 裒能 矩娜 利 于娜 俱 娜梨于之

① 노랫말: 많은 사람들과 응당 함께 가야하리. 함께 가야지.

② 보언

- 矩 사공이 몸을 'ㄱ'자로 꺾으며 노를 저으라
- 娜 천천히 노를 저어라
- 利 이롭게 해달라=편히 저승에 가게 해달라
- 于 탄식하라
- 娜 천천히 노를 저어라
- 娜 천천히 노를 저어라
- 梨 배를 제수로 올리라

- 于 탄식하라　　　　　　　　• 之 장례행렬이 나아가라

③ 자의

- 裒 많다 부　　　　　• 能 응당~하다 능
- 矩 곱자('ㄱ'자 모양의 자) 구
- 娜 휘청휘청하다, 천천히 흔들리는 모양 나
- 利 이롭다 리　　　　　• 于 아, 감탄사 우 [보언]
- 娜 휘청휘청하다, 천천히 흔들리는 모양 나
- 俱 함께 구
- 娜 휘청휘청하다, 천천히 흔들리는 모양 나
- 梨 배 리　　　　　　• 于 감탄사 우 [보언]
- 之 가다 지 [보언]

(3) 廬 母 俱例尼飫

① 노랫말: 주막에 이르면 함께 (가는 사람들을) 전례에 따라 발걸음을 멈추게 하고 배불리 먹이라.

② 보언: 母 어머니뻘의 여자가 나가라

③ 자의

- 廬 주막 려　　　　• 母 어머니뻘의 여자 [보언]
- 俱 함께 구　　　　• 例 전례(前例)를 따르다 례
- 尼 정지시키다 닐　　• 飫 배부르다, 편안(便安)히 먹다 어

(4) 岐底舸 庾舸 武

① 노랫말: 산 아래 저승배, 저승배가 있나니

② 보언

- 庾 노적가리같이 큰 배가 나가라　　• 武 무사가 나가라

③ 자의

- 岐 산(山)의 이름 기
- 底 밑 저
- 舸 큰 배 가
- 庾 노적가리(露積--: 쌓아 둔 곡식의 더미) 유 [보언] 노적가리 같이 큰 저승배가 여러 척이 와 정박해 있다.
- 舸 배, 선박(船舶), 큰 배 가
- 武 무사 무 [보언]

제명천황 비읍가(悲泣歌) 3

1) 해독

于都俱之枳阿餓倭柯枳古弘庾岐底舸庾舸武

저승길을 함께 가야지
물가로 가는 굶주린 왜인들에게 주발에 밥을 담아 주어 함께 가고
산이 멈춘 곳에 노적가리같이 큰 저승배, 저승배가 있나니

[일본식 해독]
사랑스런 내 어린아이를 뒤에 남기고 가네.

2) 배경 기록

　제명천황이 658년 10월 기온탕(紀溫湯)을 방문했을 때의 세 번째 작품이다.

해독 근거

(1) 于都 俱 之枳

① 노랫말: (저승길을) 함께 (가야지).

② 보언
- 于 탄식하라
- 都 탄식하라
- 之 장례행렬이 나아가라
- 枳 탱자나무로 둘러싼 망루를 설치하라

③ 자의
- 于 감탄사 우 [보언]
- 都 감탄사 도 [보언]
- 俱 함께 구
- 之 가다 지 [보언]
- 枳 탱자나무 지 [보언]

(2) 阿餓倭柯 枳古 弘庾

① 노랫말: 물가로 가는 굶주린 왜인들에게 주발에 밥을 담아 주고.

② 보언
- 枳 탱자나무를 둘러치라
- 弘庾 노적가리같이 큰 저승배가 정박하라

③ 자의
- 阿 물가(물이 있는 곳의 가장자리) 아
- 餓 굶주리다 아
- 柯 주발 가
- 弘 크다 홍
- 庾 노적가리(露積: 쌓아 둔 곡식의 더미) 유 [보언]

(3) 岐底 舸 庾 舸 武

① 노랫말: 산 아래 (노적가리같이 큰) 저승배, 저승배가 있나니

② 보언

- 庾 노적가리같이 큰 저승배가 정박하라
- 武 저승 무사가 나가라

③ 자의

- 岐 산(山)의 이름 기　　　・ 底 밑 저
- 舸 큰 배 가
- 庾 노적가리(露積-: 쌓아 둔 곡식의 더미) 유 [보언]
- 舸 배, 선박(船舶), 큰 배 가　　・ 武 무사 무 [보언]

제명천황 동요(童謠)

1) 해독

摩比邏矩都能俱例豆例於能幣陀乎邏賦俱能理歌理鵝美和陀騰能理歌美
烏能陛陀烏邏賦俱能理歌理鵝甲子騰和與騰美烏能陛陀烏邏賦俱能理歌
理鵝

뼈가 닳아 없어질지라도 똑같이 순라를 돌아야 할 것이다
응당 공평하게 순라 돌게 하는 게 전례이고 전례다
응당 돈을 내든 비탈길 순라를 돌든 세납은 공평해야 할 것이다
이렇게 하고 있으니 응당 다스림이 노래로 불리고, 다스림이 기려지게
되고, 민들과 화합하게 될 것이다
이렇게 하고 있으니 비탈길을 달리게 하더라도 응당 다스림이 노래로
불려지고 기려지네
응당 궁궐에서 시립하든, 비탈길에서 순라를 돌든 세납은 공평해야 할
것이다
이렇게 하고 있으니 응당 다스림이 노래로 불리고, 다스림이 육십갑자
중 첫째로 꼽히네
이렇게 하고 있으니 비탈길을 달려야 해도 화합하게 되고 더불어 비탈
길을 달려야 해도 기려지네

응당 궁궐에서 시립하고, 비탈길을 순라 돌더라도 세납은 공평해야 한다네

이렇게 하고 있으니 응당 다스림이 노래로 불리고 다스림이 기려진다네

2) 배경기록

일본서기 권제26 제명천황 6년(660) 12월 기록이다.

24일에 천황이 난파궁(難波宮)으로 행차하였다.

천황은 백제 부흥군의 복신이 요청한 대로 축자에 행차하여 원군을 파견할 것을 생각하여 우선 이곳으로 와서 여러 가지 무기를 준비하였다.

이 해에 천황은 백제를 위해 신라를 정벌하고자 하여 준하국(駿河國, 스루가노 쿠니)에 명하여 배를 만들게 하였다. 다 완성하여 속마교(續麻郊)로 끌고 왔을 때 그 배가 밤중에 까닭 없이 배의 머리와 고물이 서로 반대가 되었다. 여러 사람들이 이 싸움이 결국은 패할 것임을 알았다.

과야국(科野國, 시나노노 쿠니)에서 '파리떼가 서쪽을 향해 날아 거판(巨坂, 오사카)을 지나갔는데 그 크기가 열 아름쯤이고 높이는 하늘까지 닿았다'고 보고하였다. 또 구원군이 크게 패할 전조임을 알았다. 동요(童謠)가 있었다.

이 동요에 대해 한일 역사가들의 관심은 뜨겁다.

그러나 아직까지 일본서기에 수록된 이 동요에 대해 아무도 손을 대지 못하고 있다. 해석은커녕 정설조차 없는 실정이다. 그러다 보니 갖

은 억측만이 이 동요를 둘러싸고 횡행한다.

이 작품 역시 향가창작법으로 풀렸다. 향가였던 것이다.
당시 백제로 출병시킬 병력을 징집하고, 세금을 거두어들이면서 모두에게 공평하게 부담시키자 이를 칭송하는 노래다.

당시 작품을 창작하였던 집단은 중대형황자 등 당시 권력의 중추집단이었을 것이다.
그러나 일본서기 집필 세력은 본 작품을 패전의 징조로 보고 있다. 그것은 훗날 정권을 잡고 일본서기를 쓴 천무천황 측의 시각일 것이다.

동요가 있었다는 일본서기의 본 구절은 중요한 시사점을 던진다.
우선 동요가 있었다는 것은 향가가 글로만 만들어져 있던 것이 아니라, 직접 길거리에서 아이들에 의해 불리고 있었음을 가리키는 구절이다. 향가의 공연 모습 하나를 보여준다.
또 한편으로는 중구삭금(衆口鑠金) 기법이 시행되고 있었음을 말한다. 동요를 이용한 중구삭금 기법은 신라의 서동요(薯童謠)에서도 채택한 방법이다. 여러 명의 아이들이 부르면 부를수록 향가가 가진 힘은 커진다.
향가의 내용으로 보아 당시 병력과 군자금을 법이나 전례에 따라 공평하게 징발했던 것으로 보인다. 그 결과 아이들이 칭송의 노래를 거위가 울고 다니듯 부르고 다녔다. 파병을 주도하였던 세력이 징발에 따른 민심이반을 걱정했고, 향가의 힘에 의해 이를 제압하고자 한 것이다. 파병에 따른 민심 관리를 위해 본 작품을 만들게 한 다음 유행시킨 것이다. 고도의 정치성을 띤 작품이다.

보언은 '鵝(거위 아): 거위가 꽥꽥 울 듯 이 노래를 부르라' 하고 있다. 그래서 아이들은 보언이 지시하는 대로 거위가 우는 것처럼 큰 소리로 이 노래를 부르고 돌아다녔을 것이다.

해독 근거

(1) 摩比邏 矩都

① 노랫말: 뼈가 닳아 없어질지라도 똑같이 순라를 돌아야 한다.

② 보언

• 矩 몸을 곱자 모양으로 허리를 꺾으며 노를 저으라

• 都 탄식하라

③ 자의

• 摩 닳아 없어지다 마 　　• 比 같다, 대등하다 비

• 邏 순라(巡邏: 순찰하는 사람) 라

• 矩 곱자(ㄱ자 모양의 자) 구 [보언]

• 都 오오(감탄사) [보언]

(2) 能俱例 豆 例 於

① 노랫말: 응당 공평하게 (순라 돌게 하는 게) 전례이고 전례다.

② 보언

• 豆 굽다리 접시에 제수를 올리라　　• 於 탄식하라

③ 자의

• 能 응당~하다 능　　• 俱 함께, 모두 구

• 例 전례(前例)를 따르다 례　　• 豆 굽다리 접시 두 [보언]

- 例 전례(前例)를 따르다 례   • 於 탄식하다 오 [보언]

(3) 能幣陀 乎 邏賦俱

① 노랫말: 응당 돈을 내던 비탈길 순라를 돌던 세납은 공평(해야 한다).

② 보언: 乎 탄식하라

③ 자의

- 能 응당~하다 능   • 幣 화폐, 재물(財物) 폐
- 陀 비탈길 타   • 乎 감탄사 호 [보언]
- 邏 순라(巡邏: 순찰하는 사람) 라
- 賦 군비(軍費), 구실(온갖 세납을 통틀어 이르던 말), 매기다, 거두다 부
- 俱 함께, 모두 구

(4) 能理歌理 鵝 美和

① 노랫말: 응당 다스림이 노래로 불리고, 다스림이 기려지게 되고, (민들과) 화합하게 된다.

② 보언: 鵝 거위가 꽥꽥거리듯이 소리치라

③ 자의

- 能 응당 ~하다 능   • 理 다스리다 리
- 歌 노래를 짓다 가   • 理 다스리다 리
- 鵝 거위 아 [보언]   • 美 기리다 미
- 和 화하다(和-: 서로 뜻이 맞아 사이 좋은 상태가 되다) 화

(5) 陀騰能理歌美 烏

① 노랫말: 비탈길을 달리게 해도 응당 다스림이 노래로 불리고 기려진다.

② 보언: 烏 탄식하라

③ 자의

- 陀 비탈길 타
- 騰 질주하다, 힘차게 달리다 등
- 能 응당 ~하다 능
- 理 다스리다 리
- 歌 노래를 짓다 가
- 美 기리다 미
- 烏 탄식하는 소리 오 [보언]

(6) 能陛陀 烏 邏賦俱

① 노랫말: 응당 궁궐에서 시립하든, 비탈길에서 순라를 돌든 세납은
공평해야 한다.

② 보언: 烏 탄식하라

③ 자의

- 能 응당~하다 능
- 陛 시립하다(侍立-: 웃어른을 모시고 서다) 폐
- 陀 비탈길 타
- 烏 탄식하는 소리 오 [보언]
- 邏 순라(巡邏: 순찰하는 사람) 라
- 賦 군비(軍費), 구실(온갖 세납을 통틀어 이르던 말), 매기다, 거두다 부
- 俱 함께 구

(7) 能理歌 理 鵝 甲子 騰和 與 騰美 烏

① 노랫말

응당 다스림이 노래로 불려지고, 다스림이 육십갑자 중 첫째로 꼽힌다.

비탈길을 달려야하더라도 화합하게 되고

더불어 비탈길을 달려야 하더라도 기려질 것이다.

② 보언: 鵝 거위가 꽥꽥 거리듯이 소리치라

③ 자의

- 能 응당~하다 능　　• 理 다스리다 리
- 歌 노래를 짓다 가　　• 理 다스리다 리
- 鵝 거위 아 [보언]　　• 甲子 육십갑자의 첫째
- 騰 힘껏 달리다 등
- 和 화하다(和-: 서로 뜻이 맞아 사이좋은 상태가 되다) 화
- 與 더불다 여　　　　• 騰 힘껏 달리다 등
- 美 기리다 미
- 烏 어찌, 탄식하는 소리 오 [보언]

(8) 能陛陀 烏 邏賦 俱

① 노랫말: 응당 궁궐에서 시립하고, 비탈길을 순라 돌더라도 세금 부과는 공평해야 한다네.

② 보언: 烏 탄식하라

③ 자의

- 能 응당~하다 능
- 陛 시립하다(侍立-: 웃어른을 모시고 서다) 폐
- 陀 비탈길 타
- 烏 탄식하는 소리 오 [보언]
- 邏 순라(巡邏: 순찰하는 사람) 라　　• 俱 함께, 모두 구
- 賦 군비(軍費), 구실(온갖 세납을 통틀어 이르던 말), 매기다, 거두다 부
- 俱 함께 구

(9) 能理歌理 鵝

① 노랫말: 응당 다스림이 노래로 불려지고 다스림이 (기려진다네).

② 보언: 鵝 거위가 꽥꽥 거리듯이 소리치라

③ 자의

- 能 응당~하다 능
- 歌 노래를 짓다 가
- 鵝 거위 아 [보언]

- 理 다스리다 리
- 理 다스리다 리

중대형황자 매화가(梅花歌)

1) 해독

枳瀰我梅能姑裒之枳舸羅儞婆底底威底舸矩野姑悲武謀枳瀰我梅弘報梨

탱자나무 울타리 사이 고집스럽게 심어 놓은 매화나무에 꽃이 피면 응당 부녀자들이 모여들지
탱자나무 울타리 바깥에 저승배가 늘어서 있다
그대(제명천황) 탱자나무 울타리 밑에서 막히고 막히고 또 막히는구나.
저승배 정박하는 바닷가 들판에 사는 부녀자들은 슬퍼하며 의논해야 한다
탱자나무 울타리 사이 고집스럽게 심어 놓은 매화꽃 피는 곳을 널리 알려야 하리

[일본식 해독]
당신의 눈을 사모하는 까닭에 여기 배를 머무네
이토록 사모하여.
당신의 눈을 한 번만이라도 보았으면

2) 배경기록

일본서기 제명천황 7년 기록이다.

661년 7월 24일 제명천황이 조창궁에서 사망하였다. 중대형황자가 소복을 입고 즉위하지 않고 정무를 보았다.

8월 중대형황자는 유해를 반뢰궁으로 옮겼다. 그날 저녁 조창산 위에 귀신이 나타났다. 큰 갓을 쓰고 장례의식을 지켜보았다. 사람들이 이상하게 생각하였다.

10월 7일 제명천황의 관을 배에 싣고 난파(지금의 오사카)를 향해 출항하였다. 이때 황태자는 어디인가에 배를 정박하고 천황을 그리워하며 노래를 불렀다.

10월 26일에 천황의 관이 돌아와 난파에 도착하였다.

11월 7일에 천황의 관을 비조천원(飛鳥川原)에 안치하였다. 이날부터 9일까지 애도의식을 거행하였다.

해독 근거

(1) 枳 瀰我梅能姑裒 之

① 노랫말: 탱자나무 물가 울타리 (사이) 고집스럽게 심어 놓은 매화나무 꽃에는 응당 부녀자들이 모이지

② 보언: 之 장례행렬이 나아가라

③ 자의

• 枳 탱자나무 지

• 瀰 물이 넓다, 아득하다, 세차게 흐르다 미

- 我 외고집 아
- 能 응당~하다 능
- 姑 여자(女子), 부녀자(婦女子)의 통칭(通稱) 고
- 裒 모이다 부, 많다 보

- 梅 매화 매
- 之 가다 지 [보언]

(2) 枳舸羅

① 노랫말: 탱자나무 바깥에 저승배가 늘어서 있다.

② 자의

- 舸 큰 배 가
- 羅 늘어서다 라

(3) 儞 婆 底底 威 底

① 노랫말: 그대 탱자나무 울타리 밑에서 막히고 막히고 또 막히는구나

② 보언

- 婆 노파가 나가라
- 威 두려워하라

③ 자의

- 儞 너 이(니)
- 婆 늙은 여자 파 [보언]
- 底 밑, 막히다 저
- 威 두려워하다(=畏) 위

(4) 舸 矩 野姑悲 武 謀

① 노랫말: 큰 배가 정박하는 바닷가 들에 부녀자들이 슬퍼하며 의논해야 한다.

② 보언

- 矩 허리를 곱자 모양으로 꺾으며 놀 힘껏 저어라
- 저승 무사가 나가라

③ 자의

- 舸 큰 배 가
- 矩 곱자 구
- 野 들 야
- 姑 여자(女子), 부녀자(婦女子)의 통칭(通稱) 고
- 悲 슬프다 비
- 武 무사 무
- 謀 의논하다 모

(5) 枳瀰我梅弘報 梨

① 노랫말: 탱자나무 물가 울타리 (사이) 고집스럽게 심어 놓은 매화
꽃 피는 곳을 널리 알려야 하리

② 보언: 梨 검버섯 핀 늙은이(제명천황)가 나가라

③ 자의

- 枳 탱자나무 지
- 瀰 물이 넓다, 아득하다, 세차게 흐르다 미
- 我 외고집 아
- 梅 매화 매
- 弘 널리 홍
- 報 알리다 보
- 梨 배나무, 늙은이 리. 나이 들어 얼굴에 피는 저승꽃을 배의 껍질
  에 있는 검은 점과 같아 梨色이라 한다.

만엽집은 노래로 쓴 역사였다

필자는 기연에 힘입어 신라향가 창작법을 얻을 수 있었다.

이를 도구로 하여 신라향가 14편, 고려향가 11편, 만엽향가 650여 편을 해독해 보았다. 그 결과 만엽집은 서기 600~700년대 한반도에서 일본으로 건너간 도거인(渡去人)들이 천황가를 중심으로 해 만든 향가집이었음을 알 수 있었고, 우리의 옛 얼굴이 어떠한 모습이었는지를 말씀드릴 수 있게 되었다.

만엽집의 경우 대반가지(大伴家持)가 759년에 4516번가를 만들고 난 이후 일본에서는 어느 때인가 향가 창작법이 잊혀졌다. 이후 많은 사람들이 천 년이 넘도록 해독에 도전하였으나 모든 이를 만족시킬 만한 성과는 없었다. 그렇게 1,000여 년의 암흑기가 있었다.

신라향가 창작법은 만엽집이 인류에게 있어 마지막으로 남은 동북아 고대사와 문화와 문학의 미등정 봉우리임을 밝혀내고 있다. 끝까지 올라가 본 사람이 없기에 그곳에 무엇이 들어 있을지 누구도 알지 못한다.

일본인도 모르는 고대사의 원 사료가 오롯이 남아 있는 것이다.

만엽집의 완독이 필요하다.

그러나 만엽집에 수록된 작품 수가 4,516편이나 되기에 최초의 완독은 그가 누구이든 개인의 일생을 바쳐야 이룰 수 있는 작업으로 보인다.

더구나 향가는 고대 한국인이 사용하던 언어구조를 기반으로 하고 있어 해독은 한국인만으로도 일본인만으로도 어려울 것으로 보인다. 한일 간의 협업이 필요하고, 협업이 이루어진다 하더라도 완전해독에는 최소한 수십 년의 세월이 필요할 것으로 보인다. 따라서 한국과 일본 내 전문가들의 논의를 기대한다. 한일 일반인들의 참여도 권유한다.

만엽집은 표의문자로 이루어져 있다. 그러나 한자에 대한 기본 소양을 갖추고, 향가 창작법의 원리만 깨친다면 일본어를 모르는 이들에 의해서도 해독이 충분히 가능하다.

언제인가 한일간의 집단지성에 의해 만엽집의 새로운 완독이 이루어질 것이다.

만엽의 힘이 이를 가능하게 해주리라 믿는다.

그곳에 우리와 일본의 수천 년 전 옛 모습이 있다.

낯선 책을 읽어주신 독자 여러분들에게 감사드린다.

본서가 나올 때까지의 멀고 험한 길에서 집단지성을 모아주고 한결같이 성원해주신 많은 분에게 진심으로 감사드린다.

> 만엽집은 향가였습니다

2021년 4월

文學房에서 저자